PETRA MEHNERT

ALTES WISSEN – NEUER TOD

edition winterwork

Bibliografische Informationen der Deutschen Nationalbibliothek:
Die Deutsche Nationalbibliothek verzeichnet diese Publikation in der Deutschen Nationalbibliografie. Detaillierte bibliografische Daten im Internet über http://www.d-nb.de abrufbar.

Impressum

PETRA MEHNERT, »ALTES WISSEN – NEUER TOD«
www.edition-winterwork.de

Satz: Petra Mehnert
Umschlag: Robin Mehnert
Foto: Robin Mehnert
Druck und Bindung: winterwork Borsdorf

ISBN 978-3-96014-734-3

Altes Wissen - Neuer Tod

von

Petra Mehnert

Der fünfte Regionalkrimi aus dem „Tal der Liebe"

edition winterwork

Prolog:

„Bewährte und approbierte sympathetische und natürliche ägyptische Geheimnisse für Menschen und Vieh, Städter und Landleute - von Albertus Magnus", murmelte eine Frau in den Vierzigern und versuchte dabei, die dicke Staubschicht, die sich unterhalb des Buchtitels noch hartnäckig hielt, von dem kleinen schwarzen Büchlein zu pusten. Es gelang ihr allerdings nicht, denn der Staub haftete beinahe wie ein flauschiger Einband darauf. Angewidert streifte sie die graue Schicht mit den Händen ab. „Was für ein langer und komischer Buchtitel!", sagte sie und wollte das Buch schon zu den anderen uralten Büchern werfen, als sie doch die Neugierde packte. Konnte ja nicht schaden, mal einen kurzen Blick hineinzuwerfen ...

Dieser Albertus Magnus lebte wohl zwischen elfhundertdreiundneunzig und zwölfhundertachtzig. Geboren wurde er in Lauingen und gestorben war er in Köln. Zu seiner Zeit nannte man ihn wegen seines unglaublichen Wissens „Doctor universalis".

„Das kann ich mir gut vorstellen", flüsterte Linda Bockmeyer, die sich mit der alten Schrift recht schwertat. Die eigentümlichen Worte und Sätze verstand sie auch nicht alle. Doch sie konnte erkennen, dass dieser Doktor Magnus wirklich zu allem etwas beizusteuern gehabt hatte. Egal, ob Mensch oder Tier, Geister, Hexen oder Dämonen - er hatte für alle Eventualitäten ein Rezept, einen Schwur oder eine Zauberformel parat und diese waren zum Teil so hanebüchen, dass die Frau mehrmals den Kopf schüttelte und sich fragte, ob es tatsächlich damals Leute gegeben hatte, die diesen Unsinn wirklich glaubten? Manches jedoch hörte sich recht spannend an und es wäre schon interessant, herauszufinden, ob da was dran war.

Stunden später saß die nachlässig gekleidete Vierzigjährige immer noch in das alte Büchlein vertieft da, während die Sonne hinter dem Hohenstaufen blutrot unterging. Völlig fasziniert hob sie schließlich den Kopf und schaute direkt in den wunderschönen, rötlich-violetten Himmel. Obwohl sie nicht in diesem schönen „Tal der Liebe" geboren war, hier war ihre Heimat und die würde sie niemals verlassen. Plötzlich wusste sie, was sie tun konnte und vor allem, wie sie es tun musste. Niemand hatte das Recht, sie von hier fortzujagen!

1

„Ist deine blöde Katze immer noch nicht aufgetaucht?", fragte Bettina Bockmeyer ihren Mann, der gedankenverloren über den Lieblingsplatz seiner Karthäuserkatze strich und dabei traurig aus dem Fenster sah. Langsam drehte er sich zu seiner Frau um, die mit ihren fünfzig Jahren noch strahlend schön war (was man von ihrem Charakter nicht mehr behaupten konnte). Seit sie den Posten als Chefärztin in der Notfallambulanz der Alb Fils Kliniken in Göppingen angetreten hatte, war sie nur noch gereizt und nervlich am Ende. Nun spitzte sich auch noch die Corona-Krise seit Anfang Februar zweitausendzwanzig immer mehr zu. Was in China in der Stadt Wuhan begonnen hatte, breitete sich durch die globale Vernetzung rasend schnell über die ganze Welt aus. Jetzt Mitte März hatte es das Nachbarland Italien von den europäischen Staaten am schlimmsten erwischt. Zwar hatte Deutschland fast die dreifache Menge an Intensivbetten als zum Beispiel Italien, aber dennoch graute Bettina Bockmeyer davor, in kürzester Zeit viele Kranke auf einmal intensivmedizinisch versorgen zu müssen. Darauf waren die meisten Kliniken, zumindest noch nicht, eingerichtet und die Personaldecke zu dünn für solche Ausnahmesituationen. Nun hatte sie heute auch noch erfahren müssen, dass Toilettenpapier und Desinfektionsmittel aus der Klinik gestohlen worden waren! Auch Mundschutzmasken und Schutzanzüge wurden knapp - das durfte echt nicht wahr sein - wie egoistisch waren die Menschen denn? Insgeheim wünschte sie sich, einen von diesen Typen mal auf dem Operationstisch liegen zu haben und ihn ohne sich die Hände zu desinfizieren und ohne Schutzmaske zu operieren! Das machte sie alles so wütend und sie schaffte es nicht mehr, Arbeit und Privates zu trennen. Sie ließ ihren ganzen Frust an ihrem Mann und ihrem Sohn Luca aus. Ihr Mann Harald - im gleichen Alter wie sie, aber mit seinen kurzen grauen Haaren und dem kleinen Bauchansatz deutlich unattraktiver als seine Frau, flüchtete sich deshalb immer mehr zu seinen Tieren. Als ausgebildeter Jäger konnte er sich zu den unmöglichsten Zeiten in den Wald verkrümeln und sich der Ruhe dort hingeben. Daneben kümmerte er sich noch um das Rehgehege des Landratsamtes und hatte zuhause auf ihrem kleinen Hof am Ortsrand von Ottenbach noch Hühner, Hasen, Meerschweinchen und einen Jagdhund, sowie seine schöne graue Katze, die nun schon seit zwei Wochen verschwunden war. Das Hobby Jagen und die vielen Tiere hatte er sich erst angeschafft, als er seine Videothek hatte schließen müssen. Heutzutage lieh kaum mehr jemand Filme aus – es wurde meist nur noch „gestreamt" - und das hatte ihn seine Existenz als Firmeninhaber gekostet. Seine Frau hatte daraufhin einen neuen, besser bezahlten Vollzeitjob bei der Klinik angenommen, damit sie ihren gewohnten Lebensstandard halten konnten. Obwohl er nichts für die Entwicklung auf dem Videomarkt konnte, nahm es ihm seine Frau übel, dass sie jetzt ganz alleine für den Unterhalt der Familie sorgen musste. Ihren gemeinsamen dreißigjährigen Sohn Luca musste sie auch weiterhin mit durchfüttern - er lebte immer noch bei seinen Eltern, war introvertiert und eigenbrötlerisch und hatte inzwischen bereits sein drittes Studium angefangen, ohne die vorhergehenden abgeschlossen zu haben.

„Nein, meine Mathilda ist noch nicht zurückgekommen, wie du siehst", konnte sich Harald nicht verkneifen. „Und meinen Meerschweinchen geht es auch nicht gut. Sie haben Durchfall und fressen kaum noch was", fügte er hinzu, obwohl er wusste, dass Bettina es nicht sonderlich interessieren würde. Sie sagte dann immer:

„Was interessiert mich das, ich bin doch kein Tierarzt!"

So also auch heute – hätte er sich ja denken können. Wortlos drehte er sich um und rief nach seinem kleinen Jagdhund Benno, während er im Flur nach der Leine griff.

„Kochst du heute nichts?", rief seine Frau ihm hinterher, doch er antwortete nicht und hastete regelrecht mit offenem Mantel und ungeschnürten Stiefeln nach draußen in die kalte Frühlingsluft. An diesem Sonntagnachmittag war es jetzt schon so düster, dass man denken konnte, es wäre bereits Abend.

„Was machst du da, Luca?", rief Harald schon von Weitem, als er seinen Sohn im Verschlag seiner Meerschweinchen und Hasen sah. Der kümmerte sich doch sonst auch nie um die Tiere! Außer vielleicht um seine Katze Mathilda, die sich auf jeden verfügbaren Schoß setzte, wenn sie gestreichelt werden wollte. Da konnte dann selbst sein eigenwilliger Sohn nicht widerstehen.

„Nichts!", rief der junge Mann leicht panisch. In den Ohren seines Vaters musste es geklungen haben, als hätte der ihn bei etwas Verbotenem erwischt. Hastig fügte er hinzu: „Deine Tierchen benehmen sich irgendwie anders als sonst und da wollte ich bloß mal nachsehen."

„Seit wann interessierst du dich für meine Tiere?", fragte sein Vater übellaunig und bedeutete seinem Sohn, aus dem

Gehege rauszukommen. Dieser ließ sich jedoch Zeit damit und schloss nur langsam das Gatter hinter sich. Er brauchte Zeit zum Überlegen, was er antworten sollte, denn es stimmte ja - bis vor ein paar Wochen waren ihm die Tiere seines Vaters wirklich vollkommen egal gewesen. Doch dann hatten seine Tante Linda und ihr behinderter Bruder Hugo ihn in eine verrückte Sache mit hineingezogen, die ihn zunächst sehr fasziniert hatte. Doch inzwischen war er sich nicht mehr so sicher, was er davon halten sollte ...

„Jetzt reg dich net so auf Alter!", schnappte Luca und freute sich über das zornige Gesicht seines Vaters. Natürlich hasste der es, wenn man ihn „Alter" nannte, aber Luca war gerade auch auf Krawall gebürstet. Dabei war er eigentlich auf seine Tante wütend, die ihm diese blöde Sache hier überhaupt erst eingebrockt hatte. Beim Hinausgehen rempelte er seinen Vater dann auch heftig an, was ihm eine gewisse Genugtuung verschaffte. Sollte sich sein Alter doch in Zukunft wieder alleine um seine Viecher kümmern, ihm war die Lust daran sowieso vergangen. Oder Linda und Hugo sollten zusehen, wie sie die Tiere wieder hinbekamen. Er war sich wirklich nicht mehr sicher, ob das, was Linda als Medizin für die Tiere gedacht hatte, denen auch tatsächlich gut getan hatte. Sein Gefühl sagte ihm ehrlicherweise genau das Gegenteil, aber warum sollte sie das tun? Sie war doch, soweit er wusste, sehr tierlieb und er konnte sich nicht vorstellen, dass Linda den Tieren absichtlich hatte schaden wollen. Vielleicht hatte sie nur das falsche Rezept ausgewählt? Egal, er war mit dieser Sache durch und würde sich heute nur noch seiner einzigen Aufgabe widmen, die ihm seine Familie aufgebrummt hatte. Danach konnte er endlich wieder in seinem Zimmer seiner Lieblingsbeschäftigung nachgehen - Online-Computer-Spiele und Serien gucken!

Nach all den Jahren war ich wieder zurück auf dem alten Bockmeyer-Hof - ich, der „Ostfriese", wie sie mich damals immer genannt hatten. Schön war es hier, so hatte ich das Ottenbacher Tal gar nicht mehr in Erinnerung. Eingebettet in bewaldete Hügel, auf der einen Seite mit dem Hohenstaufen und seiner kleinen Ortschaft, die sich wie ein Gürtel um den wie ein Vulkan aussehenden Berg wand. Auf der anderen Seite der Hohenrechberg mit der imposanten Burgruine und mittendrin das kleine Örtchen mit der schönen weißen Kirche im Mittelpunkt. Es hatte sich einiges verändert, seit ich vor über dreißig Jahren weggegangen war. Vor allem die Ortsmitte war neu gestaltet worden. Statt der alten Häuser, die teilweise leer gestanden hatten oder ziemlich verfallen waren, stand nun ein stattliches neues Rathaus, daneben ein großes Mehrfamilienhaus, darunter ein neuer Bäcker inklusive Kreissparkasse und dahinter ein weiteres neues Wohngebäude. Das alles hatte ich gleich als Erstes, als ich hier hergekommen war, auf mich wirken lassen, und hinter dem Rathaus auf dem schönen Platz dem Wasserspiel dort zugeschaut.

Ich konnte kaum glauben, dass ich seit der Geburt meines zweiten Sohnes, diesem behinderten Hugo, nicht mehr hier gewesen war. Als gebürtiger Ostfriese - bin auf Norderney geboren - hatte ich mich hier im Schwabenland nie richtig wohlgefühlt. Meine Ausbildung zum Zimmermann hatte mich hierher verschlagen und durch einen One-Night-Stand war ich an der vier Jahre älteren Edith hängengeblieben, die schwanger geworden war. Ich hatte mich der Verantwortung gestellt und sie geheiratet, doch es war einfach nicht richtig. Die Arbeit auf ihrem Hof hatte mir keinen Spaß gemacht, die Liebe zu Edith war nur vorgetäuscht und von Verantwortungsbewusstsein dem kleinen Harald gegenüber geprägt. Auch vermisste ich meine alte Heimat jeden Tag mehr. Vor allem das Meer hatte mir gefehlt und meine Mutter, die mich mit einer Putzstelle im Hotel „Seesteg" alleine durchgebracht hat, hatte ich schmerzlich vermisst. Wir hatten schon immer ein sehr enges Verhältnis und die Trennung von ihr tat mir die ganzen Jahre über weh. Auch das war ein Grund, warum ich damals zurück in die Heimat geflohen war und natürlich die Geburt des behinderten Hugo.

Ich weiß, ich bin ein beschissener Vater, aber mit der Behinderung des kleinen Jungen bin ich einfach nicht zurechtgekommen - ich konnte von Anfang an nicht damit umgehen. Auch mit der adoptierten Linda war es immer schon schwierig gewesen - also bin ich damals Hals über Kopf abgehauen. Doch nun war meine Mutter längst tot und ich pleite und deshalb war ich zu meiner Frau zurückgekehrt. Wäre sie nur hartnäckiger geblieben bei der Scheidung damals, denn nun war ich hier, um mir meinen Anteil am Hof zu sichern. Edith hatte versäumt, die Scheidungsunterlagen zu unterzeichnen und so waren wir nach wie vor verheiratet. Kontakt hatten wir seither keinen mehr gehabt, doch nun war ich wieder da ...

2

„Es gibt eine weibliche Leiche in Ottenbach. Möchtest du den Fall übernehmen, Joska? Kurze Wege - du verstehst?", grinste die Kriminalkommissarin Magdalena Müller-Harnisch am nächsten Morgen ihren jungen Kollegen Joska Kiss an. Dieser konnte nicht glauben, dass es in seinem verträumten Heimatort schon wieder einen Mordfall geben sollte. Die neue Woche ging ja gut los ...

„Was wissen wir?", fragte er wenig begeistert, denn momentan steckte er mitten in einer Fortbildung, auf die er sich eigentlich voll hatte konzentrieren wollen. Selbstverständlich war ihm klar, dass er als Ottenbacher (immerhin lebte er seit ein paar Monaten mit seiner Freundin Nora Angerer zusammen dort auf dem Hof ihrer Eltern), den Fall übertragen bekam. Da kam er wohl nicht drum herum und so zückte er seinen angenagten Bleistift und kramte auf seinem übervollen Schreibtisch nach einem Block, um sich gleich Notizen machen zu können.

„Leider noch nicht viel. Ihr Enkel Luca Bockmeyer fand seine Großmutter tot in ihrem Bett, als er wie immer nach dem Abendessen noch mal nach ihr schaute. Die Frau heißt Edith Bockmeyer, ist - beziehungsweise - war siebzig Jahre alt und Alkoholikerin, wie ihr Hausarzt, der auch den Totenschein ausgestellt hat, mir soeben verraten hat. Dennoch hat er ein paar Dinge entdeckt, die ihm seltsam vorkamen und uns kontaktiert. Was das genau ist, hat er noch nicht gesagt. Die Kollegen der Streife waren schon vor Ort und haben die Leiche inspiziert, konnten aber keine äußeren Verletzungen feststellen. Man hat daraufhin veranlasst, dass der Leichnam in die Gerichtsmedizin nach Ulm gebracht wird. Die Spurensicherung war auch schon dort, hat aber nichts Relevantes gefunden. Ihr solltet euch trotzdem nochmal am eventuellen Tatort umsehen, die Bilder der Toten schicke ich dir gleich auf dein Handy. Hier sind auch noch die Kontaktdaten des Hausarztes, falls du vorher noch mit ihm sprechen möchtest", sagte die Chefin und ging bereits in Richtung Türe. „Ach ja ... nimm den Clemens mit. Der hat, soweit ich weiß, momentan nichts Wichtiges zu erledigen."

Noch vor ein paar Monaten hätte Joska tief aufgeseufzt, wenn er den deutlich älteren Sascha Clemens aufs Auge gedrückt bekommen hätte. Doch inzwischen waren sie ein richtig gutes Team geworden und sie ergänzten sich perfekt. Alles, was der knapp dreißigjährige Joska nicht gerne tat wie zum Beispiel recherchieren und Berichte schreiben, liebte Sascha geradezu und darüber war Herr Kiss besonders froh. Also klappte er sein Buch über Forensik zu, meldete sich am Computer ab und stapfte hinüber in Saschas Büro.

„Es gibt schon wieder ne Leiche in Ottenbach!", rief er schon von draußen und rauschte wie immer schwungvoll durch die Türe, sodass diese aufflog, jedoch im gleichen Moment wieder zurückprallte und ihn an der Nase traf. Mit einem Schmerzensschrei taumelte Joska ins Büro seines Kollegen.

„Was ist denn mit deiner Türe los, Mann!?", jammerte er und hielt sich die Hand unter die blutende Nase. Ungerührt streckte Sascha ihm ein Taschentuch entgegen.

„Türstopper mit Gummiringummantelung", grinste er nur und konnte sich dann beim Anblick seines geschundenen Kollegen das Lachen doch nicht verkneifen.

„Was?", nuschelte der nur, schniefte und trocknete sich die Tränen ab, die ihm unwillkürlich in die Augen geschossen waren.

„Vielleicht ist dir das endlich eine Leere, nicht immer so temperamentvoll durch die Türen zu rauschen, sodass die jedes Mal an die Wand krachen!", erklärte sein Gegenüber in hoffnungsvollem Tonfall, doch Joska Kiss schaute seinen Kollegen mit aufkeimendem Ärger an.

„Du brichst mir fast die Nase, nur weil ich etwas schwungvoller als andere Leute einen Raum betrete? Das kann doch nicht dein Ernst sein!"

„Der Türstopper sollte dir doch nicht deinen Riechkolben brechen, sondern die Türe und die Wand schonen! Was denkst du denn?", sagte Sascha so ernst es ihm möglich war, denn eigentlich hatte er schon gehofft, dass seine Aktion mit dem Türstopper auch eine gewisse Wirkung auf seinen Kollegen haben könnte. Was er selbstverständlich niemals zugeben würde.

„Auch egal ... kommst du jetzt mit zu der Leiche oder nicht?", näselte Joska mit einem Tempofetzen in der Nase.

„Natürlich - wir sind doch ein Team!", rief Sascha, als wäre nichts gewesen, schnappte sich seinen Mantel und sein obligatorisches Notizbuch.

„Warte!", rief Joska und bekam seinen eifrigen Kollegen gerade noch an der Kapuze zu fassen. „Wir sollten, bevor wir in die Gerichtsmedizin fahren, vorher noch mit dem Hausarzt sprechen, der den Totenschein ausgestellt hat. Der hat wohl irgendwas Seltsames bemerkt. Magdalena wusste aber leider noch nicht, was genau. Kannst du das bitte machen? Mich versteht man ja gerade etwas schlecht", knurrte er mit einem zornigen Blick, während er sich demonstrativ auch noch ein Tempo ins zweite Nasenloch stopfte.

„Okay, ich mach das. Hast du die Nummer von dem Arzt?", fragte Sascha und setzte sich wieder an seinen Computer. Mit einem Handzeichen bedeutete er seinem Kollegen, der ihm bereits einen Zettel mit Telefonnummer in die Hand gedrückt hatte, sich zu ihm zu setzen. „Ich stell auf laut, dann muss ich dir nachher nicht alles erzählen. Zuhören geht ja auch mit Tempo in der Nase", konnte er sich nicht verkneifen, während er schon den Hörer in der Hand hatte.

Mit rollenden Augen fläzte sich Joska Kiss auf den Besucherstuhl und streckte seine langen, muskulösen Fußballerbeine von sich.

„Guten Tag, Herr Dr. Menrad. Sascha Clemens - Kripo Göppingen. Meine Chefin, Magdalena Müller-Harnisch hat mir Ihre Nummer gegeben. Wir wollten mit Ihnen über den Todesfall Bockmeyer aus Ottenbach sprechen. Hätten Sie kurz Zeit für uns? Ich habe Sie auf laut gestellt, damit mein Kollege Joska Kiss mithören kann", eröffnete Sascha das Gespräch mit dem zuständigen Arzt.

„Ja, grüß Gott, die Herren. Einen kurzen Moment noch, bin gleich für Sie da", sagte Herr Menrad und man hörte, wie er seiner Mitarbeiterin etwas zurief und sich dann gleich wieder meldete. „So, jetzt habe ich kurz Zeit für Sie ... tja, das mit der Ottenbacher Leiche ist ein bisschen merkwürdig, wenn ich das so sagen darf. Frau Bockmeyer ist, beziehungsweise war, schon seit Jahrzehnten meine Patientin. Leider konnte ich ihr bei ihrer Alkoholsucht nicht helfen und musste ihren körperlichen Verfall miterleben, ohne etwas tun zu können. Dass sie irgendwann daran sterben könnte, habe ich erwartet ... dennoch ist mir bei der Leichenbeschau etwas Seltsames aufgefallen, was ich auch gleich Ihren Kollegen und danach auch der Gerichtsmedizin in Ulm mitgeteilt habe", erklärte der Arzt, ohne konkreter zu werden.

„Könnten Sie uns vielleicht erklären, was Sie so stutzig hat werden lassen?", wollte Herr Clemens natürlich wissen und auch Joska beugte sich interessiert vor.

„Tja ... nun ... ich kann es gar nicht genau beschreiben, aber mir scheint, dass sie Vergiftungserscheinungen aufzeigt", stammelte der Arzt.

„Aber die können doch von der Alkoholgeschichte herrühren - Alkohol ist ja auch ein Gift, wenn man es so will", schaltete sich Herr Kiss in das Gespräch ein.

„Ja schon, aber so starke Anzeichen findet man da meistens nicht. Wie schon gesagt, ich habe das den Kollegen mitgeteilt und ich denke, sie werden der Sache schon auf den Grund gehen. Setzen Sie sich doch bitte mit denen in Verbindung, mehr kann ich Ihnen leider nicht sagen - tut mir leid", entschuldigte sich der Herr Doktor.

„Kein Problem, Herr Dr. Menrad. Danke, dass Sie so aufmerksam waren und uns das gemeldet haben. Bei so alten und zudem noch alkoholkranken Leuten rechnet man ja mit einem frühzeitigeren Tod und schaut dann bei der Leichenschau vielleicht nicht immer so genau hin. Gute Arbeit!", lobte Joska, doch dann fiel ihm noch etwas ein. Wenn er schon einen Arzt an der Strippe hatte, konnte er ihn auch gleich noch etwas Privates fragen. Eventuell konnte er sich so den Gang zu seinem Hausarzt sparen.

„Ach, Herr Doktor - einen kurzen Moment noch. Ich hätte da noch eine Frage."

„Ja bitte, aber machen Sie es bitte kurz! Mein Wartezimmer ist voll und die Leute werden immer ungeduldiger und pansicher - es ist wirklich nicht zu fassen!", jammerte der Arzt und Joska konnte sich das sogar bildlich vorstellen - lauter Leute mit Atemschutzmasken im Wartebereich!

„Eine befreundete Apothekerin hat mir gesteckt, dass es bald zu Engpässen bei einigen Arzneien kommen könnte. Ich muss regelmäßig Schilddrüsen-Medikamente nehmen und hätte zwar noch für ein paar Wochen welche zuhause. Aber könnte man trotzdem jetzt schon ein Rezept für die nächste Ration bekommen?"

„Ihr Hausarzt wird Ihnen sicher eines ausstellen, aber vielleicht kommen Sie damit bereits zu spät! Soweit ich weiß, sind mancherorts zum Beispiel die Hunderter schon ausverkauft!"

„Oh nein, das ist nicht gut! Hoffentlich läuft das bald alles wieder normal! In China wurde doch alles wieder etwas gelockert oder?"

„Sie können ja auch zwei mal Fünfziger nehmen, die gibt es wohl noch. Wo das alles noch hinführt kann ich Ihnen leider auch nicht sagen, aber hoffen wir einfach das Beste, dass die Politiker und wirtschaftlichen Verantwortlichen es nicht zum Äußersten kommen lassen. Darf ich dann wieder an meine Arbeit gehen? Ich selbst habe Sorge, dass ich meine Praxis schließen muss, sollte es bei mir oder meiner Belegschaft zu einer Ansteckung kommen. Das ist alles nicht mehr so harmlos, wie es viele immer noch darzustellen versuchen!", seufzte Dr. Menrad und nach einer knappen Verabschiedung legte er auf.

„Schon ganz schön bedrohlich, das Ganze! Ich habe gehört, dass sie nun auch bei uns ab nächster Woche die Schulen und Kindergärten bis nach den Osterferien schließen wollen! Da werden viele Eltern zuhause bei ihren Kindern bleiben müssen, denn zu den Großeltern, die ja potenziell gefährdeter sind, soll man sie auch nicht geben. Ob es da auch einige unserer Kollegen treffen wird?", fragte Joska und dachte dabei an Nora und ihre Familie. Die würden in ihrem Ottenbacher Familienbetrieb, einer Messermacher-Werkstatt, zunächst ganz normal weiterarbeiten können. Vielleicht kamen nicht mehr so viele Kunden in die Firma, aber mehr würden sie wohl nicht mitbekommen.

„Ja, da bin ich auch mal gespannt. Aber zurück zu unserem Fall: Jetzt wissen wir zwar nicht viel mehr, aber ich hoffe, dass die Gerichtsmediziner das mit der angeblichen Vergiftung rauskriegen. Sollen wir gleich versuchen, dort einen Termin zu bekommen oder ist das eh noch zu früh?", fragte Sascha und Joska bestätigte das.

„Eilt doch jetzt nicht so sehr, oder?", meinte Joska und hoffte dabei, heute vielleicht doch noch nicht von seinen Fortbildungsunterlagen abgezogen zu werden.

„Die melden sich doch sowieso, wenn sie was Ungewöhnliches feststellen und wir dürfen dann rausfinden, ob sie sich selbst vergiftet hat oder ob jemand Anderes dahintersteckt. Warten wir einfach ab, einverstanden?", fragte Sascha und sein Kollege nickte, klatschte sich auf die Schenkel und sprang hoch.

„Prima Idee, dann werde ich mich weiter hinter meine Fortbildung klemmen - ist ganz schön viel, kann ich dir sagen!", seufzte er und verschwand wieder in seinem Büro.

3

„Jetzt komm schon, Hugo! Das klappt bestimmt, wir müssen es nur genau so machen, wie es in dem Buch steht!", drängte Linda Bockmeyer ihren Stiefbruder und wunderte sich, dass er überhaupt zögerte. Bisher hatte er stets das getan, was sie von ihm wollte. Er hatte das Down-Syndrom und sie kümmerte sich, seit sie denken konnte, um ihn. Ihre Adoptivmutter Edith hatte zwei leibeigene Söhne - Harald war zehn Jahre älter als Linda und Hugo fünf Jahre jünger. Sie war adoptiert worden, nachdem das Paar nach Harald zunächst keine weiteren Kinder bekommen konnte, doch dann kam überraschend doch noch Hugo zur Welt. Die Eltern kamen mit seiner Behinderung nicht zurecht und bald machte sich der Vater aus dem Staub. Allein Linda sorgte sich von Anfang an liebevoll um den lieben Jungen, und seit seine Mutter sich wegen ihrer Alkoholsucht überhaupt nicht mehr um ihn kümmerte, lebte er bei seiner großen Schwester. Immerhin wohnte die ganze Familie gemeinsam auf dem elterlichen Hof. Die Mutter in der kleinen Erdgeschoss-Wohnung, daneben in einem großen Zimmer ihr Enkel Luca, dessen Eltern Harald und Bettina im ersten Stock und Linda und Hugo oben in der schönen Wohnung mit Dachschräge.

„Schau mal Hugo ... es ist doch ganz einfach", fing Linda nochmals von vorne an und strubbelte ihrem kleinen Bruder durch seine roten Locken. „Die Häschen deines Bruders sind krank und wir wollen ihnen helfen, gesund zu werden. Genau dafür haben wir dieses tolle Buch hier - da steht drin, was wir tun müssen!"

„Aber das letzte mal, als wir ihnen das komische Zeug zu fressen gegeben haben, ist es doch nicht besser geworden!", jammerte der untersetzte Mann, der mit seinen fünfunddreißig Jahren immer noch wie ein kleiner Junge wirkte. Linda nahm ihn in ihre Arme und drückte ihn ganz fest.

„Das weiß ich auch, Hugo. Aber manchmal muss man mehrere Versuche machen, bis man das Richtige findet, was den armen Tierchen helfen wird. Wir versuchen es einfach nochmal, was meinst du?", gurrte sie geradezu, doch ihr Blick war dabei eiskalt. Hugo konnte es nicht sehen, aber er schien zu spüren, wie ernst es ihr mit dieser Sache war. Trotz seines inneren Widerstrebens, drückte er seine Schwester ebenfalls so fest er konnte. Erst dann befreite er sich aus ihrer Umklammerung.

„Also gut. Was soll ich machen?", fragte er ergeben und wollte so sehr glauben, dass seine Schwester recht hatte und es den armen Hasen bald wieder besser gehen würde. Sie lagen seit Tagen nur noch apathisch in ihrem Stall, fraßen und tranken so gut wie nichts mehr. Den Meerschweinchen schien es ähnlich zu gehen, vielleicht mussten sie sich um die auch noch kümmern? Das fragte er dann auch seine Schwester, doch die winkte ab.

„Um die kümmert sich bereits der Luca - mach dir keine Sorgen, wir drei halten zusammen und kriegen das schon hin!", sagte sie und war sich ihrer Sache noch nie so sicher wie jetzt. Mit Hilfe des alten Heilerwissens aus dem Buch von Albertus Magnus würde ihr Vorhaben gelingen. Wie gut, dass sie eine neue Ausgabe von zweitausendacht im Internet gefunden hatte, denn das Original mit der alten Schrift war doch recht mühsam zu lesen gewesen.

4

Die Gerichtsmedizin der Universitätsklinik Ulm hatte sich inzwischen gemeldet und die Kommissare Kiss und Clemens waren auf dem Weg dorthin. Sie waren beim „Doktor der Toten", wie sie den zuständigen Arzt Dr. Hildenbrandt insgeheim nannten, angemeldet. Von Göppingen aus waren sie über die neue B10 Richtung Geislingen gefahren und standen am Ende der zweispurigen Umgehungsstraße wie fast immer im Stau.

„Ob wir den Weiterbau der B10 wohl noch erleben werden? Was bringt diese Umgehung, wenn sie dann doch wieder in diesem blöden Nadelöhr endet?", schimpfte Joska, der sich fragte, wohin die vielen Leute um elf Uhr am Vormittag wohl unterwegs waren.

„Den Autofahrern bringt es nicht viel, aber den Anwohnern in den Ortschaften schon. Nur die Geschäfte werden es sicher merken, dass weniger potentielle Kundschaft an ihnen vorbeifährt. Man kann halt nicht alles haben", entgegnete Sascha, woraufhin ihr Gespräch wieder zum Erliegen kam und Joska auf dem Beifahrersitz einschlief. Kurz vor Ulm kam wieder Leben in ihn und er fuhr sich durch die verstrubbelten blonden Haare. „Mir ist immer noch nicht wohl, wenn wir in die Katakomben der Klinik runter gehen", seufzte Joska, doch sein Kollege fand das eher spannend. Der sechs Jahre ältere Clemens war erst spät in den Polizeidienst getreten, hatte sich aber inzwischen unentbehrlich für seinen jungen Kollegen gemacht. Auch bei diesem Termin war Herr Kiss sehr froh, seinen wachsamen und wissbegierigen Mitarbeiter bei sich zu haben.

Dr. Hildenbrandt erwartete sie schon am Eingang und begrüßte sie in seiner ruhigen und besonnenen Art.

„Dort entlang, die Herren. Die Dame liegt gleich hier drüben".

Voller Unbehagen bei dem Einen und Vorfreude bei dem Anderen folgten die Kommissare dem Arzt, der bereits das weiße Tuch von der Toten gezogen hatte. Sogleich begann er mit seinem Vortrag:

„Mein Kollege, Dr. Menrad, hatte vollkommen recht, als er die Möglichkeit erwähnte, dass die Frau hier nicht nur allein an ihrer Alkoholsucht gestorben ist. Man kann an Mund und Nase feststellen, dass sie irgendwelche giftigen Substanzen zu sich genommen hat. Daraufhin untersuchten wir auch ihre inneren Organe und auch hier haben wir Giftiges analysieren können. Allerdings ist es ein so merkwürdiger Cocktail aus allen möglichen ... Kräutern - möchte ich mal behaupten - so etwas ist uns hier noch nie untergekommen. Man kann sagen, dass es hauptsächlich Heilkräuter sind, aber in viel zu hohen Dosen und verstärkter Wirkung durch den starken Alkoholkonsum, sodass dies schließlich zum Tod geführt hat. Ob die Dame sich diese Mittelchen selbst verabreicht oder es ihr jemand untergejubelt hat ... nun, es bleibt jetzt Ihnen überlassen, das herauszufinden. Viel Erfolg!", zwinkerte ihnen der Arzt zu und deckte die Leiche wieder ab.

„Können Sie uns bitte die Mixtur dieses Cocktails zukommen lassen?", fragte Herr Clemens, der sich bereits darauf freute, das alles genauestens nachrecherchieren zu können.

„Selbstverständlich. Sie bekommen baldmöglichst meinen Bericht. Falls Sie sonst nichts mehr von mir brauchen - ich hab noch viel zu tun, wie Sie ja sehen können", seufzte er und zeigte auf drei weitere zugedeckte Leichen.

„Nichts wie raus hier!", zischte Joska seinem Kollegen zu und eilig verließen sie die gerichtsmedizinischen Räume.

„Und jetzt? Fahren wir sofort zu den Angehörigen?", wollte Sascha wissen und setzte sich wieder aus Rücksicht auf die immer noch geschwollene Nase seines Kollegen hinters Steuer von dessen kleinem Mini Cooper.

„Ja, würde ich sagen. Fühlen wir denen doch gleich mal auf den Zahn!", kommandierte Joska Kiss mit neuem Elan, denn Zeugenbefragungen und das Einkreisen Verdächtiger war seine Spezialität. Während sie über Geislingen, Salach und Krummwälden Richtung Ottenbacher Tal fuhren, merkte Joska mal wieder, um wie viel kälter es dort war. Während im Filstal kaum Schnee gefallen und sofort wieder weggetaut war, lag das sogenannte Göppinger Allgäu mit weißem Schleier vor ihnen. Der Wald auf dem Hohenstaufen hatte eine zarte pudrige Krone und auch die Dächer der rund um den Berg gelegenen Häuser waren weiß. Lange würde das bisschen Schnee allerdings nicht liegen bleiben, es wurde bereits warmes Frühlingswetter angekündigt.

„Immer wieder schön, nach Hause zu kommen", stellte Joska fest und es überraschte ihn selbst, wie gerne er inzwischen in dem beschaulichen Örtchen Ottenbach mit seinen knapp zweitausendfünfhundert Einwohnern lebte. Natürlich lag das hauptsächlich an seiner Freundin Nora Angerer und ihrer Familie, aber auch an ihrem schönen Außenhof, auf dem er nun wohnte.

„Die Bockmeyers wohnen auch auf einem der außerhalb der Ortschaft liegenden Höfe, stimmts?", wollte Sascha wissen und Joska nickte.

„Ja, auf einem der insgesamt an die vierzig, soweit ich richtig informiert bin. Deshalb ja auch der Ausdruck ´Göppinger Allgäu`. Allerdings bin ich gespannt, wie lange diese Höfe noch so erhalten bleiben können. Bei einigen steht ein Generationenwechsel an und die meisten sind heutzutage zu klein, um noch eine Landwirtschaft betreiben zu können. Andere Nutzungen sind aber problematisch und es wird vieles nicht genehmigt. Da fragt man sich schon, was man dann mit so einem Hof anfangen soll? Einige sind zudem noch unter Denkmalschutz und du weißt ja selbst, was das bedeutet - so viel Geld, das entsprechend zu renovieren, hat doch meist niemand!", echovierte sich Joska, der durch die Gemeinderatsarbeit seines Schwiegervaters in spe einiges mitbekam.

„Der Bockmeyer-Hof liegt ganz weit oben in Richtung Hohenstaufen, ziemlich versteckt im Wald. Wir müssen die für den Verkehr gesperrte Anrainerstraße hochfahren", erklärte Herr Kiss und wies Sascha den Weg. Kaum waren sie ein Stück gefahren, kam ihnen ein großer Mann mit Hund entgegen.

„Na toll! Der Herr Bürgermeister - der wird mich gleich verseckeln, weil man hier nicht langfahren darf", seufzte Joska und drehte das Fenster herunter.

„Tag Herr Bürgermeister! Bevor Sie mich tadeln ... wir sind dienstlich hier!", wollte der Kommissar dem Ortsvorstand den Wind aus den Segeln nehmen, doch dieser winkte nur ab.

„Dachte ich mir schon, Herr Kiss. Sie sind sicher auf dem Weg zum Bockmeyer-Hof, nehm ich an?"

„Sie wissen es also schon? Das geht hier im Dorf aber schnell", bemerkte Joska, während er den Hund streichelte, der seine Vorderpfoten auf den Fensterrahmen gestellt hatte. Dem jungen Tierfreund kam gar nicht in den Sinn, dass die Krallen des Hundes Kratzer auf dem Lack seines ihm äußerst wertvollen Autos hinterlassen könnten.

„Runter mit dir! Nicht, dass uns die Kommissare noch wegen Sachbeschädigung anzeigen", grinste der Bürgermeister und zog seinen Hund vorsichtig vom Wagen weg. „Aber ja, Todesfälle sprechen sich immer schnell rum. Das Negative geht deutlich schneller als das Positive - leider. Allerdings war mir nicht bewusst, dass die Kriminalpolizei gerufen wird, wenn eine alte Frau - noch dazu eine Alkoholikerin - stirbt. Was veranlasst Sie, zu den Bockmeyers zu fahren, wenn ich fragen darf?"

„Fragen dürfen Sie, aber eine Antwort dürfen wir Ihnen leider nicht geben. Laufende Ermittlungen - Sie verstehen?", schaltete sich Herr Clemens ein und Herr Kiss nickte bestätigend.

„War ja klar - dumme Frage. Aber man kann es ja mal versuchen", lächelte der Gemeindevorstand und verabschiedete sich von den beiden.

„Sympathischer Typ, euer Bürgermeister und als Chef einer Gemeinde ne imposante Erscheinung", stellte Sascha fest und wieder nickte Joska nur. Er war mit seinen Gedanken bereits bei der bevorstehenden Befragung.

„Haben wir eine besondere Strategie, Sascha?"

„Nein, wir wissen ja noch gar nichts. Lassen wir es erstmal auf uns zukommen und schauen, mit wie vielen Familienmitgliedern wir es überhaupt zu tun haben. Dann sehen wir weiter, einverstanden?“, fragte Sascha, denn eigentlich war Joska sein Vorgesetzter und traf normalerweise die Entscheidungen. Dass er ihn heute in seine Überlegungen mit einbezog, freute den Älteren sehr. Wenn auch ihr Start als Team etwas holprig gewesen war - inzwischen kamen sie immer besser miteinander aus, ergänzten sich und konnten sich aufeinander verlassen.

Der Hof der Bockmeyers lag wirklich versteckt im Wald auf der Anhöhe fast schon oben bei der Ortschaft Hohenstaufen.

„Da hätten wir ja gleich von oben her reinfahren können“, stellte Sascha fest, doch Joska murmelte nur:

„Macht der Gewohnheit. Auf geht`s - ran an die Zeugen oder Verdächtigen!“, zischte er seinem Kollegen zu und stieg wie immer schwungvoll aus seinem Wagen. Herr Clemens folgte ihm auf dem Fuße mit bereits gezücktem Notizblock.

„Sie kommen!“, flüsterte Linda ihrem Stiefbruder Hugo zu. „Du sagst am besten gar nix, hörst du?“, bekräftigte sie unnötigerweise, denn ihr kleiner Bruder war ihr hörig und tat stets, was sie von ihm verlangte. Bei ihrem Neffen Luca war sie sich da nicht so sicher, doch der wusste eh nichts Wesentliches. Während sie die Beamten beobachtete, wie sie aus dem Wagen stiegen und aufs Haus zusteuerten, überfiel sie wieder dieses merkwürdige, unkontrollierbare Zittern. Verzweifelt bemühte sie sich, es zu unterdrücken, doch es wurde von Mal zu Mal schwieriger. Ein wachsendes Gefühl der

Panik, das jedes Mal stärker wurde, ergriff sie und raubte ihr den Atem. Was war nur seit ein paar Wochen los mit ihr? Sie versuchte, durch tiefes Ein- und Ausatmen zur Ruhe zu kommen - sie musste sich in den Griff kriegen! Die Bullen durften nicht merken, dass etwas mit ihr nicht stimmte! Ganz langsam und unter Aufbringung ihres ganzen Willens schaffte sie es immerhin, das Zittern zu kontrollieren, die Panik jedoch blieb.

Nach dem Klingeln ließ sie die Beamten eine Weile warten, ehe sie die Türe öffnete. Sie kannte Joska Kiss vom Sehen und wusste, dass er bei der Kripo war. Linda war klar, dass nach der Spurensicherung nun auch noch die Kripo kommen würde, um Fragen zu stellen. Ihr Hausarzt hatte angedeutet, dass er bezüglich der Todesursache nicht sicher war und das hatte er melden müssen. Nun war sie gespannt, was er bemerkt hatte und welche Konsequenzen daraus erfolgen würden.

„Ah, guten Tag Herr Kiss. Und Herr ... ?", fragte sie freundlich und bat die Herren ins Haus. Sie führte sie der Einfachheit halber gleich im Untergeschoss in die Räumlichkeiten ihrer verstorbenen Adoptivmutter. Beim Anblick der beiden gut gekleideten Männer kam sie sich in ihrer löchrigen Kittelschürze, dem langen Faltenrock und den dicken Wollsocken in ihren alten Gummi-Schlappen äußerst schäbig vor. Hätten die sich nicht vorher anmelden können? Dann hätte sie sich etwas zurechtgemacht und ihre langen Haare zu ihrem gewohnten Dutt hochgesteckt. Nun stand sie hier mit offenen, hüftlangen Haaren vor ihnen - der erste Eindruck war entscheidend und der war nun sicher nicht gerade positiv. Aber egal - sie war hier zuhause und durfte darin herumlaufen, wie sie wollte. Energisch straffte sie die Schultern und wappnete sich für das kommende Gespräch.

„Clemens. Sascha Clemens. Sie kennen meinen Kollegen?"

„Oh ja! Wer kennt ihn nicht nach der Sache mit dem alten Messermacher und all den anderen Fällen, in denen auch seine Freundin Nora Angerer verstrickt war. Weiß doch das ganze Dorf!", hielt sie ihm entgegen und führte sie dabei in die große Wohnküche, wo ein alter Kochherd sonst sicher für gemütliche Wärme sorgte. Doch heute war es ungemütlich kalt und es roch abgestanden.

„Dann sind Sie Linda Bockmeyer, die Tochter der Toten Edith Bockmeyer?", fragte Joska Kiss, der diese Frau bisher noch nie bewusst wahrgenommen hatte.

„Ja, die Stieftochter, und das hier ist mein Stiefbruder Hugo. Sag guten Tag zu den zwei Polizisten!", forderte sie ihn auf und gehorsam hielt er den beiden Männern, wenn auch sehr zögerlich, seine Hand hin.

„Guten Tag Herr Bockmeyer. Wie geht es Ihnen nach dem plötzlichen Tod Ihrer armen Mutter?", fragte Joska mitfühlend und war sich nicht sicher, wie man mit einem erwachsenen Mann umging, der das Down-Syndrom hatte.

„Ein bisschen traurig, aber ich bin ja nicht oft bei ihr. Ich bin lieber bei Linda", sagte er sehr leise mit einem ängstlichen Blick zu seiner Schwester. Hatte er jetzt doch etwas Falsches gesagt?

„Wessen Wohnung ist das hier? Die Ihrer Mutter?", wollte Sascha wissen und beide nickten. „Wir werden uns später noch ein wenig hier umsehen. Die Spurensicherung war zwar schon da, aber wir machen uns immer gerne selbst ein Bild."

„Ich nehme an, Sie wissen bereits, dass unsere Mutter alkoholsüchtig war?", schaltete sich Linda Bockmeyer ein. Sie wollte nicht, dass ihr Bruder weiterhin befragt wurde, und wollte das Gespräch an sich reißen. Ob ihr das gelingen würde, war ihr zwar nicht klar, versuchen musste sie es jedoch. Wieder fingen ihre Hände zu zittern an, schnell schob sie sie in die Taschen ihrer Schürze und hoffte inständig, dass die Beamten nichts mitbekommen hatten.

„Das wissen wir. Aber daran ist sie nicht gestorben", sagte Joska Kiss kurz angebunden und wartete auf eine Reaktion der beiden.

„Nicht? An was denn dann?", rief die Tochter auch sofort und riss dabei die Augen erschrocken auf. Merkwürdigerweise ließ sie dabei ihre Hände in den Taschen, was den Beamten zwar auffiel, sie es aber nicht weiter beachteten. Ihr Bruder konnte dem Ganzen wohl nicht recht folgen, denn er schaute nur weiterhin traurig drein.

„Sie wurde vergiftet", erklärte der Kommissar und wartete geduldig und aufmerksam darauf, wie vor allem die Tochter reagieren würde. Doch Frau Bockmeyer schüttelte nur den Kopf und sagte nichts.

„Es war ein hübscher Heilkräuter-Cocktail - zu viel von allem Möglichen auf einmal, den ihr alkoholgeschwächter Organismus letztendlich wohl nicht verkraftet hat", ergänzte Herr Clemens und Joska fügte hinzu:

„Jetzt stellen sich uns folgende Fragen: Woher hatte sie die Kräuter? Hat sie sich das Zeug selbst zusammen gemischt oder hat sie es von jemandem verabreicht bekommen? Ging das über einen längeren Zeitraum oder war es ein einmaliger Giftcocktail, um sie umzubringen?

Selbstmord oder Mord? Also jede Menge Fragen, auf die wir gerne von Ihnen eine Antwort hätten!"

„Von mir?", rief die Frau entsetzt und starrte die Beamten mit ihren hellgrünen Augen an. Das lange, graumelierte Haar hing ihr strähnig herab und in ihren schlabbrigen Klamotten sah sie ziemlich heruntergekommen aus. Dennoch wirkte sie durch ihre Größe von knapp einem Meter achtzig und ihrem fülligen Körper recht einschüchternd.

„Ich kann Ihnen dazu nichts sagen. Ich wüsste auch nicht, dass sich meine Mutter großartig mit Heilkräutern ausgekannt hätte. Wirklich keine Ahnung, wie das Zeug in ihren Körper gekommen ist", erklärte sie mit solcher Bestimmtheit, dass die Kommissare ihr zunächst glauben mussten.

„Und Sie, Herr Bockmeyer wissen natürlich auch von nichts?", fragte Joska der Form halber, denn er war sich sicher, auch von ihm keine Auskunft zu bekommen und so war es dann auch. Der behinderte Mann schüttelte nur den Kopf und schaute weiterhin auf den Boden.

„Wohnt sonst noch jemand hier auf diesem Hof?", schaltete sich Sascha Clemens ein.

„Ja, mein Stiefbruder Harald mit seiner Frau Bettina und ihr Sohn Luca. Aber Harald ist auf der Jagd und seine Frau in der Klinik. Sie ist Ärztin. Luca müsste aber da sein. Soll ich ihn holen?"

„Wir bitten darum", antwortete Joska, wobei er Frau Bockmeyer anmerkte, dass sie ihren Bruder ungern alleine bei den Kommissaren ließ. Ihn mitzunehmen, wäre aber auch sehr verdächtig gewesen und so ging sie zögernd aus dem Raum. Natürlich ließen sich die Ermittler diese Gelegenheit nicht entgehen.

„Sie leben bei Ihrer Schwester, Herr Bockmeyer? Oder darf ich Hugo sagen?", fragte Joska freundlich.

„Ja, Hugo wohnt bei Linda. Schon lange. Sie mag mich lieber als Mutter und Mutter war ja auch krank. War immer genervt und böse und da wollte ich auch lieber bei Linda sein", antwortete er leise.

„Das kann ich gut verstehen. Wenn man krank ist, will man seine Ruhe haben. Aber wer hat sich denn um deine Mutter gekümmert, wenn sie krank war?", wollte Joska wissen.

„Eigentlich niemand so richtig. Nur Luca musste ein Mal am Tag nach ihr schauen, ob alles in Ordnung ist und so".

„Er musste es? Wer hat ihm das befohlen?"

„Die Bettina, glaub ich. Sie hat gesagt, dass er wenigstens diese eine Aufgabe erledigen soll, wenn er schon sonst nix macht".

„Aha ... na, da hat sie ja vielleicht sogar recht gehabt, oder meinst du nicht auch?", lächelte Joska, doch Hugo zuckte nur mit den Schultern.

„Du warst also schon länger nicht mehr bei deiner Mutter?", hakte Sascha nach.

„N ... nein! Ich war laaaange nicht bei ihr. Sie wollte mich ja auch nicht sehen. Sie ... mag mich nicht", stotterte er und schaute wieder verlegen zu Boden. Die beiden Beamten sahen sich an und gaben sich mit einem Blick zu verstehen, dass sie ihm nicht glaubten. Leider konnten sie nicht weiter in ihn dringen, denn Frau Bockmeyer kam mit ihrem Neffen zurück. Es war etwas seltsam, aber Hugo und sein Neffe Luca schienen fast im gleichen Alter zu sein.

„Guten Tag. Sie wollen mich sprechen?", fragte Luca Bockmeyer und ließ sich gelangweilt auf einen Stuhl fallen.

„Guten Tag Herr Bockmeyer. Ja, wir hätten ein paar Fragen zum Tod Ihrer Großmutter Edith Bockmeyer", eröffnete Joska das Gespräch mit diesem weiteren Familienmitglied, welches ihm sofort unsympathisch war. So stellte er sich einen Computer-Nerd vor: schlacksig, strähnige schwarze Haare, schlapprige Jeans und ein schwarzes T-Shirt mit Monsteraufdruck. Dieses Exemplar hatte dazu noch stahlblaue Augen und war fast zwei Meter groß.

„Bevor Sie fragen ... ich hab sie nur gefunden - sie lag einfach tot in ihrem Bett! An dem Tag war ich etwas spät dran gewesen, um nach ihr zu gucken - muss so gegen einundzwanzig Uhr gewesen sein - und da lag sie schon im Bett. Normalerweise geht sie immer erst kurz vor Mitternacht schlafen und ich schaue meist zu den Zwanzig-Uhr-Nachrichten bei ihr vorbei und die sehen wir uns dann gemeinsam an ... äh ... haben sie uns angeschaut", verbesserte er sich mit traurigem Blick. Ob er tatsächlich traurig über den Verlust seiner Großmutter oder aber ein guter Schauspieler war, konnten die Kommissare nicht erkennen.

„Danke für Ihre Auskünfte. Hat jemand von Ihnen an diesem Tag Kontakt mit ihr gehabt?", wollte Herr Kiss wissen, doch alle schüttelten die Köpfe. „Und die anderen beiden, Harald oder Bettina?" Nochmals Kopfschütteln. „Oder in den Tagen davor etwas Ungewöhnliches an ihr bemerkt?" Wieder einhelliges Kopfschütteln. So kamen sie also nicht weiter ...

„Wir werden dennoch mit Ihren Eltern sprechen müssen, Herr Bockmeyer", wandte sich Joska an Luca und der zuckte nur mit den Schultern.

„Wann kann man die beiden erreichen?", fragte Herr Clemens und wartete mit gezücktem Stift.

„Keine Ahnung, ehrlich! Mama schichtet und macht dauernd Überstunden, ich kenne ihren Dienstplan wirklich nicht und Papa ist ja arbeitslos und Jäger, also hat er auch keinen festen Zeitplan - der kommt und geht, wie es ihm passt und außerdem hat er tausend Tiere zu versorgen und ist wenig hier im Haus", ratterte Luca Bockmeyer herunter.

„Dann muss ich Sie bitten, Ihren Eltern auszurichten, dass wir sie auf dem Präsidium befragen müssen. Hier ist meine Karte. Sie sollen sich bei uns melden und einen Termin ausmachen. Wir werden sie zeitgleich, aber getrennt voneinander vernehmen ... bitte so bald wie möglich!", ordnete Joska Kiss an. Luca nahm die Karte wortlos entgegen und steckte sie in seine Hosentasche.

„War`s das jetzt?", wollte er wissen und stemmte sich von seinem Stuhl hoch.

„Fürs Erste ja. Die Gerichtsmedizin wird sich bei Ihnen melden, wenn die Untersuchungen abgeschlossen sind und der Leichnam freigegeben wird. Wir werden Ihre heutige Aussage noch schriftlich festhalten und haben sicher im Rahmen der weiteren Ermittlungen noch Fragen. Dazu werden wir Sie demnächst ebenfalls auf die Wache einladen. Sollte Ihnen noch etwas einfallen, meine Karte haben Sie ja. Wir brauchen Sie hier nun nicht mehr und würden uns gerne in Ruhe noch etwas umsehen. Auf Wiedersehen!", sagte Joska und auch Sascha verabschiedete sich. Aus den Augenwinkeln sah dieser, wie Linda Bockmeyer ihre Hände endlich aus den Taschen nahm - sie zitterten unkontrolliert, und sie versteckte sie schnell hinter ihrem Rücken.

Als Hugo und Linda Bockmeyer hinausgegangen waren, sprach Sascha das sofort an.

„Hast du gesehen, wie die Hände der Frau gezittert haben?"

„Nein, die hatte sie doch fast die ganze Zeit in den Taschen ihrer fürchterlichen Kittelschürze! Dass Frauen in ihrem Alter - die wird doch so um die Vierzig sein - sowas überhaupt noch anziehen! Sehr sexy, oder?", witzelte Joska, doch sein Partner ging nicht darauf ein.

„Ist doch egal - mit der stimmt auf jeden Fall was nicht! Du hättest ihre Hände sehen sollen! Die haben wirklich total unkontrolliert gezittert! Dem müssen wir neben allem anderen auch noch auf den Grund gehen, meinst nicht?"

„Wenn das tatsächlich so schlimm war, sollten wir das wohl tun, aber zuerst widmen wir uns der Wohnung hier!", bestimmte Joska und fing an, sich in der kleinen Küche umzuschauen. Irgendwie schien hier die Zeit stehen geblieben zu sein. Sascha erinnerte sich, draußen an der Hausmauer ein Schild mit der Aufschrift „1823", gesehen zu haben. Hier drin sah es in manchen Bereichen wirklich noch so aus wie vor zweihundert Jahren. Vor allem in der Küche der alte Holzofen-Kochherd, die alten Möbel und Regale schienen noch aus dieser Zeit zu stammen. Auch das Sofa war alt und schäbig.

„Wie in einem Bauernmuseum", murmelte Sascha, während er alle Schubladen inspizierte und sich Joska derweil im Schlafzimmer umsah. Aber alles, was sie fanden, war wohl der Beweis für die Trunksucht der alten Frau: jede Menge Schnapsflaschen, allerdings ohne Etikett. Joska schraubte eine auf und roch daran.

„Eindeutig Schnaps, wahrscheinlich selbst gebrannt", stellte er fest.

„Vielleicht auch mit mehr Prozenten als üblich. Ist hier keine volle Flasche mehr?"fragte Sascha und schnupperte ebenfalls daran. „Wir sollten alle Flaschen mitnehmen - eventuell ist in einer doch noch ein Rest drin, den man analysieren lassen könnte? Auf die Idee hätte die Spusi ja eigentlich auch kommen können, oder?"

„Hätten sie machen können beziehungsweise müssen, aber die sind halt auch nicht unfehlbar. Vielleicht findet sich in einer der Flaschen ja auch ein Rest dieses Giftcocktails?", bemerkte Joska mit aufkommender Erregung. Womöglich hatten sie einen ersten Hinweis gefunden?

„Los, packen wir die Flaschen ein! Handschuhe hab ich im Auto und auch ein paar Klappboxen - ich wäre heute mit Einkaufen dran gewesen", erklärte Joska und lief dabei hinaus in den matschigen Hof.

Als sie eine Stunde später endlich in ihrem Wagen saßen, hatten sie vierzig Flaschen im Kofferraum. Außer den Flaschen hatte ihre Durchsuchung der kompletten Wohnung keine weiteren Anhaltspunkte geliefert. Für die Rückfahrt wählten sie diesmal tatsächlich den Weg nach oben über den Hohenstaufen.

„Es ist jetzt bereits sechzehn Uhr. Machen wir erstmal Feierabend? Bevor wir die anderen beiden nicht befragt haben, wüsste ich jetzt auch nicht, was wir weiter tun könnten oder hast du ne Idee?", fragte Joska gähnend, während er seine Whatsapp-Nachrichten checkte. Nora machte in der Messerwerkstatt meist auch immer um sechzehn Uhr Schluss und danach gleich einen Spaziergang mit ihrem Schäferhund Hasso. Vielleicht konnte er sich da heute endlich mal einklinken und mitlaufen - würde ihm guttun und er konnte den Kopf frei bekommen. Der Fall schien komplizierter zu werden, als er anfangs gedacht hatte. Da sein Kollege nur mit den Schultern zuckte, war also Feierabend angesagt. Eigentlich wäre Joska ja schon fast zuhause gewesen, aber Saschas Wagen stand auf der Wache in Göppingen und so mussten sie zuerst dorthin fahren. Außerdem wollte er heute noch die Schnapsflaschen ins Labor bringen, beziehungsweise bringen lassen, denn das würde er seinem geschätzten Kollegen Sascha aufs Auge drücken.

5

Als die Beamten weg waren, fiel Linda in sich zusammen. Das unkontrollierbare Zittern steigerte sich in ein Schütteln des ganzen Körpers, das sie in die Knie zwang. Auf dem Boden kauernd ließ sie es geschehen. Sie hatte einfach keine Kraft mehr, sich dagegen zu wehren. Hugo schaute alles mit weit aufgerissenen Augen an, er traute sich weder, seiner Schwester näher zu kommen, noch sie aus den Augen zu lassen und abzuhauen. Reglos stand er mit hängenden Schultern da und beobachtete, wie der seltsame Anfall zuerst an Stärke gewann, dann jedoch ganz langsam wieder abebbte. Nach gefühlten endlosen Minuten rappelte sich seine Schwester endlich schweißgebadet hoch in die Hocke. Dort blieb sie zunächst, denn ihr wurde schwindlig und sie musste mehrmals blinzeln, bis sie sich wieder einigermaßen im Griff hatte. Als sie draußen ein Auto vorfahren hörte, zischte sie ihrem Bruder zu:

„Hilf mir aufzustehen! Die sollen mich nicht so sehen!"

Doch Hugo schien wie versteinert und rührte sich immer noch nicht.

„Nun mach schon! Bitte! Ich lese dir auch gleich was vor!", rief sie drängend und wie gehofft, zeigten diese Worte sofort ihre gewünschte Wirkung. Hugo eilte zu seiner Schwester und zog sie hoch. Er war erstaunlich kräftig für seine kleine Statur und wäre Linda nicht so groß gewesen, ihr kleiner Bruder hätte sie getragen, da war sie sich sicher. Auf ihn gestützt führte Hugo sie nach oben in ihre Dachwohnung, wo Linda sich erschöpft und verängstigt auf ihr Bett fallen ließ.

Was war nur los mit ihr?

Sie musste unbedingt ein außerordentliches Treffen ihres „Kreises" einberufen, vielleicht konnten ihre „Schwestern" ihr helfen oder ... das Buch! Sie riss es vom Nachttisch herunter und umklammerte es ganz fest wie einen Schatz. Bald darauf war sie eingeschlafen. Hugo hielt Wache und rührte sich nicht von der Stelle. Auch nicht, als er seinen Bruder Harald hatte heimkommen hören und auch nicht spät in der Nacht, als dessen Frau Bettina nach Hause gekommen war. Manchmal ging er zu ihnen hinunter und fragte sie nach ihrem Tag, aber heute nicht - heute musste er auf seine Linda aufpassen. Irgendwas war nicht so wie immer, aber er wusste nicht, was es war und das machte ihm Angst.

6

Am nächsten Vormittag erschienen Bettina und Harald Bockmeyer gemeinsam im Polizeipräsidium. Lola Amati, die Kripo-Sekretärin mit afrikanischen Wurzeln, begrüßte das Paar und bedeutete ihnen, noch kurz zu warten. Die Beamten Kiss und Clemens wären gleich zur Stelle. Frau Bockmeyer stieß ihren Mann unsanft in die Seite und zischte ihm zu:

„Mich nervt das Ganze jetzt schon! Was können wir denen denn schon sagen? Wir wissen doch auch nicht, was mit deiner Mutter passiert ist!"

„Richtig, aber das weiß die Polizei ja noch nicht und deshalb werden wir ihnen das jetzt sagen", meinte ihr Mann nur gelangweilt und fügte noch mit einem wohlwollenden Blick auf die rassige Schönheit, die sie in Empfang genommen hatte, hinzu: „Schon witzig, wenn so eine dunkelhäutige Frau mit schwäbischem Akzent spricht und diese knallroten langen Fingernägel ... echt Hammer, die Frau!"

„Jetzt lenk nicht ab und schau die nicht so gierig an, Mensch!", wetterte Bettina leise. „Die Frage ist doch, ob die uns glauben werden! Was is, wenn sie irgendwie rausfinden, wie sie vergiftet wurde und wir nicht beweisen können, dass wir damit nix zu tun haben? Ich bin Ärztin, Habo!", zischte sie und benutzte aus reiner Gewohnheit den Spitznamen ihres Mannes. Früher hatte sie ihn aus Liebe gerne verwendet, doch das war lange her. „Die werden doch vermuten, dass ich Anzeichen einer Vergiftung hätte bemerken müssen.

Aber ich war doch seit Wochen nicht mehr bei ihr!", jammerte Bettina, doch ihr Mann zuckte nur die Schultern.

„Dann sag denen das doch, Bettina und jammer mir nicht die Ohren voll! Wir haben damit nix zu tun und damit basta!"

„Dein Wort in Gottes Ohr!", flüsterte die nervöse Frau und strich sich durch ihre weißblonden, kurzen Haare. Mit starrem Blick fixierte sie die Türe, durch die sie demnächst würden gehen müssen.

Welche Fragen man ihnen wohl stellen würde?

Welche Familiengeheimnisse würden vor Fremden ausgebreitet werden?

Warum musste ihre blöde Schwiegermutter auch dauernd zur Flasche greifen und warum hatte sie als Ärztin das nicht verhindern können?

Ihr wurde übel bei dem Gedanken, dass man sie für alles verantwortlich machen könnte! Dabei hatte sie von Anfang an nicht den geringsten Einfluss auf Edith gehabt! Ihre Schwiegermutter hatte sie, Bettina, noch nie leiden können und hatte sie nie zur Familie gezählt. Aber das würde sie der Polizei sicher nicht auf die Nase binden, das wäre zu verdächtig und vielleicht sogar das Mordmotiv, nach dem die suchten. Gerade wollte sie ihrem Mann eintrichtern, ja nichts vom schlechten Verhältnis zwischen ihr und seiner Mutter zu erzählen, da wurde die Türe schwungvoll aufgerissen und ein junger, gut aussehender Mann kam auf sie zu.

„Guten Tag, Frau Bockmeyer? Und Herr Bockmeyer, nehme ich an?", fragte Joska Kiss und streckte zuerst der attraktiven Frau die Hand entgegen. Ihr fester Händedruck bestätigte seinen ersten Eindruck - diese zierliche, aber sehr durchtrainierte Dame hatte eine ausdrucksstarke Persönlichkeit. Sie strahlte einerseits durch ihre aufrechte Haltung Selbstsicherheit aus, ihr Gruß fiel jedoch sehr leise, fast schüchtern aus - sie wirkte, als wäre sie jetzt schon auf der Hut. Joska war sehr gespannt, wie das Gespräch mit Bettina Bockmeyer verlaufen würde. Denn dass er die Frau übernahm, hatte er im ersten Moment schon entschieden. Sascha durfte gerne den dürren Jägersmann übernehmen, der einen laschen Händedruck hatte, aber nicht so nervös wie seine Frau wirkte.

„Ja, guten Tag. Ich bin Bettina Bockmeyer und das ist mein Mann Harald. Mein Sohn sagte uns, dass Sie uns sprechen wollen? Wenn es um die Vergiftung meiner Schwiegermutter geht, darüber wissen wir wirklich gar nichts!", hob die gehetzt wirkende Frau an, doch Joska ging nicht darauf ein. Inzwischen war auch sein Kollege Clemens zu ihnen getreten und sie wurden einander vorgestellt.

„Frau Bockmeyer - wenn Sie mir bitte folgen würden? Herr Clemens kümmert sich um Ihren Mann."

„Wir werden nicht zusammen vernommen?", fragte Frau Bockmeyer fast schon panisch, hatte sich dann aber sofort wieder im Griff. Sie hatte selbst bemerkt, wie verdächtig das rübergekommen war und so fügte sie noch hinzu: „Alles klar, schon in Ordnung. Müssen Sie ja so machen, nehm ich an".

„So ist es, gnädige Frau und nun kommen Sie bitte mit. Möchte jemand Kaffee oder sonst etwas?", fragte Herr Kiss und orderte dann für alle Kaffee bei seiner Assistentin Lola.

„Nehmen Sie bitte Platz, Frau Bockmeyer. Ich werde das Gespräch aufzeichnen", eröffnete Herr Kiss die Vernehmung und deutete auf einen Stuhl ihm gegenüber.

„Brauche ich einen Anwalt?", fragte Bettina Bockmeyer, rügte sich im Stillen aber sofort für diese unbedachte Äußerung. Natürlich brauchte sie noch keinen Rechtsbeistand, sie war ja nur eine Zeugin und keine Verdächtige (noch nicht!). Das erklärte ihr dann auch der Kommissar und begann nach der üblichen Einführung und des Einschaltens des Aufnahmegerätes mit der Befragung:

„Ihre Frau Schwiegermutter ist im Laufe des Sonntags, achter März zweitausendzwanzig an einer Vergiftung gestorben. Man kann in einem solchen Falle nicht von einer genauen Tatzeit sprechen - wir wissen inzwischen zwar die Zusammensetzung des Giftcocktails - jedoch können wir keine exakte Zeit herleiten, wann Frau Edith Bockmeyer das Mittel zu sich genommen hat. Somit ist es etwas müßig, Sie zu fragen, wo Sie zur Tatzeit waren. Ich kann Sie also nur fragen, ob Sie etwas über gewisse Heilkräuter wissen, die man Ihrer Schwiegermutter in zu hoher Dosis verabreicht hat?"

„Woher wollen Sie denn wissen, ob sie sich das Zeug nicht selbst einverleibt hat?", kam es trotzig zurück und wieder rief sich Bettina Bockmeyer zur Besonnenheit auf. Sie musste wirklich aufpassen, dass sie nicht doch zum Kreis der Verdächtigen befördert wurde.

„Das wissen wir natürlich nicht und genau das gilt es ja, herauszufinden. Sie waren es also nicht und wissen auch gar nichts darüber?"

„Ich war es nicht, das können Sie mir glauben!", rief die Befragte und bekam wieder Oberwasser. „Ich hasse Heilkräuter und das ganze Drumherum geradezu! Als Ärztin sind mir diese Quacksalber zuwider und ich kenne mich mit diesen ganzen Mittelchen und Kräutern überhaupt nicht aus. Niemals hätte ich meiner Schwiegermutter so etwas verabreicht! Im Gegenteil! Wenn ich davon gewusst hätte, hätte ich natürlich versucht, es ihr auszureden!"

„Hätten Sie es denn überhaupt mitbekommen und falls ja, hätte Ihre Schwiegermutter auf Sie gehört? Wie war Ihr Verhältnis zueinander?", wollte der Kommissar wissen und augenblicklich kam Bettinas Nervosität wieder zum Vorschein. Das hatte der gewiefte Polizist bestimmt bemerkt - sie musste wirklich vorsichtiger sein!

„Unser Verhältnis war weder gut noch schlecht. Wir wohnten zwar im selben Haus, aber gesehen haben wir uns nur manchmal kurz im Treppenhaus und an Weihnachten. In einem haben Sie natürlich recht: Ich hätte es nicht mitbekommen, wenn sie das Zeug genommen hätte, beziehungsweise, ich hätte vielleicht gemerkt, dass sie schneller als durch Alkohol üblich abgebaut hätte, wenn sie das Gift über einen längeren Zeitraum eingenommen hätte. Aber da ist mir nichts aufgefallen, also muss sie es eher in einem oder wenigstens in sehr kurzen Abständen kurz vor ihrem Tod getrunken haben. Ich gehe als Ärztin von Letzterem aus, denn wenn die ganzen Substanzen noch im Blut nachweisbar waren, muss sie sie auf einmal genommen haben. Oder wie sieht das die Gerichtsmedizin?", fragte sie herausfordernd und wieder in ihrer alten Selbstsicherheit.

„Sie haben als Ärztin genau richtig kombiniert, Frau Bockmeyer. Auch die Rechtsmediziner gehen davon aus, dass der Giftcocktail auf einmal oder zumindest in sehr kurzen Abständen eingenommen wurde. Wenn Sie uns bei dieser Frage nicht helfen können ... nun gut ... wir sind ja erst am

Beginn unserer Ermittlungen. Wir werden es schon noch herauskriegen - auch ohne Ihre Hilfe", verkündete der Kommissar zuversichtlich, was die Ärztin wieder in Aufregung versetzte.

„Es ist doch nicht so, dass ich Ihnen bei der Aufklärung nicht helfen will, Herr Kiss!", polterte sie los. „Ich kann Ihnen nicht behilflich sein, weil ich nichts weiß und auch nichts getan habe!"

„Das glaube ich Ihnen ja, zumindest so lange, bis wir nichts Genaueres herausgefunden haben. Themenwechsel: Erzählen Sie mir etwas über Linda Bockmeyer", forderte Joska sein Gegenüber auf.

„Was gibt es über die schon zu sagen? Sie ist eine alte Jungfer, die sich aber liebevoll um ihren behinderten Stiefbruder kümmert. Sie ist Altenpflegerin und wohnt seit ihrer Adoption als Dreijährige auf dem Bockmeyer-Hof. Leider haben Harald und Linda kein gutes Verhältnis zueinander, aber warum das so ist, weiß ich nicht. Das war wohl schon immer so, aber da müssen Sie meinen Mann fragen."

„Das werden wir tun, Frau Bockmeyer. Aber gesundheitlich ist bei Linda alles in Ordnung?"

„Warum fragen Sie das? Ich weiß zumindest nicht, dass sie irgendwelche Probleme hätte. Außer vielleicht Rückenschmerzen - aber wer hat die nicht und bei dem anstrengenden Beruf als Altenpflegerin ist das ja auch kein Wunder!"

„Reine Routine", sagte Herr Kiss darauf nur, denn er würde ihre Beobachtung bezüglich des Zitterns nicht ansprechen, wenn es Bettina Bockmeyer bisher nicht aufgefallen war. Oder sie wollte es nur nicht erwähnen? Irgendwie kam er bei dieser Befragung nicht weiter und er wollte sie gerade beenden, als Frau Bockmeyer doch nochmal das Wort ergriff:

„Ich weiß zwar nicht, ob es etwas mit Ihrem Fall zu tun hat, aber mein Mann klagt in letzter Zeit ständig darüber, dass es fast all seinen Tieren so schlecht geht. Er kann es sich nicht erklären und seine Katze ist auch schon längere Zeit nicht mehr aufgetaucht."

„Tja, keine Ahnung, ob es da einen Zusammenhang gibt. Aber gut, dass Sie es mir gesagt haben. Wir werden Augen und Ohren offen halten und das sollten Sie zuhause auch tun, falls Ihnen weiterhin etwas verdächtig vorkommt", forderte der Kommissar die Ärztin auf und beendete damit die Befragung. Er begleitete die Frau nach draußen und bat sie, noch kurz zu warten. Er wolle kurz zu ihrem Mann und seinem Kollegen gehen.

„Wir sind doch eh getrennt gekommen und ich muss auch gleich wieder in die Klinik", verkündete Frau Bockmeyer und rauschte davon. Kopfschüttelnd ging Joska zu Sascha ins nächste Vernehmungszimmer.

„ ... keine Ahnung, ob sich meine Schwester mit Heilkräutern auskennt", schnappte Joska auf, als er eintrat. „Möglicherweise hat sie da etwas in ihrer Ausbildung zur Altenpflegerin gelernt, aber echt ... darüber haben wir nie gesprochen. Das müssen Sie sie schon selbst fragen!", sagte Harald Bockmeyer inzwischen doch leicht genervt. Von seiner anfänglichen Coolness war nicht mehr viel übrig.

„Mit Ihrer Frau bin ich schon fertig und hätte auch noch ein paar Fragen an Sie, falls sie mein Kollege nicht bereits gestellt hat", eröffnete Herr Kiss sein Gespräch mit dem Zeugen.

„Und welche wären das?", schnappte Herr Bockmeyer und verschränkte demonstrativ die Arme vor der Brust.

„Mich interessiert, warum Sie und Ihre Schwester kein gutes Verhältnis zueinander haben", fragte er geradeheraus, was seine Gegenüber, ihren Minen nach zu urteilen, in Erstaunen versetzte. Also hatten sie wohl noch nicht darüber gesprochen.

„Woher wollen Sie wissen, wie unser Verhältnis ist?", knurrte Harald Bockmeyer und biss die Zähne zusammen.

„Ihre Frau hat das angedeutet", sagte Joska nur.

„Aha ... die muss es ja wissen. Aber was hat das alles mit dem Tod unserer Mutter zu tun?", fragte er herausfordernd.

„Bis jetzt noch nichts, aber das versuchen wir ja, herauszufinden. Es kann also nicht sein, dass Sie und Ihre Schwester gemeinsam geplant haben, Ihre Mutter umzubringen? Nur so als Idee?", warf Joska in den Raum und beobachtete den Zeugen dabei ganz genau.

„Wir beide zusammen? Das ist wirklich lächerlich!", rief Herr Bockmeyer und fing tatsächlich zu lachen an.

„Für uns ist das nicht lächerlich, aber wenn Sie also wirklich so ein schlechtes Verhältnis zu Ihrer Schwester haben, dann haben entweder Sie oder Linda alleine Ihre Mutter vergiftet?", fragte Joska herausfordernd, was Herrn Bockmeyer aufspringen ließ.

„Ich habe es Ihrem Kollegen schon gesagt - niemand aus meiner Familie hat etwas mit dem Tod unserer Mutter zu tun! Keine Ahnung, woher sie das Gift hatte und warum sie es genommen hat! Vielleicht hatte sie einfach die Schnauze voll von ihrem Säuferleben, was weiß denn ich!?", rief er aufgebracht und starrte die beiden Kommissare wütend an.

„Bitte setzen Sie sich wieder, Herr Bockmeyer! Sie sind hier nur als Zeuge, aber wenn Sie sich weiterhin so aufführen, kann sich das auch schnell ändern!", befahl Joska Kiss und Harald Bockmeyer setzte sich widerstrebend wieder auf seinen Stuhl.

„Tut mir leid, wirklich! Aber verdächtigt zu werden, die eigene Mutter umgebracht zu haben, ist schwer zu verdauen! Zumal ich in letzter Zeit mit den Nerven etwas runter bin", entschuldigte sich Herr Bockmeyer, worauf Sascha sofort einhakte:

„Warum denn, Herr Bockmeyer?"

„Na ja ... seit ein paar Wochen hab ich ständig Probleme mit meinen Tieren! Zuerst ist meine Katze verschwunden, dann haben die Hasen und Meerschweinchen nichts mehr gefressen und meinen Hirschen und Rehen geht es irgendwie auch nicht gut. Ich kann mir das alles nicht erklären und mache mir allmählich große Sorgen!"

„Meinen Sie, es gibt da einen Zusammenhang zwischen diesen Vorfällen und dem Tod Ihrer Mutter?", wollte Joska wissen.

„Keine Ahnung, aber das erscheint mir schon etwas weit hergeholt. Warum sollte das jemand tun? Wenn man mir schaden wollte, dann würde er doch meiner Mutter nichts tun. Wir hatten doch kein inniges Verhältnis zueinander", erklärte der Zeuge.

„Außer, der Täter wusste davon nichts und hat es wirklich auf Sie abgesehen", murmelte Joska mehr zu sich selbst, versetzte Herrn Bockmeyer damit aber in Panik.

„Auf mich abgesehen? Aber warum denn? Ich habe keine Feinde!", bekräftigte er, doch das kam für die Kommissare etwas zu schnell.

„Wirklich keiner, dem Sie mal auf die Füße getreten sind?", fragte Joska, was Herrn Bockmeyer schon wieder aufspringen ließ.

„Aber deshalb bringt man doch niemanden um und vergreift sich an wehrlosen Tieren!", brauste er auf.

„Also haben Sie sich doch mal bei jemandem unbeliebt gemacht?", hakte der Kommissar nach.

„Nein, hab ich nicht!", schrie der Mann jetzt beinahe, was den Beamten doch etwas verdächtig vorkam. Beide schienen jedoch diese Befragung nicht weiterführen zu wollen, denn Joska sagte in ruhigem Tonfall:

„Das war´s fürs Erste, Herr Bockmeyer. Halten Sie sich aber bitte weiterhin zu unserer Verfügung. Sie finden alleine hinaus?"

„Ja. Guten Tag die Herren!", sagte Harald Bockmeyer erleichtert und rauschte hinaus.

„Der Typ hat was zu verbergen, da bin ich ganz sicher. Aber was und wie kriegen wir das raus?", fragte Joska und sah seinen Kollegen herausfordernd an. „Wen außer den Familienmitgliedern könnten wir noch befragen? Edith Bockmeyer hat ja anscheinend sehr zurückgezogen gelebt, hatte keinerlei Kontakt zu irgendwem - außer zu ihrem Arzt, aber der konnte uns ja auch nichts weiter sagen. Es ist zum Verrücktwerden!"

„Und selbst wenn das Labor herausfinden sollte, dass in einer der Flaschen das Gift drin war, hilft uns das auch nicht viel weiter. Außer sie finden noch andere Fingerabdrücke auf den Flaschen als die der alten Bockmeyer, aber daran glaub ich nicht", seufzte auch Sascha und beide verfielen in grüblerisches Schweigen. Da hinein platzte ausgerechnet ihre Chefin.

„Was ist denn mit euch los? Ihr seht ziemlich niedergeschlagen aus! Der Fall aus Ottenbach?", fragte sie und setzte sich zu ihnen.

„Jap!", sagte Joska und setzte seine Vorgesetzte schnell in Kenntnis der momentanen Lage. „Alle Familienmitglieder haben wir befragt und keiner will es gewesen sein und keiner weiß was. Wenn auf den Flaschen keine weiteren Fingerabdrücke drauf sind, weiß ich gerade auch nicht, wie wir da weiterkommen sollen!", bekannte Joska und seufzte vernehmlich.

„Dann wartet doch erstmal dieses Ergebnis ab. Vielleicht ergibt sich daraus dann eine erste Spur. Falls nicht, solltet ihr mal in der Vergangenheit von Edith Bockmeyer nachforschen. Vielleicht findet ihr da ein Motiv für den Mord. Bevor wir nicht alles versucht haben, lege ich den Fall nicht als Selbstmord zu den Akten!", bestimmte die Chefin und ließ ihre beiden jungen Kollegen wieder alleine.

„Nachforschungen in die Vergangenheit - das ist doch dein Metier, Sascha", sagte Joska hoffnungsvoll, denn dazu hatte er überhaupt keine Lust. „Ich höre mich in der Gegenwart bei den Ottenbachern noch ein bisschen um. Mit irgendjemandem muss die Frau doch Kontakt gehabt haben!"

„Guter Plan, ich klemm mich gleich dahinter. Du fährst auch gleich nach Ottenbach?"

„Nein, ich gehe erst nochmal meine Fortbildungsunterlagen durch. Zur Mittagspause fahre ich dann nach Hause zu Noras Familie zum Essen und danach versuche ich was rauszufinden", entschied Joska und ging nicht ganz so schwungvoll wie sonst in sein Büro. Eigentlich hatte er heute keinen Elan mehr zum Lernen, aber er musste! Die Prüfungen standen bald an und wegen des neuen Falls würde er noch weniger Zeit zum Büffeln haben. Seufzend setzte er sich an seinen Schreibtisch, jedoch nicht ohne sich vorher bei Lola einen Kaffee bestellt zu haben.

7

Die sechsundzwanzigjährige Messermacherin Nora Angerer hatte sich sehr gefreut, als ihre Mutter verkündet hatte, dass ihr Freund Joska heute mit ihnen zu Mittag essen würde. Delfina Angerer kochte jeden Mittag für die ganze Familie und so saßen sie nun zu sechst in der großen Küche des alten Wohnhauses von Noras Großeltern, in dem sich auch die Messerwerkstatt befand. Nach deren Tod war nun nur noch die Werkstatt in dem Einfamilienhaus, wohnen wollte darin momentan noch niemand. Nora und ihr zwei Jahre jüngerer Bruder Felix und seine kleine Tochter wohnten lieber noch bei ihren Eltern auf dem Hof, denn keiner von beiden hatte Lust, in dem Haus zu wohnen, in dem sich auch die Firma befand. Wer da wohnte, hatte auch die meiste Arbeit mit allem, da waren sie sich einig. Es war dann bestimmt schwer, Arbeit und Privates zu trennen. Man hatte aus Sicherheitsgründen eine stabile Tresortüre in einen der Kellerräume eingebaut, wo die wertvollsten Materialien und Messer gelagert wurden. Als das Haus noch bewohnt und ein Hund da war, hatten sich die Angerers noch sicher gefühlt. Aber jetzt stand das Haus nach Feierabend, nachts und an den Wochenenden leer und deshalb hatte man auch noch eine Alarmanlage installieren müssen. Leider hatte es in der letzten Zeit immer mal wieder Einbrüche im beschaulichen Ottenbach gegeben - die angebliche „Heile Welt" bekam auch hier erste Risse.

„Da es sich im Dorf ja wahrscheinlich eh schon rumgesprochen hat, dass die Edith Bockmeyer gestorben ist, kann ich mit euch ja drüber reden", fing Joska nach dem Essen an. „Ach ja, Delfina - dein Essen war wieder wunderbar, wie immer! Danke, dass ich so kurzfristig noch was abgekriegt hab!", fügte er noch schnell hinzu, da er wusste, wie sehr sich seine Schwiegermutter in spe über ein Kompliment freute. Der inzwischen Dreißigjährige staunte immer wieder über die aus Portugal stammende Delfina. Mit ihren vierundfünfzig Jahren, ihren pechschwarzen langen, gewellten Haaren und ihren weiblichen Kurven war sie auch heute noch sehr attraktiv. Besonders auffallend waren ihre stahlblauen Augen mit den dichten Wimpern, ihr herzförmiger Mund und die leicht aufstrebende kleine Nase. Die letzten beiden Eigenschaften hatte sie an ihre Tochter weitergegeben, auch die Dichte der Haare, jedoch nicht ihre Farbe - Nora hatte lange, feuerrote Locken, wunderschöne, moosgrüne Augen und jede Menge Sommersprossen, die Joska besonders an ihr liebte.

„Danke dir, Joska! Ich freue mich doch immer, wenn du mal ein bisschen Zeit für uns hast! Wir wohnen zwar im selben Haus, aber wir sehen uns viel zu selten und wenn, dann nur kurz", seufzte die rassige Mittfünfzigerin, die ihre portugiesischen Wurzeln nicht verleugnen konnte. Familie war für sie das Wichtigste und sie hielt mit ihrer mütterlichen Art alles zusammen.

„Das stimmt wohl, aber was will man machen?", entgegnete Joska und schaute dennoch schuldbewusst drein. Nora ging darauf jedoch nicht ein, sie interessierte natürlich etwas ganz anderes.

„Warum ist der Fall Bockmeyer auf eurem Tisch gelandet?"

„Ach Noralein ...", fing ihr Freund aufseufzend an, doch seine Freundin beantwortete sich ihre Frage gleich selbst:

„Das darfst du mir aus ermittlungstechnischen Gründen nicht sagen, ja ... ja ... ich weiß! Tut mir leid, dass ich überhaupt gefragt hab", schnappte sie und war nicht sauer auf Joska, sondern auf sich selbst. Nach inzwischen vier Kriminalfällen, in die sie jedesMal irgendwie verwickelt gewesen war, sollte sie doch wissen, wie der Hase lief. Ihr Mundwerk war halt wie so oft mal wieder schneller gewesen als ihr Verstand.

„Du weißt doch, wie das läuft Nora. Allerdings ist es im Fall Bockmeyer noch nicht erwiesen, ob es Mord oder Selbstmord war und genau das müssen wir jetzt herausfinden. Dafür werde ich mich hier im Ort umhören und da kann ich ja auch gleich mit euch anfangen, wenn ihr kurz Zeit dafür hättet?", meinte Joska und schaute die Messermacher nacheinander an: Noras Vater, den Firmenchef Jakob Angerer, der inzwischen eigentlich schon in Rente gehen könnte, sein zehn Jahre jüngerer Bruder Tobias und Noras Bruder Felix, der mit seinen vierundzwanzig Jahren bereits Vater war. Seine kleine Tochter Malina war gerade in der Obhut seiner Freundin, die momentan Semesterferien hatte.

„Du kannst uns gerne während der Arbeit befragen, Joska. Wir müssen für die nächste Messe noch einiges fertigmachen und sollten gleich wieder an die Arbeit", bestimmte das Familienoberhaupt und ohne zu murren begaben sich alle wieder in die Werkstatt, deren Räume direkt neben dem Wohnbereich waren. Die familiäre Atmosphäre gefiel den Kunden immer sehr gut, wurden die Gespräche und die

Präsentationen der Messer doch im gemütlichen Wohnzimmer abgehalten.

„Also, dann legen wir mal mit der Befragung los!", verkündete der junge Kommissar und setzte sich auf einen kleinen Hocker neben Noras Arbeitsplatz. „Kanntet ihr die Edith Bockmeyer?"

„Nein", kam es einstimmig, was Joska sofort entmutigte. Dennoch fragte er weiter:

„Und den Rest der Bockmeyers?"

„Wer ist das denn alles? Ich kenne nur den Harald und den Hugo", sagte Nora und nun keimte doch Hoffnung in ihrem Freund auf. Joska wollte natürlich nicht, dass seine Freundin schon wieder in einen seiner Fälle verwickelt wurde. Aber wenn sie Informationen darüber hatte, musste er sie sich zumindest anhören.

„Fangen wir mit Harald an. Den kennst du also - woher?", fragte er in polizeilichem Interesse und versuchte zu verhindern, dass sich seine private, eifersüchtige Neugier allzu offensichtlich zeigte.

„Vom Gassigehen und den Hugo auch, der steht immer an der Bushaltestelle", knurrte Nora beinahe, denn ihr war der argwöhnische Unterton natürlich nicht entgangen.

„Ach ja, der Harald hat ja auch einen Hund. Wo ist eigentlich dein Hasso?", wollte Joska nun wissen, denn er hatte den großen Schäferhund heute noch gar nicht gesehen.

„Der liegt leidend in seinem Korb", sagte Nora lächelnd, was Joska sehr verwirrte. Wie konnte sie lächeln, wenn es Hasso so schlecht ging? Nora musste seine Gedanken wohl gelesen haben, denn sie fügte immer noch grinsend hinzu: „Die Nachbarshündin ist läufig."

„Oh je, der Arme! Jetzt frisst er wieder tagelang nix. Irgendwie isses schon Tierquälerei, wenn man die Hunde nicht kastriert. Wie würden wir Männer uns fühlen, wenn wir unsere Triebe nicht ausleben dürften?“, fragte Joska in die Runde der Herren, erwartete aber keine Antwort. „Zurück zu unserem Fall: Was weißt du über Harald und seine Familie, Nora?“

„Eigentlich nicht viel. Er hat mir nur letztens von seinen Tieren erzählt und dass es denen nicht gut geht. Seine Katze ist auch verschwunden. Über andere Themen haben wir nicht gesprochen. Wir reden immer nur über die Tiere, wenn wir uns zufällig beim Gassigehen begegnen“, konnte sich Nora nicht verkneifen, nochmals zu betonen.

„Schon gut Nora, ich glaube dir ja“, sagte Joska nun doch etwas genervt. „Die anderen Bockmeyers kennt ihr also nicht?“

„Nein, das heißt ... die Tochter ... Linda heißt sie, richtig?“, hakte Delfina nach und Joska nickte. „Die hab ich beim letzten Treffen der Landfrauen gesehen, glaub ich. Mit ihr gesprochen hab ich allerdings nicht. Ihre ganze Erscheinung hat mich irgendwie ... wie soll ich sagen? ... eingeschüchtert - das trifft es wohl am Besten“, sinnierte Delfina, die sich im Nachhinein auch nicht erklären konnte, warum das so war. Diese zwar deutlich jüngere Frau hatte ihr durch ihre Größe, ihre bäuerliche, etwas schmuddelige Kleidung und die stechend hellgrünen Augen sogar ein wenig Angst eingeflößt. Joska konnte das nachvollziehen, würde es aber hier nicht zugeben.

„Einen besonders liebreizenden Eindruck macht die Dame tatsächlich nicht, aber das soll ja nichts heißen, nicht wahr?

Nach Äußerlichkeiten darf ich gar nichts bewerten - ich brauche Beweise und damit sieht es momentan sehr düster aus", jammerte der junge Kommissar und raufte sich die Haare.

„Jetzt weißt du doch immerhin, dass sie bei den Landfrauen dabei ist. Quatsch doch mal mit denen", schlug Nora vor und Joska schüttelte über sich selbst den Kopf - darauf hätte er ja auch selber kommen können.

„Natürlich spreche ich mit den Landfrauen. Wann ist das nächste Treffen der Ottenbacherinnen?", fragte er an Delfina gewandt, die sogleich ihr Smartphone zu Rate zog.

„Du hast Glück, mein Lieber. Morgen ist der Kaffeenachmittag mit Vortrag im Gasthaus Buchs. Da werden zwar nur Frauen sein, aber da hast du wahrscheinlich den Großteil unserer Ortsgruppe beieinander. Allerdings weiß ich nicht, ob Linda auch da sein wird. Du kannst die anderen ja schlecht befragen, wenn sie danebensitzt", stellte Delfina fest.

„Das werde ich dann wohl drauf ankommen lassen müssen. Falls sie doch da ist, merkt sie jedenfalls, dass wir in alle Richtungen recherchieren, und sollte sie doch etwas mit dem Tod ihrer Adoptivmutter zu tun haben, wird sie mein Erscheinen hoffentlich nervös machen", sagte Joska und erhob sich von seinem Hocker. Er gab Nora einen flüchtigen Kuss und wollte sich gerade von den Messermachern verabschieden, als Felix noch etwas fragte.

„Ich hab vorhin in den Nachrichten gehört, dass die ersten Messen wegen dem Corona-Virus abgesagt werden. Ich kann mir vorstellen, dass das dann seine Kreise zieht und auch unsere in zwei Wochen gestrichen wird. Meint ihr nicht auch?"

„Bis jetzt gibt es noch nichts Offizielles, aber wenn ich ehrlich sein soll, hab ich mir bereits schon selbst darüber Gedanken gemacht und bin versucht, die Messe von uns aus abzusagen. Der Gedanke an diese ganzen Menschenmassen ist mir jetzt schon unangenehm", sagte das Familienoberhaupt, worauf ihm alle zustimmen mussten. Wenn sich das Virus wirklich so schnell ausbreitete, war es sicher ein guter Weg, das mit allen Mitteln zu verlangsamen.

„Ich hab gestern auch schon auf allen möglichen Kanälen recherchiert und mir einige Talkrunden angeschaut. Leider gehen die Meinungen der Experten bei einigen Fakten ziemlich auseinander, was das Ganze nicht einfacher macht. In der Haut der Politiker möchte ich jetzt nicht stecken! Wem sollen sie glauben und welche Entscheidungen sind die richtigen?", vermeldete Nora, die das ganze Ausmaß dieser Krise bisher noch nicht hatte wahrhaben wollen.

„Was richtig und was falsch war, wird man erst hinterher beurteilen können. Wir müssen für uns entscheiden, was wir tun wollen", meinte Delfina. „Ich denke, dass es nicht schaden kann, mehr auf die Nies- und Hustenetikette zu achten, mehr Abstand zu halten, egal ob wegen Corona oder Influenza oder einer einfachen Erkältung. Und auf mehr Hygiene zu achten, ist sicher auch sinnvoll in der Erkältungszeit. Ich habe auch schon gehört, dass nicht nur die Schulen, sondern auch die Sportstätten und wahrscheinlich auch die Gaststätten, Bars und Hotels geschlossen werden sollen. Auch die ganzen Hauptversammlungen der Vereine und Abteilungen könnten abgesagt werden. Bin gespannt, ob das Treffen der Landfrauen nicht auch noch kurzfristig gestrichen wird."

„Wenn die Fachleute denken, das wird helfen, die Ausbreitung des Virus zu verlangsamen, dann müssten wirklich alle an einem Strang ziehen - sonst bringt das alles nicht den gewünschten Effekt. Und dass sich alle an die Vorgaben halten werden, ist mehr als fraglich", verkündete Jakob und setzte noch hinzu:

„In der heutigen Gesellschaft gibt es doch immer mehr Ichlinge, die nur noch auf den eigenen Vorteil bedacht sind. Warum sonst sollten gerade alle Toilettenpapier, Mehl und Nudeln aufkaufen? Hauptsache, ihnen fehlt es an nichts!"

„Ist das tatsächlich so? Ich dachte, das ist ein Witz!", rief Nora, die in den letzten Tagen nicht mehr einkaufen war.

„Doch, ist wirklich so. Die Regale sind bei einigen Discountern schon leer. Ist echt nicht zu fassen! Haben wir noch ausreichend Vorräte?", grinste Jakob seine Frau an.

„Selbstverständlich! Du weißt doch, dass ich immer genügend von allem im Haus hab!", echauffierte sich seine Frau, doch Jakob lächelte sie zärtlich an.

„Das weiß ich doch, meine Liebe! Aber vielleicht wäre jetzt ein guter Zeitpunkt, auch mal die Gefriere leer zu essen und andere Sachen, die wir schon länger lagern?"

„Das ist ein guter Plan, Jakob. So machen wir das. Wir kaufen nur noch das Nötigste und es geht immer nur einer von unseren drei Haushalten für alle einkaufen. Dann minimieren wir die Ansteckungsgefahr nochmals und ansonsten bleiben wir unter uns, dann sollte das Ganze doch bald überstanden sein!", meinte die Mutter zuversichtlich.

„Hoffen wir es! Wir haben immerhin die Chance, das so zu machen, aber Joska wird sicher weiterhin arbeiten müssen und auch alle anderen in systemrelevanten Berufen. Denen gebührt schon jetzt mein ganzer Respekt und meine Hochachtung und natürlich auch mein Mitgefühl!", meldete sich Jakobs Bruder Tobias zu Wort.

„Da hast du Recht! Wenn die Polizei dann auch noch kontrollieren soll, dass sich alle an die Vorgaben halten, dann wird das noch richtig lustig werden!", seufzte Joska, dem das alles bisher noch gar nicht so richtig bewusst war.

„Ich danke euch trotzdem für eure Auskünfte. Wir sehen uns heute Abend."

„Wenn nichts dazwischenkommt!", riefen Nora und ihre Mutter im Chor, was die ganze Familie zum Lachen brachte.

8

Bald ist Mitternacht ... endlich!, dachte Linda, die bereits angezogen auf ihrem Bett lag. Sie hatte am Abend wie immer ihrem Bruder Hugo vorgelesen und ihm anschließend seinen Schlaftee gebracht. Heute hatte sie ihn besonders stark gemacht, denn sie wollte sichergehen, dass er nachts nicht aufwachte und merkte, dass sie weg war. Er schlief immer noch bei ihr im Doppelbett und hatte ohne seinen Tee einen sehr leichten Schlaf. Er durfte einfach nicht aufwachen! Der Arme geriet doch so schnell in Panik, wenn sie nicht da war. So sehr sie ihren Stiefbruder auch liebte - es war doch eine schwere Bürde, ihn bei sich wohnen zu haben. Tagsüber war er zwar in einer Behindertenwerkstatt arbeiten, doch wenn sie frei hatte, wollte er auch zuhause bleiben. Deshalb konnte sie auch keine Nachtschichten übernehmen. Er hatte noch nie ohne sie geschlafen! Doch heute musste sie ihn alleine lassen - ihr ging es inzwischen so schlecht mit ihren Zitteranfällen, Beinahe-Ohnmachten und seit neuestem auch merkwürdigen Halluzinationen, dass sie unbedingt den Rat ihres Zirkels einholen wollte. Zu einem Arzt würde sie erst gehen, wenn ihren Freundinnen nichts mehr einfiel, wie sie ihr helfen konnten.

Kurz vor Mitternacht stand Linda schlotternd auf und schaute hinüber zu ihrem Bruder, der wirklich tief und fest schlief. Sie nahm die leere Teetasse mit in die Küche und holte ihre eigene Tasse, die sie jedes Mal zu ihren geheimen Treffen mitnahm. Reihum waren die Frauen dran, einen besonderen Tee oder auch mal etwas Hochprozentiges mitzubringen. Linda war froh, dass sie heute nicht dran war - sie hatte keine Energie, sich darüber Gedanken zu machen, geschweige denn zwei Kannen Tee zu kochen und mitzuschleppen. Sie war ja schon froh, wenn sie es überhaupt schaffte, zu dem nahegelegenen Waldstück hochzustapfen, in dem ihnen eine kleine Lichtung als Treffpunkt diente. Der Zugang zu dieser Waldwiese war so versteckt, dass ihn (zumindest bisher) niemand bemerkt zu haben schien. Sie legten jedes Mal nach Verlassen ein paar Äste quer über den schmalen Trampelpfad und noch nie waren diese beim nächsten Mal anders dagelegen. Immer noch zitternd machte sich Linda Bockmeyer auf den Weg. Die Turmuhr der Ottenbacher Kirche, die bis hier hinauf zu hören war, begann Mitternacht zu schlagen und mit jedem Glockenschlag wurde sie aufgeregter. Obwohl sich ihr Zirkel nun schon seit ein paar Monaten traf, sie ihn sogar ins Leben gerufen hatte, war sie doch jedes Mal nervös, aber auch freudig erregt, wenn eine Zusammenkunft anstand. Schnell tastete sie nach dem Buch von Albertus Magnus - ja, sie hatte es nicht vergessen. Es war ihre „Bibel", nach der der Zirkel handelte und es war die Grundlage für all ihr geheimes Wissen.

Normalerweise traf sich der Zirkel nur bei Vollmond, doch die Dringlichkeit, mit der Linda diesmal zu ihrer Versammlung eingeladen hatte, schien Wirkung gezeigt zu haben. Heute war Linda nicht die Erste auf der Lichtung. Sie konnte ein kleines, flackerndes Licht durch die dichten Bäume herumblinken sehen. Obwohl es eine sternenklare Nacht war, beleuchtete der sichelförmige Mond die Szenerie nur spärlich. Linda hatte inzwischen ihre Taschenlampe ausgeschaltet und näherte sich vorsichtig dem Treffpunkt. Sie wusste selbst nicht, warum sie sich gerade heute so anschlich, aber sie hatte das Gefühl, es konnte nicht schaden, die anderen kurz zu belauschen. Die Frauen, die normalerweise in ihrem Alltag schwäbisch sprachen, taten dies in Gegenwart von Linda nie. Auf dem Bockmeyer-Hof sprach man schon seit Linda denken konnte astreines Hochdeutsch. Warum das so war, wusste sie nicht. Ohne ihre Meisterin verfiel der kleine Hexenzirkel aber wohl automatisch wieder in seinen gewohnten Dialekt.

Es war gut, dass es ziemlich windig war, denn so konnten die anderen die Geräusche, die sie beim Anschleichen durch das Gestrüpp unweigerlich machte, nicht hören. Dennoch konnte Linda nicht vermeiden, sich Hände und Gesicht zu zerkratzen und mit ihrem Rock an einem Ast hängenzubleiben. Doch auch das verräterische Reißen des Stoffes und ihren unterdrückten Fluch schienen die bereits anwesenden vier Frauen nicht bemerkt zu haben. Sie waren gerade in eine angeregte Diskussion verwickelt, die Linda nun beim Näherkommen einigermaßen gut verstehen konnte:

„ ... diesmal got? Beim letzta Mol ging`s ja um de Viecher von ihr`m Stiefbrudr. Die schiened älle ziemlich krank zu sei ond mir sollted doch Rezepte zammastella, um dene zum helfa. Wisst ihr, ob onsere Mittala gholfa hend ond wo bleibet eigendlich Regina ond Linda? Vor ällem Linda isch doch als Chefin bisher immer als Erschde da gwesa!", meckerte die Kleinste der Frauen, die alle die Fünfzig überschritten hatten. Alle hatten schwarze, lange Röcke und grobe Stiefel an, auch der Rest ihrer Kleidung war schwarz.

„Die werded scho no komma, Sarah. Solang bisch du halt dr Boss", witzelte die Stämmigste und Größte von ihnen.

„Also gut, Ingele. Als Boss schlag i vor, dass mir zur Stärkung erschdmal unsern Kräuterschnaps zu uns nehmed. Du hasch doch was dabei?", fragte sie hoffnungsvoll und leckte sich genüsslich die vollen Lippen. Während Inge nickte und eine kleine Flasche aus ihrem Rock zerrte, hielten ihr die anderen schon ungeduldig ihre um den Hals hängenden Tassen entgegen. Linda, die diesen herrlichen Kräuterschnaps liebte, wollte sich schon zu erkennen geben, als die nächsten Worte von Sarah sie innehalten ließen:

„Was haldet ihr eigendlich wirklich von dem Albertus-Magnus-Buch? Linda tut ja so, als wär älles, was da drin schtot, wahr ond eins zu eins umzusetza - aber des kann se do net ernschd moina, odr?"

„Se hat uns des zwar von Anfang an so predigt, aber i glaub net, dass se des so ernschd gmoint hat. Älles lässt sich ja au gar net umsetza, des wär doch zu extrem. Oder wie seht ihr des?", fragte Barbara, eine dürre, hochgewachsene Frau.

„Du als Gärtnerin kennsch di doch am beschda mit de Kräuter ond Pflanzen aus. Du musch des doch abschätza kenna", meinte Sarah nur, denn sie wusste, worauf Barbara eigentlich hinauswollte. Sie meinte die Zaubersprüche und Hexenrituale, die im Magnus-Buch beschrieben wurden. An die zu glauben war wirklich eine Herausforderung - doch sie hatten sich Linda und ihrer „Magnus-Bibel" nun mal angeschlossen und darauf sogar einen Treueschwur geleistet. Auf diesen wies sie die Frauen nun auch hin, bevor sie mit ihrem Trinkspruch darauf anstießen:

„Albertus Magnus - du weiser Meister,
Wir dienen dir als fromme Geister!"

Linda, immer noch im verborgenen, musste lächeln. Diesen Spruch hatte sie sich ausgedacht, denn alle sechs Frauen waren von tiefer, katholischer Frömmigkeit und sie waren, was ihre Heilkunst betraf, wirklich Geister, denn niemand wusste von ihrem „Hexenzirkel".

„Was machsch du da?", zischte plötzlich jemand von hinten und Linda erschrak so sehr, dass sie einen Satz nach vorne machte und mitten in einer Dornenhecke landete. Die Brombeerranken verhakten sich überall in ihrer Kleidung und ihren Haaren, sodass sie sich ohne Kratzer und Risse davonzutragen, nicht alleine befreien konnte.

„Nichts, Regina! Meine Taschenlampe ist ausgegangen und ich wollte die anderen gerade um Hilfe bitten!", log Linda und bat Regina, die sie sofort an ihrer Stimme erkannt hatte, nun um Beistand. „Leuchte mir doch bitte, sonst zerreiße ich meine Klamotten noch völlig!"

Regina, die Letzte und Zierlichste im Bunde, tat wie ihr geheißen und half ihrer Anführerin, sich aus dem elenden Gestrüpp zu befreien.

„Da seid ihr ja endlich!", zischte Sarah und prostete den Neuankömmlingen zu. „Nun, Linda .... Meisterin ... was gibt es so Dringliches, dass du uns außer der Reihe zusammengetrommelt hast?", setzte sie hinzu und hatte mühelos sofort ins Hochdeutsche gewechselt. Man merkte ihr jedoch an, dass sie schnell wieder zurück in ihr warmes Bett wollte.

„Guten Abend, meine lieben Hexenschwestern! Entschuldigt die Verspätung, aber ich musste erst sichergehen, dass mein Bruder tief und fest schläft. Bekommen wir zwei auch noch einen von deinem wunderbaren Blutwurz-Schnaps?", fragte Linda freundlich, um die angespannte Situation zu entschärfen und um sich selbst Mut anzutrinken. Würden ihre Schwestern anhand ihrer merkwürdigen Symptome eine Diagnose stellen können? Und vor allem - welche Heilmethoden würden sie an ihr ausprobieren?

„Selbstverständlich, Meisterin!", flüsterte Inge und füllte beflissen die ihr hingehaltenen Tassen. Vorhin, als sie noch alleine waren, hatten sie in normaler Lautstärke gesprochen, doch nun war die Meisterin da und diese drang immer darauf, nur zu flüstern - als würde sie hier mitten im Wald und abseits der Wege jemand hören können! Aber das war nun mal eine der Bedingungen ihres Hexenzirkels und alle hielten sich daran, zumindest wenn Linda dabei war. Diese konnte nämlich sehr unangenehm werden, wenn man nicht tat, was sie befahl.

Die Anführerin schloss genüsslich die Augen und fühlte sogleich, wie sie ruhiger wurde und das Beben etwas nachließ. Dennoch mussten die anderen gesehen haben, wie zittrig sie ihre Tasse zum Mund geführt hatte, denn alle starrten sie erwartungsvoll an. Linda holte nochmal tief Atem und zwang sich zur Ruhe. Ihre Schwestern waren ihre einzige Chance, bevor sie sich in die Hände von den verhassten Ärzten würde begeben müssen. Vor allem die zierliche Regina, eine ehemalige Apothekerin mit enormem Wissen, auch in alternativer Heilkunde, und die dürre Gärtnerin Barbara mussten ihr doch helfen können!

„Nun denn, Meisterin - was ist der Grund dieses außerordentlichen Treffens?“, fragte Sarah und sah Linda dabei erwartungsvoll an.

„Ich will gleich zur Sache kommen. Mir geht es seit ein paar Wochen nicht gut. Ich habe unkontrollierbare Zitteranfälle, mir wird oft schwindelig und ich wurde schon mal beinahe ohnmächtig. Das alles ist ja schon recht beunruhigend, aber was noch viel schlimmer ist - ich habe dauernd die merkwürdigsten Gedanken und Ängste, die überhaupt keinen Grund oder Zusammenhang haben. Manchmal werde ich richtig aggressiv, obwohl es dafür keinen Auslöser gibt. Es überkommt mich einfach und ich kann nichts dagegen machen! Ich gerate regelrecht in Panik darüber und dann zittere ich noch mehr! Gestern hab ich mir sogar eingebildet, ich sei ein russischer Hacker und der Geheimdienst CIA sei hinter mir her!“, zischte Linda ihren Freundinnen zu und schaute sich dabei hektisch um, als würden sie tatsächlich belauscht. Vielleicht wurden sie das ja auch?

„Das klingt ja alles ziemlich merkwürdig, Linda!“, sagte Regina leise, während sie in Gedanken alle ihr bekannten Krankheiten, die zu diesen Symptomen passten, durchging. Zunächst dachte sie an Schizophrenie, doch irgendwie passte das nicht wirklich. „Aber ich werde mich mal schlaumachen, was das sein könnte. Mach dir keine Sorgen, wir kriegen das raus und dann helfen wir dir!“

„Warum weißt du nicht, was mir fehlt? Du hast doch studiert und bist Apothekerin!“, schrie Linda plötzlich und ging auf die zierliche Fünfundsechzigjährige los. Diese hatte mit so einer Attacke natürlich nicht gerechnet und brachte sich gerade noch hinter der stämmigen Inge in Sicherheit. Lindas

Gesicht war wutverzerrt und sie knurrte die anderen reihum an. Sie gebärdete sich wie ein wildes Tier und die Frauen wichen entsetzt vor ihr zurück.

„Sie ist vom Teufel besessen", zischte Sarah und wich dabei noch ein paar Schritte von Linda weg.

„Sag doch sowas nicht, Sarah!", raunte die neben ihr stehende Barbara ihr zu, doch die anderen hatten es gehört. Bevor noch jemand etwas sagen konnte, schüttelte Linda den Kopf, als würde sie dadurch ihr Gehirn wieder sortieren wollen. Fragend blickte sie in die immer noch schreckensstarren Gesichter.

„Was is los mit euch? Ihr schaut mich an, als wäre ich ein Monster!"

Schnell ergriff Regina das Wort, bevor die anderen etwas erwidern konnten.

„Alles gut, meine Liebe. Wir sollten jetzt aufbrechen und ich melde mich sofort, wenn ich weiß, was mit dir los ist, in Ordnung?"

„Aber ...", versuchte es Sarah, doch Regina ließ sie nicht weitersprechen. Nachdrücklich drehte sie Linda Richtung Heimat und bedeutete den anderen, ihr zu folgen.

„Wir bringen Linda jetzt nach Hause. Dann sehen wir weiter!", bestimmte die resolute, ehemalige Apothekerin und die anderen fügten sich, wenn auch widerwillig. Lindas Verhalten hatte ihnen einen großen Schrecken eingejagt. Reginas abruptes Abbrechen ihrer Zusammenkunft konnten sie sich zwar nicht erklären, aber sie fügten sich dennoch. Sie würden sich jedoch nochmals ohne Linda treffen müssen, das war allen Fünfen klar.

Nachdem die anderen gegangen waren, schleppte sich Linda hinauf in ihr Schlafzimmer, wo ihr Bruder immer noch selig und süß schlief. Hätte sie ihn aufgedeckt, hätte sie bemerkt, dass er in seinen Alltagsklamotten im Bett lag. Und wäre sie aufmerksamer gewesen, hätte sie gesehen, dass Hugos Tasse mit seinem Schlaftee umgekippt auf dem Nachttisch lag und darunter eine große Pfütze war.

Sieh mal einer an - die Linda ist also vom Teufel besessen, das ist ja sehr interessant! Doch gut, dass ich nach Ediths Tod noch nicht gleich aus der Deckung gekommen bin, obwohl ich dringend das Geld brauchte! Ich hatte gehofft, dass meine verteufelte Spielsucht durch meine zeitraubende Beschattung meiner Familie in den Hintergrund treten würde, doch da hatte ich mich wohl getäuscht. Gestern hatte es mich unweigerlich zu einer Spielhalle in Donzdorf hingezogen, als ich mit meinem alten Ford Capri ein wenig durch die Gegend gefahren war. Natürlich war diese wegen dem blöden Corona-Virus auch geschlossen und ich hatte es fast nicht ausgehalten vor Verlangen. Doch was hätte ich tun sollen? Überall zu - keine Kneipe oder Gasthaus offen und um mich zu besaufen fehlte mir schlicht das Geld. Das bisschen, was ich noch hatte, musste ich für Essen und Sprit aufheben. Also hatte ich mir in der Nähe vom Bockmeyer-Hof einen abgelegenen Platz zum Parken gesucht und hatte seither im Auto geschlafen. Von dort aus hatte ich per Fernglas den Hof meiner Familie gut im Blick und hatte gesehen, wie heute gegen Mitternacht ein paar Scheinwerfer zu sehen waren, die auf den Hof zusteuerten. Mir hatte es gerade noch gereicht, rüber zu laufen und zu sehen, wie zuerst drei Frauen, dann Linda und kurz danach nochmal eine Frau und dann noch eine kleine Gestalt auf den nahegelegenen Wald zugegangen waren. Ich natürlich sofort hinterher und dabei wäre ich beinahe über Hugo gestolpert, der ganz in der Nähe der sich leise unterhaltenden Frauen im Dickicht gehockt war und sie belauscht hatte. Zum Glück hatte der Wind alle Geräusche überdeckt und so hatte ich ebenfalls das Gespräch der Frauen einigermaßen mithören können. Dass es Linda schlecht ging, hatte ich schon bemerkt, aber dass sie vom Teufel besessen sein sollte, kam mir gerade recht. Je weniger Familienmitglieder mir im Weg standen, desto besser!

9

Am nächsten Morgen trafen sich nur Regina Egert und Barbara Koller in der Gärtnerei, in der Barbara arbeitete. Die ehemalige Apothekerin Egert hatte nach dem Treffen des Hexenzirkels nicht schlafen können. So hatte sie nachts noch in ihren Fachmagazinen und anderen Broschüren und Büchern nachgeforscht, was mit Linda los sein könnte. Ihre Beschwerden waren doch recht konfus und eigenartig in der Zusammensetzung, aber in den frühen Morgenstunden war Regina zufällig auf einen Artikel in der Zeitschrift GEO gestoßen, der sie aufhorchen ließ. Da wurde von einem Mann berichtet, der auch solche merkwürdigen Symptome gezeigt hatte, und zunächst Schizophrenie und Depressionen diagnostiziert wurden. Ein Arzt fand schließlich heraus, dass Antikörper die Nervenzellen des Mannes angegriffen und Entzündungen des Gehirns unter anderem epileptische Anfälle, Schlafstörungen und Gedächtnisverlust ausgelöst hatten. Konnte es sein, dass Linda unter so etwas litt? Diese Erkenntnisse wollte Regina zunächst nur mit ihrer engsten Freundin Barbara besprechen, kannte sich diese von ihnen allen noch am Besten mit Heilkräutern aus.

Nachdem die Apothekerin der Gärtnerin ihren Verdacht erläutert hatte, blätterte nun jede in ihrer Ausgabe des Albertus-Magnus-Buches, um etwas zu finden, womit man Linda helfen konnte. Zum Arzt zu gehen war für den gesamten Hexenzirkel die allerletzte Option. Während die zierliche fünfundsechzigjährige Regina Egert mit ihrem silbergrauen Pagenkopf und ihrer wie immer perfekt sitzenden, geschäftsmäßigen Kleidung am Esstisch des Personalraumes saß, lümmelte die fünfzigjährige dürre Bohnenstange Barbara in ihren praktischen Schaffklamotten auf einer schmalen Holzbank daneben und zwirbelte ihre braunen, wirren Haare.

„Hot Linda eigendlich Fiebr?", wollte sie wissen, doch Regina zuckte nur mit den Schultern. „Wenn se nämlich welches hätte - hier standet ganz viele Mittelchen dagegen drin. Allerdings woiß i net, was zum Beischpiel `Braunkern, pulverdürr` bedeuta soll. Du etwa?"

„I glaub, Braunkern nennt ma des Innere von de Bäum ond pulverdürr kennt vielleicht bedeuta, dass ma des zu Pulver mahlen muss, um es zu verwenda", mutmaßte die ehemalige Apothekerin. „Was sollte da sonst noch verwendet werda?"

„Alter Wein - aber des is ja au net richtig erklärt. Alter Wein vom Herstellungsdatum her oder einen, den man scho längere Zeit offa hot? Älles ziemlich uneindeutig, find i. Sucha mr weider!", meinte Barbara und klang schon etwas genervt. Bald würde sie den Laden öffnen müssen, solange sie das noch durften. Wer konnte schon wissen, ob es nicht auch in Deutschland bald eine Ausgangssperre geben würde? Dann durften nur noch systemrelevante Berufe ausgeübt und Geschäfte geöffnet werden und dazu zählte eine Gärtnerei bestimmt nicht. Konnte man nur hoffen, dass sie wenigstens die Pflanzen weiterhin versorgen durften! Und natürlich hoffen, dass die Bevölkerung endlich den Ernst der Lage erkannte, sich an die bisher noch freiwilligen Auflagen der Regierung hielt und die sozialen Kontakte auch wirklich eingeschränkt wurden. Vor allem junge und ältere Menschen schienen da doch noch recht beratungsresistent zu sein!

Aber es war ja auch wahrhaft viel verlangt, bei diesem wunderschönen, eigentlich viel zu warmen Frühlingswetter zuhause bleiben zu müssen!

„Des Zeugs in dem Buch isch teilweise echt hahnebüchen ... hör dir des an", sagte Regina und strich sich eine Haarsträhne aus der Stirn. „Wider Melancholie, Drücken und Besinnungslosigkeit im Kopfe: Man nimmt eine Haselnuss, welche von Natur oder durch einen Wurm ein Loch erhalten hat, zermalmt durch dasselbe mit einer Nadel alles dasjenige, was noch darin ist, und tut es heraus. Hierauf schiebt man den Spiegel von einer Pfauenfeder hinein, lässt den übrigen Raum des Lochs mit Quecksilber vollaufen und verklebt es alsdann mit Jungfernwachs (solches, welches die jungen Bienen zuerst zu machen pflegen). Endlich näht man die Nuss in ein Stückchen von karmosinenem Taft ein und hängt sie an den Hals, so wird man Wunder erfahren", zitierte sie und verdrehte dabei die Augen. Doch ihr Gegenüber fand das gar nicht so abwegig.

„Hört si doch zumindeschd machbar an. I kann des doch amol zsemmabeschtla ond Linda um dr Hals hänga. Mehr als net zum helfa wird ja net bassiera", lachte Barbara und auch Regina musste daraufhin lächeln.

„Okay, dann mach halt mol. I such jedenfalls weider nach em andra Middl. I verschwind jetzt, ihr müsst ja demnächschd uffmacha. Guade Gschäfte no! Vielleicht hamstern dia Leid ja jetzt au no Pflanza, ma kann ja nia wissa", sagte sie lachend, klappte das Magnusbuch zu und stand mit Schwung auf. Sie wollte schnellstens nach Hause und dort weiter nach einem Heilmittel für die arme Linda suchen.

Währenddessen hatten sich auch die stämmige Fünfzigjährige Inge Streitmüller (die Schnapsbeauftragte) und die Sechzigjährige Sarah Weller, die mit ihren einsvierzig die Kleinste im Bunde war, auf dem Streitmüller-Hof getroffen. Wenn das Mannweib mit dem Spitznamen „Ingele" und ihren über einsachtzig Metern und die kleinwüchsige Sarah zusammen waren, sah das immer recht komisch aus. Dennoch waren die beiden schon seit ihrer Kindheit ein Herz und eine Seele.

„Linda hot mr richtig Angschd gmacht, Ingele", sagte Sarah, während sie ihrer Freundin half, Kartoffeln zu schälen.

„Mir au, Sarah ... mir au!", seufzte die Streitmüllerin. „So stell i mir jemanden vor, der vom Teufel bsessa isch", raunte sie Sarah ins Ohr, als würde sie jemand belauschen.

„Meinsch wirklich?", zischte Sarah verängstigt zurück und legte das Schälmesser zur Seite. Sie wischte sich die Hände an ihrer Kittelschürze ab und verließ eilends die Küche.

„Was machsch denn, Wesa?", rief Inge ihrer Freundin hinterher, wobei sie den Spitznamen benutzte, auf den die kleine Frau schon seit der Schulzeit hörte.

„Bin glei wieder da!", kam es vom Treppenhaus her. Inge schüttelte nur den Kopf und schälte weiter ihre Kartoffeln. Kurze Zeit später war Sarah zurück. In der Hand hielt sie das Albertus-Magnus-Buch und wedelte nun triumphierend damit herum.

„Do steht garandiert was über Teufelsaustreibunga drin, Ingele!", rief sie und ließ sich auf die warme Ofenbank fallen.

„Du spinnsch doch!", zischte Inge nur und achtete nicht weiter auf ihre Freundin. Diese hatte jedoch bald gefunden, wonach sie gesucht hatte.

„Hier ... hör dir des an!", rief sie aufgeregt und begann vorzulesen: „Ein Rezept für Menschen und Vieh bei bösen Sachen - Nimm zwei Hände voll erlene Rinde, zwei Hände voll Wermuth, zwei Hände voll Haselnusszapfen, zwei Hände voll Rauthen, zwei Hände voll schmalen Salbei, zwei Hände voll Knoblauch, zwei Hände voll Kümmich. Diese Stücke alle zusammen und damit geräuchert, damit kann man alles Böse vertreiben!"

„Aha ... ond wie willsch du des macha, damit Linda nix mitkriegt, hm?", fragte Inge gelangweilt, doch Sarah redete weiter eindringlich auf ihr Gegenüber ein:

„Mir brauched ihr ja net saga, dass es zum Teufel austreiba isch, sondern ihr oifach nur guttun soll!"

„Die will dann doch bestimmt wissa, was da älles drin isch ond dann wird se es im Magnus-Buch nachlesa - die isch ja net blöd!", ereiferte sich Inge und knallte den Topf mit den Kartoffeln etwas zu schwungvoll auf den Herd, sodass das Wasser überschwappte. Sie beachtete es jedoch nicht weiter, denn dem alten Holzofenherd machte das bisschen Wasser sicher nichts aus.

„Aber versucha könndet mer es doch! Vielleicht denkt Linda ja selbschd, dass ebbes Böses von ihra Besitz ergriffa hot ond isch froh, dass mir ihra helfa wollet!", rief Sarah und blätterte weiter in dem schon ziemlich verschlissenen Buch.

„I woiß net, Wesa. Meinschd wirklich, dass ebbes Böses in ihr steckt? Du machsch mir richtig Angst, weisch du des?", raunte Inge und ließ sich neben ihre Freundin plumpsen.

„Schaden kann`s doch net, odr?", meinte Sarah und schaute ihre Freundin so treuherzig an, dass diese lächeln musste.

„Du hasch sicher recht, Wesa. Versuchen solltet mir`s. Aber dia ganza Substanza zsammenzkriaga, wird au net ganz oifach sei. Mir solltet die andern mit ins Boot nehma. Gemeinsam kriaget mir des Räuchermaterial bestimmt zsammagmixt!" Inge Streitmüller war nun plötzlich doch Feuer und Flamme für diese Sache und freute sich wie immer darauf, etwas aus dem Magnus-Buch zusammenmischen zu dürfen. Sie fühlte sich wieder ganz in ihrem Element, schließlich war sie die „Giftmischerin" ihres Hexenzirkels!

„Dann schreib i des glei mal in unsere Whatsapp-Gruppe!", rief Sarah voller Tatendrang, doch Inge bremste sie sogleich:

„Warte! Solltet mir des net zerschd ohne Linda besprecha?"

„Wenn`d meinschd ... dann erstell i schnell a Gruppe ohne Linda - wird ihr zwar net gfalla, aber mir miassed es ihr ja net uff`d Nas binda!", meinte die kleinwüchsige Frau und zeigte ihr wohlbekanntes, verschmitztes Lächeln.

„Okay, mach des ond schreib au glei, dass dia andre des dr Meisterin gegenüber net erwähna sollet!"

10

Gegen Mittag bekam Joska Kiss einen Anruf von Delfina Angerer.

„Hallo Joska! Das Landfrauentreffen heute Nachmittag wurde tatsächlich abgesagt. Obwohl die Regierung das bisher noch nicht verboten hat, war sich die Vereinsführung doch einig, dass es aus Sicherheitsgründen angeraten ist, diesen Kaffeenachmittag nicht abzuhalten. Wenn es jetzt eine wichtige Hauptversammlung mit Wahlen gewesen wäre, hätten sie es sich eventuell noch überlegt, aber so ... ist sicher besser so. Möchtest du dennoch mit jemandem von den Landfrauen sprechen? Vielleicht mit der Vorständin Inge Streitmüller?"

„Ja, das wäre gut. Sehr vernünftige Frauen. Danke für die Info, Delfina. Sonst alles klar bei euch?"

„Ja, alles bestens. Wir arbeiten unsere bisherigen Aufträge ab und halten die Produktion weiterhin aufrecht - die nächste Messe kommt bestimmt ... irgendwann", sagte Delfina leise und man konnte ihr trotz ihrer positiven Worte eine gewisse Sorge anhören.

Nachdem Joska die Kontaktdaten von Frau Streitmüller von Delfina erhalten hatte, rief er diese sogleich an. Er war noch im Präsidium und hatte vor, nachher bei Sascha Clemens vorbeizuschauen und ihn zu fragen, wie weit er mit seinen Recherchen bezüglich der Vergangenheit der Familie Bockmeyer gekommen war..

„Streitmüller!", meldete sich eine Frau mit sehr leiser Stimme.

„Inge Streitmüller?", fragte Joska Kiss und wunderte sich über die zaghafte Stimme. Hatte seine angehende Schwiegermutter ihm diese Frau Streitmüller nicht als großes Mannweib beschrieben?

„Am Apparat - ond wer send Sie?", wollte die Frau nun vorsichtig wissen.

„Joska Kiss von der Mordkommission. Ich habe Ihre Nummer von Delfina Angerer bekommen. Bevor Sie mir jetzt gleich wegen Datenschutz und so kommen - ich hätte Ihre Nummer sicher auch im Telefonbuch oder auf der Homepage der Landfrauen finden können, doch so ging es schneller", ratterte er herunter, denn er hatte keine Lust auf irgendwelche Diskussionen dahingehend.

„Datenschutz! Pah ... hören Sie mir bloß damit auf! Das nervt total und wird wie alles hier in Deutschland mal wieder dermaßen übertrieben!", ereiferte sich Frau Streitmüller und hatte vorsorglich ins hochdeutsche geschwenkt. Sie bremste sich jedoch gleich wieder und wollte wissen, was denn die Kripo von ihr wolle.

„Ich hätte ein paar Fragen bezüglich des Todes von Frau Bockmeyer senior und ...", begann Joska, doch Frau Streitmüller ließ ihn gar nicht weitersprechen.

„Darüber weiß ich nun wirklich nichts!"

„Aber Sie kannten die alte Dame?"

„Nur vom Sehen und wenn ihre Tochter Linda, die auch bei uns im Landfrauen-Verein ist, mal was von ihr erzählt hat. Frau Bockmeyer lebte sehr zurückgezogen da oben auf ihrem Hof. Die hatte soweit ich weiß kaum Kontakt zu irgendwem. Die wird sich halt totgesoffen haben", meinte sie nur und Joska merkte, dass er bei dieser Frau nicht weiterkam.

„In Ordnung, Frau Streitmüller. Falls Ihnen doch noch etwas einfallen sollte, rufen Sie mich bitte an. Ich bräuchte dann auch noch die Telefonnummern Ihrer Landfrauen-Mitglieder - am besten per Mail, wenn Ihnen das möglich wäre? Und bitte sofort, das wäre sehr nett. Ich danke Ihnen", sagte Joska bestimmt und nannte der verblüfften Frau seine Durchwahl und die Mailadresse. Er kam gar nicht auf die Idee, dass jemand keinen Mailaccount haben könnte. Immerhin war die Streitmüller Vorstand der Landfrauen, da musste sie doch damit eingerichtet sein.

„Der isch ja luschdig!", knurrte Inge und schüttelte den Kopf. Wenn der Typ nur ein halbes Jahr früher angerufen hätte, dann hätte sie keine Möglichkeit gehabt, ihm ne Mail zu schicken! Sie hatte das erst mit ihrer Vorstandstätigkeit angefangen und machte die blöde Mailschreiberei immer noch äußerst ungern. Aber wozu gab es eine Schriftführerin im Verein? Diese rief sie auch sogleich an und bat darum, die Mitgliederliste an diesen Joska Kiss zu senden. Warum sie das tun sollte, gab sie jedoch nicht preis. Die würden alle schon bald merken, um was es ging und sie belächelte den jungen Beamten (seine Stimme hatte jedenfalls jung und nett geklungen) jetzt schon, denn auch aus den anderen Frauen würde er nichts Relevantes rausbekommen. Die Bockmeyer war eine Einsiedlerin, da konnte er noch so viele Leute fragen - er würde immer die gleiche Antwort erhalten.

11

„Kommst du voran, Joska?", fragte Sascha Clemens mit Betonung auf dem „Du", denn er selbst hatte nun schon Stunden am Fall Bockmeyer gearbeitet und noch nichts Interessantes herausgefunden.

„Bisher noch nicht - leider! Von den vierzig Mitgliedern der Landfrauen habe ich jetzt dreiunddreißig erreicht und keine hatte näheren Kontakt zu den Bockmeyers gehabt. Aber ich geb nicht auf, ich werde alle anrufen! Es muss sich aus dieser Befragung einfach was ergeben! Es muss einfach!", bekräftige der junge Kommissar und schlug mit der flachen Hand auf den Tisch. Sein Kollege zuckte zwar etwas zusammen, aber er war die gelegentlichen Temperamentsausbrüche seines Arbeitskollegen mit ungarischen Wurzeln gewohnt.

„Na dann ... weitermachen!", grinste Sascha ihn an und verzog sich wieder an seinen Schreibtisch. Auch er hatte noch eine große Telefonaktion vor sich - er musste die letzten von Linda Bockmeyers Schulkameraden der Realschule herausfinden, dann wollte er mit der Befragung beginnen. Das konnte ewig dauern, denn vor allem bei den Mädchen war es fraglich, ob er alle finden würde. Doch das Schicksal meinte es gut mit ihm. Die damalige Klassensprecherin der zehnten Klasse hatte erst vor Kurzem die Adressen ihrer ehemaligen Klassenkameraden wegen eines geplanten Klassentreffens zusammengesucht.

„Das ist ja wunderbar, Frau Maier! Sie retten meinen Tag!", rief Herr Clemens, der zwar sehr gerne recherchierte, aber in diesem Fall doch äußerst froh über die unerwartete Hilfe war. Frau Maier versprach, ihm umgehend die geforderte Liste zu mailen und wollte sich schon verabschieden und auflegen, als der Kommissar sie unterbrach:

„Einen kleinen Moment noch, Frau Maier! Der Grund meines Anrufes war ja eigentlich, dass ich Sie und Ihre Klassenkameraden über die Familie Bockmeyer befragen wollte. Hätten Sie kurz Zeit für mich?"

„Ja natürlich. Fragen Sie ruhig - ich bin multitaskingfähig und schicke Ihnen nebenher die Liste", sagte die Frau freundlich und hilfsbereit. Sie hatte eine angenehm rauchige Stimme und Sascha fand es schade, dass sie ihm nicht hier gegenübersaß. Im Hintergrund hörte er eine Tastatur klappern und er sah lange, rot lackierte Fingernägel vor sich, wie sie seine rassige Kollegin Lola Amati trug. Verwirrt über seine merkwürdigen Gedanken räusperte er sich und war nun doch erleichtert, dass diese Frau sein rot angelaufenes Gesicht nicht sehen konnte.

„Ja also ... äh ... entschuldigen Sie mein Gestotter, aber ich habe ehrlich gesagt nicht damit gerechnet, dass ich so viel Glück haben und gleich die Gelegenheit bekommen würde, meine Fragen zu stellen", fing Herr Clemens an und schalt sich selbst für seine Unprofessionalität. Er räusperte sich laut und vernehmlich - vor allem, um Zeit zu gewinnen - und kam dann endlich zu seiner ersten Frage:

„Wie gut kannten Sie Linda Bockmeyer?"

„Sehr gut, zumindest waren wir beste Freundinnen in der Grundschule. Auf der Realschule wurde es dann schlagartig anders", erzählte Frau Maier und der Kommissar setzte sich ruckartig gerade hin und umklammerte seinen Stift so fest, dass er zu zittern anfing. Konnte es wahr sein, dass er gleich bei der ersten Zeugin einen Volltreffer gelandet hatte? Er wollte sich seine Begeisterung aber nicht anmerken lassen und versuchte, ruhig und sachlich zu bleiben:

„Können Sie mir sagen, warum sich Ihr Verhältnis zueinander geändert hat?"

„Na ja, zuerst dachte ich, es liegt einfach an der neuen Schule, den neuen Mitschülern und dem Busfahren - das waren wir bisher nicht gewohnt. Wir gingen ja in Ottenbach in die Grundschule und mussten nun mit dem Bus bis nach Eislingen fahren. Das war schon eine große Umstellung und die Klassenkameraden, vor allem die aus Eislingen, waren schon anders drauf als wir aus dem behüteten Ottenbach. Aber nachdem wir uns eingelebt und auch eine ganz nette Klassengemeinschaft gebildet hatten, wurde Linda immer ruhiger und schottete sich nach ein paar Monaten fast ganz ab. In der Schule stand sie meistens in den Pausen alleine rum und privat wollte sie nichts mehr mit uns zu tun haben."

„Können Sie sich erklären, wie es dazu kam? Hatte sie Streit mit jemandem oder Ärger in der Familie?"

„Nicht, dass ich wüsste. Jedenfalls hab ich nichts mitbekommen. Sie musste halt auf ihren jüngeren, mongoloiden Bruder aufpassen, aber das tat sie schon immer gerne. Die Zwei waren und sind immer noch, soviel ich weiß, ein Herz und eine Seele. In der Grundschulzeit waren wir oft bei ihr auf dem Hof, aber in der weiterführenden Schule wollte sie dann plötzlich nicht mehr, dass wir zu ihr kamen. Mit zu uns oder anderen Freunden ging sie auch immer weniger und zuletzt gar nicht mehr. Sie ließ sich dann mehr und mehr gehen."

„Wie meinen Sie das?"

„Nun ja, wie soll ich das erklären. Im Alter von zehn Jahren spielten die Äußerlichkeiten noch keine so große Rolle, aber als Jugendliche begannen doch alle Mädchen, sich hübsch anzuziehen und zu schminken. Linda jedoch tat genau das Gegenteil, was natürlich auch dazu führte, dass die andern gar nichts mehr mit ihr zu tun haben wollten. Wenn ich jetzt so darüber nachdenke, kommt es mir vor, dass sie exakt das hatte erreichen wollen - dass man sie in Ruhe ließ!"

„Jetzt fragt sich nur, warum sie das wollte ...", murmelte Sascha mehr zu sich selbst, doch Frau Maier hatte es gehört.

„Genau das habe ich mich damals auch gefragt. Ich hab sogar mal versucht, mit ihrer Mutter zu reden, doch die hat mich regelrecht rausgeschmissen! Sie meinte, ich solle mich um meinen eigenen Kram kümmern und sie und ihre gesamte Familie in Frieden lassen!" Man hörte der Dame an, dass sie sich sogar heute noch darüber aufregte.

„Und das haben Sie dann auch gemacht - sie in Ruhe gelassen?"

„Ja, ich glaub schon", sagte Frau Maier leise und man hörte ihr an, dass sie sich jetzt im Nachhinein dafür schämte. „Wissen Sie, Herr Clemens - in dem Alter werden alle etwas seltsam und jeder verändert sich auf irgendeine Weise. Heute denke ich mir, dass wir mehr hätten auf sie achten sollen, aber ihr ging es ja zumindest körperlich gut. Sie hatte keine nennenswerten Gewichtsprobleme, war einigermaßen gut in der Schule, hat selten länger als ein, zwei Tage gefehlt und auch sonst hat sie sich einfach unauffällig benommen. Irgendwie so, als wolle sie bloß nicht bemerkt werden und keine Aufmerksamkeit erregen. Das hat sie ja dann auch geschafft. Irgendwann hat einfach keiner mehr Notiz von ihr genommen und das wars!", bekräftigte sie und schien sich mit diesen Worten dafür entschuldigen zu wollen, nicht mehr für Linda getan zu haben. Herr Clemens konnte das durchaus verstehen. In der Pubertät hatte man genug mit sich selbst zu tun, und wenn jemand sich absonderte, dann sollte er das auch tun dürfen. Das sagte er dann auch der netten Frau, bevor er eine weitere Frage stellte:

„Kannten Sie die anderen Familienmitglieder auch näher?"

„Mit Harald hatten wir als Kinder öfter mal auf dessen Hof gespielt. Er ging dann auf die Hauptschule und zumindest ich hab ihn ab da nur noch im Bus gesehen. Aber eine meiner Realschulkameradinnen hatte mal ne kurze Affäre mit ihm in der Zehnten, soweit ich mich erinnern kann. Das war die Barbara Koller, so ne dünne Bohnenstange. Ihre Adresse steht auch auf der Liste. Vielleicht kann die Ihnen weiterhelfen", sagte Frau Maier erfreut. Sie war froh, diesem netten Polizisten doch noch weitergeholfen zu haben und hoffte nun, keine weiteren Fragen mehr beantworten zu müssen. Doch Sascha Clemens war noch nicht fertig.

„Danke, Frau Maier. Das war schon mal eine sehr wertvolle Auskunft. Wie war denn der behinderte Bruder von Linda so?"

„Sehr lieb und sehr anhänglich! Manchmal tat mir Linda schon leid, denn außerhalb der Schule schien er ständig an ihr zu kleben. Wenn man Linda mal im Ort sah, beim Einkaufen zum Beispiel, dann liefen sie immer Hand in Hand herum. Auf unseren vielen Dorffesten sah man sie allerdings kaum, eigentlich nur zum Feuerwehrhock kamen sie regelmäßig, da Hugo so wahnsinnig gerne mit dem Feuerwehrauto mitfuhr."

„Das hört sich wirklich nicht nach einem normalen Teenagerleben an. Linda hatte auch nie eine Beziehung?", wollte Sascha wissen und irgendwie tat ihm Linda Bockmeyer leid.

„Soweit ich weiß, nicht. Aber ich hab sie seit dem Schulabschluss auch nur selten gesehen. Ich wohne nicht mehr in Ottenbach, komme aber zu manchen Festen immer noch gerne her. Ich laufe jedes Jahr beim Ottenbacher Silvesterlauf mit und beim Alb-Extrem-Radrennen helfe ich auch immer auf einer der Versorgungsstationen. Und natürlich zum Grombira-Fescht komme ich und auch den schönen, kleinen Weihnachtsmarkt besuche ich gerne!", sagte Frau Maier fast schon euphorisch. Sascha musste grinsen - das kleine Örtchen Ottenbach musste schon etwas besonders sein. Auch sein Kollege schwärmte oft davon.

„Sie klingen, als wollten Sie mir Ottenbach schmackhaft machen, Frau Maier", lachte der Kommissar, wurde aber sofort wieder ernst. „Bleibt die Frage, ob diese ganzen Feste in diesem Jahr überhaupt stattfinden können. Aber das nur am Rande. Nun wieder zurück zu Harald Bockmeyer. Was war er für ein Typ?"

„Das fragen Sie besser die Barbara. Ich hatte mit ihm nichts zu tun und das wollte ich auch gar nicht", versetzte die Frau nun beinahe ärgerlich. Sofort ging Sascha darauf ein:

„Warum denn nicht, Frau Maier?"

„Keine Ahnung - er war mir schon immer unheimlich. Er hatte so durchdringende, kalte Augen und verlor sehr schnell die Fassung, wenn etwas nicht nach seinem Kopf ging. Das war schon in der Schulzeit so, wenn wir gemeinsam Bus fuhren oder auch beim Sport. Wir haben eine Weile zusammen Volleyball gespielt und da ist er regelmäßig ausgerastet, wenn vor allem wir Mädchen einen Ball verschlagen hatten. Deshalb hab ich das auch bald aufgehört - auf seine Launen hatte ich echt keinen Bock mehr."

„Kann ich verstehen. Er war also jähzornig und vor allem auf Mädchen nicht gut zu sprechen?"

„Ja", kam die einsilbige Antwort, sie genügte dem jungen Ermittler aber, um sich ein Bild von diesem Harald Bockmeyer zu machen.

„Ich danke Ihnen, Frau Maier. Sie haben mir wirklich sehr geholfen. Sollte Ihnen noch etwas einfallen, rufen Sie uns bitte an. Einen schönen Tag noch!"

„Das werde ich. Ich hoffe sehr, Sie finden heraus, was mit Frau Bockmeyer passiert ist. Es hat sich bereits rumgesprochen, dass sie möglicherweise nicht eines natürlichen Todes gestorben ist."

„Schon erstaunlich, wie schnell sowas die Runde macht", sagte der Kommissar nur und legte auf. Seufzend lehnte er sich zurück und ließ das Gespräch mit der auskunftsfreudigen Frau nochmals Revue passieren. Welche Erkenntnisse hatte er gewinnen können, die sie in diesem Fall weiterbringen konnten? Eigentlich nur, dass Linda und Harald keine einfachen Charaktere waren und dass man genau da nochmal näher nachbohren musste. Bevor er mit Joska darüber sprach, wollte er aber zuerst noch versuchen, diese Barbara Koller zu erreichen. Er hoffte, dadurch seinen ersten Eindruck von Harald Bockmeyer noch etwas vertiefen zu können. Er zog die Liste der Landfrauenmitglieder näher heran, suchte die Handynummer von Barbara Koller und wählte in erwartungsvoller Spannung. Bei solchen Recherchearbeiten stieg sein Adrenalinspiegel jedes Mal wieder deutlich an. Er liebte dieses Gefühl, und wenn bei den Befragungen dann auch noch brauchbare Ergebnisse herauskamen - ein unbeschreibliches Hochgefühl!

„Koller!", bellte eine dunkle, raue Stimme aus dem auf Laut gestellten Telefon des Kommissars.

„Guten Tag Frau Koller. Hier spricht Sascha Clemens, Kripo Göppingen. Hätten Sie einen Moment Zeit für ein paar Fragen?"

„Einen kleinen Augenblick, bitte", sagte sie und setzte sich auf eine nahestehende Bank. Sie war gerade im Göppinger Tierpark, um nach einer Pfauenfeder zu suchen, damit sie das Amulett gegen das Böse für ihre Freundin Linda herstellen konnte. Aber das würde sie dem Bullen natürlich nicht auf die Nase binden. Sie musste ihm überhaupt nicht sagen, wo sie zurzeit aufhielt - das war das Gute an einem Handy. Die kleine Verschnaufpause hatte ihr gereicht, um sich zu sammeln und sich etwas auszudenken, falls sie gefragt wurde, wo sie sich gerade befand.

„So, nun habe ich Zeit für Sie, Herr Clemens. Um was geht es?", fragte sie betont lässig, obwohl sie sich schon denken konnte, dass es um den Tod von der alten Bockmeyer ging.

„Ich will direkt zur Sache kommen, Frau Koller. Sie hatten eine Affäre mit Harald Bockmeyer?"

„Eine Affäre? Um Himmels willen! Damals waren wir doch noch Kinder - also Jugendliche! Da spricht man ja wohl kaum von einer Affäre!", echauffierte sich die erstaunte Frau, die mit ganz anderen Fragen gerechnet hatte.

„In Ordnung, dann hatten Sie eine Beziehung zu Harald? Wie lange ging das und warum ging es auseinander?"

„Warum wollen Sie das eigentlich wissen?", fragte Frau Koller argwöhnisch, wobei sie sich natürlich vorstellen konnte, warum sie das gefragt wurde. Harald wurde verdächtigt, etwas mit dem Tod seiner Mutter zu tun zu haben und das war in ihren Augen auch nicht besonders abwegig. Aber wollte sie ihm durch ihre Aussage schaden? Sie hatte seit ihrer kurzen Liebesgeschichte, die nicht wirklich eine war, kaum mehr Kontakt zu ihm gehabt, und das war auch gut so. Sie wollte mit ihm nichts mehr zu tun haben - was davon sollte sie aber dem Kommissar verraten?

„Es sind reine Routinefragen, Frau Koller. Können Sie mir die bitte beantworten?", entgegnete Herr Clemens höflich, aber bestimmt.

„Ja klar - entschuldigen Sie bitte. Wir waren wirklich nur ein paar Monate zusammen und es ist auch nicht zum Äußersten gekommen, wie man so schön sagt. Wir haben Händchen gehalten, uns auch geküsst, aber ein paar Mal ist Harald drängender geworden. Das war mir dann irgendwie zu grob - ich kann das auch nicht besser erklären, aber es hat mir nicht behagt, und wenn ich ihn dann abgewiesen hab, ist er laut geworden und hat mich beschimpft. Das hab ich mir, soweit ich mich noch entsinnen kann, zwei, drei Mal gefallen lassen, aber dann hab ich Schluss gemacht. Das schien ihm aber nicht viel ausgemacht zu haben, er hatte bald eine Neue. Aber wer das war, daran kann ich mich leider nicht mehr erinnern, tut mir sehr leid!", bekräftigte Barbara und hoffte, dass der Beamte ihr das auch glaubte und in dieser Hinsicht nicht weiterbohren würde.

„Okay, das reicht mir schon mal, danke Frau Koller", sagte Sascha Clemens und seine Gesprächspartnerin seufzte erleichtert auf, das hörte der aufmerksame Kommissar deutlich. Er hatte das Verhör jetzt beenden wollen, doch nun blieb er weiter dran.

„Etwas würde mich doch noch interessieren!", sagte er nachdrücklich und konnte sich vorstellen, dass die Dame nun mit den Augen rollte - was diese auch tatsächlich tat.

„Was denn noch? Mehr kann ich Ihnen über Harald nicht sagen!"

„Ich habe meine Frage ja noch gar nicht gestellt", grinste Sascha und wünschte sich, er stünde der Dame von Angesicht zu Angesicht gegenüber. Ob er sie nicht doch lieber ins Präsidium einladen sollte? Das war wahrscheinlich das Beste, denn irgendwie hatte er das Gefühl, Frau Koller konnte ihm in diesem Fall wichtige Informationen geben. Aber nicht am Telefon.

„Haben Sie heute noch etwas Wichtiges vor?"

„WAS?", rief Frau Koller überrascht und konnte nicht fassen, dass dieser dreiste Bulle so eine Frage an sie richtete. Hatte der sie nicht alle? Wie konnte er sie derart plump anbaggern? Bevor sie ihm jedoch ihre Meinung geigen konnte, sagte er:

„Ich würde Sie nämlich gerne auf dem Revier befragen und Ihre Aussage dann auch gleich zu Protokoll nehmen. Könnten Sie bitte heute noch vorbeikommen?"

Ach, das meinte er! Barbara stieß hörbar die Luft aus, die sie unwillkürlich angehalten hatte, und schalt sich selbst eine Närrin. Wie gut, dass der Kommissar nicht sehen konnte, wie rot sie geworden war!

„Ich lasse alles stehen und liegen, Herr Kommissar!", rief sie schnippischer, als sie vorgehabt hatte. Sie wollte sich ja auch nicht irgendwie verdächtig machen. „Soll ich gleich vorbeikommen?"

„Wenn Ihnen das möglich wäre? Das wäre sehr freundlich von Ihnen. Dann bis demnächst - melden Sie sich bitte an der Pforte. Man wird Sie dann in ein Vernehmungszimmer führen", erklärte der Kommissar und legte auf.

Seufzend stand Barbara auf und schüttelte den Kopf, wobei ihre schwarzen, wirren Haare noch mehr durcheinandergerieten. Wo war sie da nur hineingeraten? Zuerst der Tod von Lindas Mutter, dann Lindas seltsames Verhalten - was war da los in der Familie Bockmeyer? Doch ohne ihre Pfauenfeder wollte Barbara auf keinen Fall gehen! So durchstreifte sie den kleinen Tierpark hektisch nach dem Gesuchten, bis sie es schließlich in der Hand eines Kindes entdeckte. Ohne darüber nachzudenken, rannte sie auf das erstaunte Kind zu, riss diesem die Pfauenfeder aus der Hand und stürzte sich um die nächste Ecke. Schnell lief sie unter dem lauten Protest des Kindes und dessen Begleitung zu ihrem Wagen und rauschte dann mit quietschenden Reifen davon. Man konnte glauben, der Teufel wäre hinter ihr her! Immer noch den Kopf schüttelnd schauten die Bestohlenen der merkwürdigen Frau hinterher - wer klaute einem Kind eine olle Pfauenfeder?

Mit wild klopfendem Herzen fuhr Barbara Koller zurück in Richtung Göppingen. Hatte sie das gerade wirklich getan? Hatte sie dem armen Kind die Feder tatsächlich aus der Hand gerissen und es damit sicherlich total erschreckt! Aber sie hatte instinktiv gehandelt und nicht nachgedacht. Egal - das Kind würde das schon verkraften und sie hatte immerhin jetzt das, was sie so dringend brauchte! Eine Haselnuss mit natürlich entstandenem Loch hatte sie in ihrem Vorrat vom letzten Jahr aufgestöbert. Bienenwachs hatte sie sowieso immer zuhause, da sie stets zur Weihnachtszeit Kerzen herstellte, und Quecksilber würde Regina besorgen. Den Stoff hatte Sarah in ihrem Fundus gefunden, sie nähte noch ab und zu. Jetzt hätte sie fast alles beisammen für das Amulett und nun kam ihr diese blöde Befragung dazwischen! Da konnte man nichts machen, da musste sie durch und das wollte sie so schnell wie möglich hinter sich bringen. Dementsprechend schlecht gelaunt ließ sie sich dann auch auf den Stuhl im Vernehmungszimmer fallen und hoffte inständig, dass man sie nicht zu lange warten lassen würde. Man hatte ihr sogar einen Kaffee angeboten, den sie dankend angenommen hatte. Es dauerte aber nur ein paar Minuten, da kam ein noch recht junger, hochgewachsener Beamter mit dicker Hornbrille, schlapprigen Hosen und wild bedrucktem T-Shirt herein. Seine kurzen braunen Haare waren verstrubbelt und seine freundlichen grauen Augen waren leicht gerötet. Frau Koller konnte sich ihn gut stundenlang vor einem PC sitzend vorstellen und sie bedauerte diesen armen Kerl. Jetzt musste die Polizei in dieser bedrohlichen Corona-Zeit auch noch einen Mord aufklären - das war sicherlich alles noch komplizierter als sonst. Sofort legte sich ihre Gereiztheit und sie wollte diesem zurückhaltend wirkenden Kripo-Beamten nun doch gerne helfen. Schnell stand sie auf und streckte ihm ihre Hand entgegen, die dieser jedoch nicht ergriff. Sie hatte immer noch nicht verinnerlicht, dass man in dieser Corona-Zeit möglichst aufs Händeschütteln verzichten sollte.

„Hier bin ich ... Barbara Koller ... und Sie sind Herr Clemens, richtig?"

„Ja, guten Tag Frau Koller. Danke, dass Sie so schnell gekommen sind. Ah ... ich sehe, man hat Ihnen schon einen Kaffee gebracht. Dann können wir ja gleich loslegen. Ich werde Ihre Aussage aufnehmen", fing Sascha an und sprach die geforderten Daten aus, mit der jede Vernehmung zu beginnen hatte. Dann stellte er seine erste Frage:

„Sie haben mir ja schon von Ihrer kurzen Beziehung zu Harald Bockmeyer berichtet. Nun möchte ich noch von Ihnen mehr über Linda Bockmeyer erfahren. Kannten Sie sie näher?"

„Eigentlich nicht, sie ist ja zehn Jahre jünger, aber als ich mit ihrem Bruder ging, war ich auch ein paar Mal auf ihrem Hof. Was mir damals gleich aufgefallen ist, dass Harald seine Stiefschwester ständig drangsalierte und beschimpfte und diese sich nie wehrte. Sie war dauernd mit ihrem kleinen Bruder Hugo zusammen, der klebte an ihr wie eine Klette. Die Mutter sah ich so gut wie nie, die kümmerte sich wohl nicht viel um ihre Kinder. Ich hatte immer das Gefühl, dass die Bockmeyer-Kinder tun und lassen konnten, was sie wollten. Am Anfang fand ich das noch aufregend - wir tranken Most, den die Bockmeyer selbst ansetzte, wir rauchten heimlich in einer verlassenen, halb verfallenen Hütte und knutschten im Heustadel. Wenn Harald nicht so grob gewesen wäre, hätte es mir mit ihm schon Spaß gemacht. Keiner hat uns gestört oder bevormundet - das war echt toll", sagte Frau Koller mit verträumten Augen. Sascha Clemens räusperte sich und sein Gegenüber kam wieder ins Hier und Jetzt zurück.

„Und welchen Eindruck hatten Sie noch von Linda?"

„Sie war sehr verschlossen und sie tat mir wirklich leid, aber irgendwie dachte ich, wenn sie sich nicht wehrt, wird es für sie sicher nicht so schlimm sein. Immerhin war sie groß und kräftig, rein körperlich hätte sie sich auf jeden Fall zur Wehr setzen können. Aber das tat sie nicht - sie ließ es über sich ergehen und ging dann einfach weg. Harald schien irgendeine Macht über sie zu haben, der sie sich nicht widersetzen konnte oder wollte. Ich konnte es mir damals schon nicht erklären und heute genauso wenig. Sie wohnen ja seither zusammen auf diesem Hof. Ob er sie immer noch drangsaliert, weiß ich allerdings nicht. Nur dass Hugo immer noch sehr an ihr hängt und sie sich alleine um ihm kümmert, das weiß ich sicher", bekräftigte Barbara, wurde sich aber im gleichen Augenblick bewusst, dass diese Aussage vielleicht doch ein Fehler war. Herrn Clemens nächste Frage bestätigte ihren Verdacht auch sofort und sie rutschte nervös auf ihrem Stuhl hin und her. Eigentlich hatte sie verschweigen wollen, dass sie Linda heute näher kannte. Von ihrem Hexenzirkel durfte auf keinen Fall jemand erfahren, aber es gab ja noch die Landfrauen!

„Sie haben also immer noch Kontakt zu Linda und Hugo?"

„Nur ab und zu bei den Landfrauentreffen, da bringt Linda ihren Hugo immer mit. Aber näher kenne ich die beiden wirklich nicht!", erklärte sie hastig und versuchte sich zu beruhigen. Das war doch eine gute Erklärung und sie stimmte ja auch.

Und Harald? Sehen Sie den auch noch ab und zu?"

„Nein, ihn nicht. Manchmal sehe ich ihn mit seinem Hund laufen oder mit seinem Jagdgewehr in den Wald gehen, aber gesprochen hab ich seither nicht mehr mit ihm. Ich war auch immer froh, dass er mich nicht angesprochen hat, das können Sie mir glauben!", sagte sie nachdrücklich und hoffte dabei inständig, dass diese Befragung nun endlich ihrem Ende zugehen würde. Sie konnte doch auch nichts Relevantes mehr beitragen. Dass es Linda momentan so schlecht ging, hatte ja nichts mit dem Tod ihrer Mutter zu tun! Erleichtert seufzte sie daher auf, als der Beamte sagte, dass er nun mit seinen Fragen durch war und sie gehen könne. Als sie jedoch beinahe an der Türe war, fiel dem Kommissar doch noch etwas ein:

„Wir haben bisher in unseren Vernehmungen gar nicht nach dem Vater von Harald und Hugo Bockmeyer gefragt, fällt mir gerade auf. Wissen Sie etwas über ihn?"

„Soweit ich weiß, ist der Vater kurz nach der Geburt des behinderten Sohnes abgehauen. Ich glaub, der hatte dann gar keinen Kontakt mehr zu der Familie. Aber ganz sicher bin ich mir da nicht. Da müssen Sie schon die Bockmeyers selbst fragen."

„Kennen Sie seinen Namen?", wollte Herr Clemens noch wissen, dann hätte er gleich mit dem Recherchieren anfangen können.

„Ich weiß, dass er aus Ostfriesland stammt und einen typisch nordischen Vornamen hatte ... einen kleinen Moment noch ... er fällt mir bestimmt gleich wieder ein ... Tjade hieß er. Tjade Bockmeyer!", stieß sie triumphierend hervor.

„Dann hat seine Frau den Namen Bockmeyer also nach ihrer Scheidung behalten", stellte Sascha fest, doch sein Gegenüber schüttelte den Kopf.

„Soweit ich weiß, wurden die beiden nie geschieden - aber auch da bin ich mir nicht hundertprozentig sicher", entschuldigte sich Frau Koller, doch der Kommissar bedankte sich für diese wertvollen Auskünfte und ergänzte noch:

„Genaueres klären wir über die Familie Bockmeyer. Aber halten Sie sich bitte zu unserer Verfügung und rufen Sie mich an, wenn Ihnen noch etwas einfällt", kam der zu erwartende Satz und seufzend nahm Barbara Koller die Visitenkarte entgegen. Mit einem „Selbstverständlich, Herr Kommissar", floh sie beinahe aus dem Vernehmungsraum, zumindest kam es Sascha so vor. Irgendwas verbarg diese Frau vor ihm und genau das berichtete er dann auch seinem Kollegen Kiss, der seinerseits auch nichts Neues herausgefunden hatte. Resigniert begaben sich die beiden wieder an ihre Arbeitsplätze und telefonierten noch den Rest der Listen ab. Leider mit keinem weiteren Erfolg. Immerhin hatten sie über Harald Bockmeyer noch genaueres über seinen Vater in Erfahrung bringen können: Tjade Bockmeyer war bei der Geburt von Harald erst achtzehn Jahre alt gewesen, also sogar noch zwei Jahre jünger als seine Mutter Edith. Haralds Geburt war zwar nicht geplant gewesen, aber dennoch heirateten die beiden und hatten dann jahrelang versucht, ein weiteres Kind zu bekommen. Als das nicht geklappt hatte, wurde Linda als Dreijährige adoptiert und fünf Jahre danach wurde Edith dann doch nochmal schwanger mit Hugo, der mit dem Down-Syndrom auf die Welt kam. Damit kam Tjade jedoch überhaupt nicht klar und er verließ kurz nach der Geburt die

Familie. Soweit Harald wusste, war er wieder in seine Heimat Ostfriesland zurückgekehrt. Sie hatten seither keinerlei Kontakt mehr gehabt. Ob seine Mutter noch mit ihm in Verbindung gestanden hatte, konnte er weder bejahen noch verneinen. Er wusste es schlicht nicht und es hatte ihn auch nie interessiert.

„Jetzt ist mir auch klar, warum die ganze Bockmeyer-Sippe Hochdeutsch spricht!", stellte Joska nach dem Telefonat mit Harald fest und Sascha machte sich auf die Suche nach diesem Tjade. Denn auch Linda Bockmeyer hatte ihm erklärt, dass sie von ihrem Stiefvater nie mehr etwas gehört hatte und das sei auch gut so, denn auf einen Vater, der seine Familie einfach so im Stich lässt, könne sie gut verzichten.

12

In der aufkommenden Dunkelheit schlich sich der fast zwei Meter große Luca Bockmeyer wie jeden Abend hinaus zum Gehege der Tiere seines Vaters. Das tat er nun schon seit ein paar Wochen. Seine Tante Linda hatte ihn nochmals und sehr dringlich darum gebeten. Die Hasen und Meerschweinchen wären immer noch krank und sie hätte ganz neue tolle Heilmethoden gefunden, die jedoch sehr alternativ wären und er würde doch seinen Vater kennen! An sowas glaube der doch nicht und deshalb mussten sie es ohne sein Wissen tun, damit die Tierchen eine Chance hätten. Da ihm gerade sowieso langweilig war (er befand sich momentan in seinem dritten Studium und hatte auch bei diesem wieder keinen Drang, es zu Ende zu bringen und außerdem waren Semesterferien), so hatte er Zeit und irgendwie auch Lust, den Tieren die von Linda hergestellten Mittelchen zu verabreichen. Dass sie bisher eher das Gegenteil bewirkt hatten, tat Linda damit ab, dass es in der Naturheilkunde oft zunächst zu Erstverschlimmerungen kommen und zeigen würde, dass man das richtige Mittel gefunden hätte. Wenn sie also davon überzeugt war, würde er weiterhin das Pulver unters Futter mischen und die Tinktur in die Trinkflaschen träufeln. Gerade war er damit zugange, als plötzlich sein Vater mit einem großen, schwarzen Revolver vor ihm stand. Vor Schreck ließ er das kleine Fläschchen fallen und es landete im Stroh.

„Was machst du da? Geh sofort weg von meinen Tieren!", schrie Harald seinen Sohn an, der wie angewurzelt stehen blieb und mit weit aufgerissenen Augen in die Mündung der Waffe starrte.

„Nichts! Gar nichts! Hab nur geschaut, wie es denen geht!", stammelte Luca und wollte zurückweichen, aber das ging in dem engen Stall nicht.

„Lüg mich nicht an!", zischte Harald und rückte seinem Sohn noch näher. „Ich hab genau gesehen, dass du ein kleines braunes Fläschchen dabei hattest! Wo ist es? Was hast du meinen Tieren in ihr Trinken getan?", kreischte sein Vater nun mit sich überschlagender Stimme und der Revolver kam dem Gesicht seines Sohnes bedrohlich nahe.

„Nimm deine scheiß Kanone runter, Mann! Was soll das denn? Bist du verrückt geworden?", rief Luca und wunderte sich über sich selbst, dass er seinem Vater nicht sagen wollte, was er hier getan hatte. Natürlich brachten seine Worte seinen Vater noch mehr gegen ihn auf und er fuchtelte nun wie wild mit seiner Waffe herum.

„Du wirst mir jetzt sofort sagen, was du hier gemacht hast oder ...", brüllte Harald, doch sein Sohn verengte nun seine Augen und sagte ganz leise:

„Sonst was, Vater?" Luca sagte das so kalt und ohne Zittern in der Stimme, dass er vor sich selbst Angst bekam. Wie konnte er in dieser bedrohlichen Situation nur so ruhig bleiben? Vielleicht weil er genau wusste, dass sein Vater ihm niemals etwas zuleide tun würde. Dessen war er sich ganz sicher und so ging er langsam auf seinen Vater zu. Er wollte ihm die Waffe einfach wegnehmen, das schien die naheliegendste Sache der Welt zu sein. Er sah schon die resignierten Augen seines Erzeugers vor sich, als plötzlich zwei Dinge gleichzeitig geschahen ...

… seine Mutter stieß einen markerschütternden Schrei aus, stürzte auf die beiden zu und versuchte, ihrem Mann die Waffe zu entreißen, während sein Vater versuchte, die Waffe festzuhalten und dabei löste sich ein Schuss …

Er hatte alles gesehen … alles! Wie durch einen Nebelschleier sah er nun seinen Onkel Harald in die Arme seines Sohnes fallen und seine Tante Bettina warf sich auf ihren Mann.

„Mein Gott, Harald!", schrie sie ihn an und zerrte ihn von ihrem Sohn weg. „Was hast du getan?", flüsterte sie dann und zog den Kopf ihres Mannes vorsichtig auf ihren Schoß. Als Ärztin sah sie trotz der Dunkelheit sofort, dass der Schuss direkt ins Herz getroffen haben musste und als Ehefrau spürte sie, dass ihr Mann nicht mehr am Leben war. Den Impuls, in ärztliche Betriebsamkeit zu verfallen, hatte sie angesichts der aussichtslosen Lage sofort wieder unterdrückt, und nun saß sie nur da und wiegte ihren toten Mann in den Armen. Während die Tränen ihren Blick verschleierten, drehte sich ihr Sohn einfach um und verschwand in die Dunkelheit.

Hugo verhielt sich still in seinem Versteck und selbst wenn er gewollt hätte, er hätte sich nicht rühren können. Obwohl er alles nur von Ferne gesehen hatte, wusste er, dass etwas Schlimmes mit Harald geschehen sein musste und dass dessen Sohn und seine Mutter daran schuld waren. Er beobachtete Bettina, wie sie nach gefühlten Stunden ihr Handy aus der Tasche zog und etwas hineinsprach. Er konnte nichts verstehen, aber vielleicht hatte sie Linda angerufen, damit die ihr half? Oder doch den Rettungswagen oder einen Arzt? Er musste sofort weg hier, niemand durfte wissen, dass er alles gesehen hatte! Aber Linda - Linda würde er alles erzählen, sie würde wissen, was zu tun war. Er konnte nur hoffen, dass es ihr gerade jetzt nicht wieder so schlecht ging - das machte ihm noch viel mehr Angst als alles andere!

„Hallo, mein Engel. Wo warst du denn so lange?", fragte Linda schwach von ihrem Bett aus. „Es ist doch schon längst dunkel. Komm her und setz dich ein bisschen zu mir", forderte Linda ihren Bruder auf, der aber eigenartigerweise nicht wie sonst freudig angesprungen kam, um sich auf ihr Bett zu werfen und sich in ihre Arme zu kuscheln. „Was ist denn los, Hubo, mein Bärchen - du bist ja leichenblass!"

Alarmiert setzte sich Linda aufrechter hin und zog ihren Bruder zu sich heran.

„Erzählst du mir, was dich bedrückt oder muss ich dir jedes Wort einzeln aus der Nase ziehen?", schnurrte sie und hoffte damit, ihn zum Lachen zu bringen, denn Hugo stellte sich immer alles gerne bildlich vor. Doch er blieb stumm. Seufzend streichelte sie ihm über den Kopf und summte eine seiner Lieblingsmelodien, wobei sie sich sehr zusammenreißen musste, denn das unkontrollierbare Zittern wollte gerade wieder über sie herfallen. Doch plötzlich schoss ein Gedanke durch ihren Kopf.

„Was war das vorhin eigentlich für ein lauter Knall? Hast du den auch gehört?", fragte sie ihren Bruder eindringlich, obwohl sie sich nicht vorstellen konnte, dass er nichts gehört hatte. Hugo nickte nur, sagte aber nichts.

„Weißt du, woher das kam? War das ein Schuss?", bohrte sie weiter und wieder nickte ihr Bruder.

„War das Harald?“ Wieder ein Nicken.

„Hat er was getroffen?“ Und wieder ein Nicken, das Linda eine Gänsehaut bescherte. Wenn Hugo weiterhin nichts sagte, musste sie ihre nächsten Fragen äußerst geschickt stellen. Immerhin war es sehr ungewöhnlich, dass Harald so nahe am Hof auf irgendetwas schoss.

„War es ein wildes Kaninchen?“ Eifriges Kopfschütteln.

„Ein Fuchs? ...Nein? Also dann ... ein Reh? ... Auch nicht - dann vielleicht ein Hirsch?“, ratterte Linda, inzwischen schon etwas genervt, herunter. „Ein Dachs, Marder, Waschbär ... ach Hugo, nun sag schon! Was hat Harald geschossen?“

„Luca“, murmelte der kleine Mann, sodass Linda ihn kaum verstanden hatte.

„Luca war auch dabei? Das macht er doch sonst nie! Jagen findet er doch doof“, sagte Linda erstaunt, doch wieder schüttelte Hugo den Kopf. Er seufzte tief und seine Schwester merkte ihm an, dass es ihn viel Überwindung kostete, überhaupt etwas zu sagen. Plötzlich wurde ihr eiskalt und sie drückte ihren Bruder noch fester an sich.

„Luca hat Harald geschossen.“ Mehr brachte er nicht mehr heraus und er brach in lautes Schluchzen aus, das Linda mehr schmerzte als der Gedanke an den angeschossenen Harald.

Das lief ja immer besser! Ich musste mir gar nicht selbst die Hände schmutzig machen - ich brauchte einfach nur zuzuschauen. Das Geld wurde mir zwar allmählich knapp, aber ein bisschen konnte ich schon noch warten, bevor ich aus der Deckung kam.

13

„Das glaub ich jetzt nicht, Magdalena! Noch ein Toter auf dem Bockmeyer-Hof?", rief Joska entsetzt in sein Handy, das er zum Glück mit ins Badezimmer genommen hatte. Er saß mit Nora in der Badewanne, als der Anruf seiner Chefin kam.

„Ja, der Harald ist wohl erschossen worden. Seine Frau hat uns angerufen. Sie war selbst dabei", fing die Kripo-Chefin an zu erklären, doch Joska ließ sie nicht aussprechen.

„Sie hat gesehen, wie es passiert ist? Also haben wir den Täter?", fragte er hoffnungsvoll, denn eine weitere Ermittlung konnte er gerade nicht auch noch stemmen.

„Na ja, so genau weiß sie es nicht. Sie hat nur gesagt, dass es ein Gerangel mit ihrem Sohn und ihrem Mann gegeben hat, wobei sich ein Schuss gelöst hat, der ihren Mann tödlich getroffen hat."

„Aha, also doch eine Untersuchung. Aber die betrifft dann hauptsächlich die Spurensicherung und die Rechtsmediziner. Muss ich wirklich auch noch zum Tatort?", jammerte Joska, während er schon vorsorglich aus der Wanne stieg. Denn dass er los musste, war ihm eigentlich vor seiner Frage bereits klar gewesen, und so war es dann leider auch. Aber einen Versuch war es trotzdem wert gewesen. Nora tat zwar sehr verständnisvoll, doch Joska sah ihr an, dass sie sehr enttäuscht war, den seit langem geplanten gemütlichen gemeinsamen Abend nun schon abbrechen zu müssen.

„Es dauert bestimmt nicht lange, Schatz. Ich komm, so schnell ich kann, zurück und dann machen wir genau da weiter, wo wir gerade aufgehört haben, ja?", flüsterte er Nora ins Ohr und die nickte ergeben.

„Man soll die Hoffnung nie aufgeben", sagte sie nur und tauchte komplett unter Wasser.

Da man Sascha Clemens in seinem wohlverdienten Feierabend nicht erreichen konnte, war seine Chefin höchstpersönlich am Tatort erschienen. Ihr Kollege Kiss war bereits da und die Spurensicherung schon wieder weg. Viel hatte es nicht zu sichern gegeben. Der Fall war ziemlich eindeutig, nur wer letztendlich geschossen hatte, musste die Kriminaltechnik zusammen mit der Rechtsmedizin klären, soviel hatte der eifrige Herr Kiss inzwischen klären können. Er wollte so schnell wie möglich wieder nach Hause zu seiner Nora, die er traurig in der Badewanne zurückgelassen hatte. Hatten sie doch endlich mal wieder einen schönen gemeinsamen Abend verbringen wollen.

Dennoch mussten er und seine Chefin noch mit den Hinterbliebenen sprechen. Diese hatten sich um den Küchentisch in Bettinas Wohnbereich versammelt. Im Gegensatz zu der altertümlichen Wohnung der verstorbenen Edith Bockmeyer war die Ausstattung der Räumlichkeiten im ersten Stock sehr modern. In diesen Räumen spürte man nichts mehr von dem Gemäuer des alten Hofes. Alles war in offenem Stil renoviert, die Wände weiß gestrichen und die teuer aussehenden Möbel farblich abgestimmt. Ein sehr drastischer Unterschied zu der unteren bäuerlichen Behausung. Wenn man den ungepflegt wirkenden Hof von außen betrachtete, würde man niemals so eine schöne Wohnung im Innern vermuten.

Linda war inzwischen von Bettina von Haralds Tod unterrichtet worden. Nur Luca fehlte. Er war seit dem Unfall nicht mehr zurückgekehrt, ging nicht an sein Handy und seine Mutter machte sich langsam Sorgen um ihren sicherlich total verstörten Sohn.

Nachdem diese nochmal den Tathergang geschildert hatte, wollte Frau Müller-Harnisch wissen, ob Linda oder Hugo etwas gesehen oder gehört hatten. Doch Hugo schwieg beharrlich und Linda sagte nur, dass sie zwar einen lauten Knall gehört hatte, ihn aber nicht hatte zuordnen können. Dass er von einer Waffe stammen könnte, hatte sie gar nicht in Betracht gezogen, da ihr Schwager und auch sonst kein anderer Jäger so nahe an ihrem Hof schießen würden.

„Nein, ich hab mir ehrlich gesagt, nichts weiter dabei gedacht und außerdem war ich schon im Bett und wollte nicht nochmal aufstehen", erklärte Linda und war auf die nächste Frage vorbereitet, die dann auch prompt kam.

„Da war es doch erst zwanzig Uhr! Gehen Sie immer so früh schlafen?", wollte die attraktive Kommissarin wissen, neben der sich Linda noch schäbiger vorkam als sonst.

„Mir ging es nicht so gut. Ich hatte wohl etwas Verdorbenes gegessen und hatte Bauchschmerzen", log sie und versuchte, den beiden Ermittlern dabei direkt in die Augen zu sehen. Sie konnte nur hoffen, dass Hugo den Mund hielt, denn normalerweise deckte er jede noch so kleine Lüge sofort auf. Er konnte es nicht ertragen, wenn jemand nicht die Wahrheit sagte. Doch seit seiner Enthüllung, den Schuss auf Harald mit eigenen Augen gesehen zu haben, hatte er gar kein Wort mehr gesprochen. Was die Ermittlungen anging, konnte Hugo auch nur bestätigen, dass es so gewesen war, wie Bettina es geschildert hatte. Somit war es nicht wichtig, dass er als Augenzeuge aussagte und Linda wollte es ihm auch unbedingt ersparen. Dass sie selbst mehr als erfreut über den Tod ihres verhassten Stiefbruders war, musste sie ja niemandem auf die Nase binden. Jetzt konnte sie auch aufhören, sich um seine Tiere zu „kümmern".

„Also hat außer Ihnen, Frau Bockmeyer und Ihrem Sohn natürlich, niemand etwas gesehen oder gehört?", hakte die Kommissarin nochmals bei Bettina Bockmeyer nach.

„Ich denke nicht, nein. Zumindest ist mir nichts aufgefallen. Es kommen ja auch sehr selten Leute auf unseren Hof", stellte Bettina klar. „Sie werden doch herausfinden, wie genau der Unfall passiert ist, oder? Falls mein Sohn dafür verantwortlich war, möchte ich das gerne vor ihm wissen, damit ich ihn darauf vorbereiten kann", forderte die Ärztin, doch die Kommissare schüttelten gleichzeitig die Köpfe.

„Das müssen Sie schon uns überlassen, Frau Bockmeyer. Ihr Sohn ist dreißig Jahre alt, den müssen Sie nicht mehr beschützen", sagte die Kripo-Chefin bestimmt und Joska fügte noch hinzu:

„Ich hätte doch noch eine Frage: Wissen Sie, warum Ihr Mann Ihren Sohn mit seiner Waffe bedroht hat?" Die Frage war nicht ganz unwichtig und seine Chefin nickte ihm anerkennend zu.

„Leider nein. Diese Frage habe ich mir auch schon die ganze Zeit gestellt und würde sie auch gerne meinem Sohn stellen, aber der ist ja nicht zu erreichen! Werden Sie nach ihm suchen?" fragte die verängstigte Mutter, woraufhin Frau

Müller-Harnisch wissen wollte, ob denn sicher sei, dass Luca sein Handy dabei hatte.

„Geprüft hab ich das noch gar nicht, denn eigentlich hat er es immer bei sich. Ich werde nochmals versuchen anzurufen und dabei in sein Zimmer gehen. Vielleicht höre ich es da klingeln", verkündete Bettina und schalt sich dabei selbst, weil sie das nicht schon längst getan hatte. Nach ein paar Minuten kam sie mit traurigem Gesichtsausdruck zurück und hielt zwei Handys in der Hand.

„Er hat es doch tatsächlich in seinem Zimmer gelassen!", jammerte Frau Bockmeyer und musste irrsinnigerweise lächeln.

„Jetzt hat er das blöde Ding endlich mal nicht dauernd bei sich und nun rege ich mich darüber auf, dass er ohne weggegangen ist!", sagte sie kopfschüttelnd und ließ sich wieder auf ihren Stuhl fallen. „Was machen wir jetzt?"

„Er ist zwar ein erwachsener Mann und kann tun und lassen, was er will. Aber er ist auch ein wichtiger Zeuge bei diesem Unfall, und deshalb werden wir ihn suchen lassen. Zunächst noch nicht über die Öffentlichkeit, aber wenn wir ihn nicht bald finden, werden wir es über die Medien versuchen. Klappern Sie bitte alle seine Freunde und Bekannten ab, vielleicht ist er ja dort irgendwo untergekommen. Er hat sicher einen Schock", erklärte die Kripo-Chefin, doch Lucas Mutter schüttelte resigniert den Kopf.

„Er hat so weit ich weiß, keine Freunde und wenn dann nur virtuelle. Ich kenne jedenfalls keinen mit Namen und sein Handy und der PC sind passwortgeschützt."

„Falls wir ihn nicht in den nächsten Tagen finden, wird sich unsere Technik mit seinen Geräten beschäftigen. Die kriegen die Dinger schon geknackt!", versicherte Joska und fügte noch hinzu, dass sich bitte alle zur Verfügung halten und so schnell wie möglich Bescheid geben sollten, wenn Luca auftauchte.

„Es ist schon spät, Joska. Geh nach Hause. Ich denke, es genügt, wenn wir die Großfahndung morgen erst starten. Vielleicht haben wir ja Glück, und der junge Bockmeyer taucht von selber auf. Größere Sorge bereitet mir momentan dieses Corona-Virus! Ich treffe mich morgen mit unserem Vorgesetzten und allen Resortleitern. Wir sollten so schnell wie möglich Pläne machen, was zu tun ist, falls die Schulen und Kindergärten nächste Woche wirklich schließen. Wenn du mich fragst - sie werden es tun und auch tun müssen, da geht kein Weg dran vorbei!", seufzte Magdalena und ihre Worte machten Joska Angst. Was kam da noch alles auf die Bevölkerung zu und wie würde das seinen Arbeitsalltag beeinflussen? Sehr nachdenklich trennten sich die beiden Kommissare.

Zuhause angekommen konnte Joska nicht schnell genug zu seiner Nora kommen. Es war schon fast zweiundzwanzig Uhr, doch sie war noch wach und sah fern. Schwungvoll schwang sich Joska aufs Sofa und kuschelte sich an Nora und Hasso, der wie immer dicht an seinem Frauchen lag.

„Na ihr beiden, was schaut ihr euch denn da an?", fragte er leise und knabberte dabei an Noras Ohr.

„Lass das, Joska!", kicherte Nora, was sie eigentlich gar nicht wollte, denn das, was sie gerade in einer Spezialsendung gehört hatte, machte ihr große Angst.

„Entschuldige Schatz, aber ich bin so erleichtert, hier bei dir zu sein und zu sehen, dass es euch allen gut geht", murmelte Joska und drückte seine Freundin noch fester an sich.

„Ich bin auch froh, dass du noch gesund bist, aber schau dir doch mal an, was da in Italien los ist! Das ist so schrecklich! Die haben nicht genügend Intensivbetten und die armen Menschen müssen deswegen sterben, Joska! Das darf in Deutschland nicht auch so kommen! Mir war heute schon nicht mehr wohl bei dem Gedanken, dass wir im HipHop-Training zusammenkommen und ich hab es kurzerhand abgesagt. Hat natürlich den meisten nicht gepasst und sie haben mich für verrückt und hysterisch erklärt!", rief Nora immer noch entsetzt über die Sorglosigkeit ihrer Freundinnen.

„Wahrscheinlich hast du richtig gehandelt, Nora. Obwohl ich es selbst auch nicht wahrhaben will, dass dieses neuartige Virus wirklich so viel schlimmer sein soll als die gewohnte Influenza. Daran sterben jedes Jahr auch viel zu viele Menschen, aber die Zahlen juckten uns doch bisher nicht. Was mir Angst macht, ist die anscheinend höhere Ansteckungsgefahr und die teilweise dramatischen Verläufe. Bisher traf es wohl nur die alten und immunschwachen Menschen, aber das muss ja nicht so bleiben. Vorsicht ist sicher das Beste und ich bin gespannt, ob sie wirklich ab nächster Woche die Schulen und Kindergärten schließen ... und wann und in welcher Form weitere Maßnahmen ergriffen werden. Ihr in eurer Werkstatt seid ja noch einigermaßen sicher, ihr habt ja nicht so viel Kundenkontakt. Bei mir sähe es ähnlich aus, hätte ich nicht gerade zwei Fälle zu bearbeiten", seufzte

Joska, was Nora natürlich augenblicklich hellhörig werden ließ.

„Zwei Fälle? Wer ... ach ... nein, ist schon gut, lass es", sagte Nora resigniert, doch Joska war wohl bereit, ihr etwas zu erzählen, denn er schaltete den Fernseher aus.

„Du wirst es sowieso bald mitkriegen, so schnell wie sich hier alles rumspricht ...", fing er an, doch Nora unterbrach ihn sofort:

„WAS? Schon wieder jemand aus Ottenbach? Das gibts doch nicht! Wer ist es?", fragte Nora entsetzt und setzte sich ruckartig auf. Sie hatte sich bereits nach dem ersten Todesfall ein wenig über die Familie Bockmeyer informiert, was sie aber bisher niemandem erzählt hatte.

„Harald Bockmeyer", sagte Joska nur und nahm sich fest vor, nicht mehr zu verraten.

„Der Harald jetzt auch noch! Die arme Familie! Wie hat es seine Frau aufgenommen? Die Ehe der beiden war ja schon seit längerem nicht mehr gut und wie geht es Luca?", rasselte Nora schon wieder mehrere Fragen auf einmal herunter, was Joska aufseufzen ließ. Er holte tief Luft und stieß sie resigniert wieder aus. Niemand nahm davon Notiz, dass Nora plötzlich so gut Bescheid wusste.

„Seine Frau war sehr professionell, sie ist ja Ärztin, aber sie macht sich Sorgen um ihren Sohn, der ist nämlich verschwunden. Du hast ihn nicht zufällig heute Abend beim Gassigehen gesehen?", fragte er hoffnungsvoll, denn wenn er Nora schon einweihte, sollte wenigstens was dabei herauskommen. Doch leider schüttelte sie den Kopf, sprang aber plötzlich mit einem Satz vom Sofa hoch.

„Hasso!" Sofort erhob sich der folgsame Schäferhund ebenfalls und setzte sich erwartungsvoll vor sein Frauchen.

„Was ist denn jetzt los?", fragte Joska verdattert und schaute fragend zu seiner Freundin hoch, die gedankenverloren ihren Hund hinter den Ohren kraulte.

„Wir könnten ihn doch suchen, der Hasso und ich. Wir sind schließlich dafür ausgebildet, stimmts Hasso?", verkündete Nora und der große Schäferhund sprang sofort an ihr hoch. Man hatte das Gefühl, dass er jedes Wort verstanden hatte und gleich loslegen wollte.

„Immer langsam, Nora!", sagte Joska streng und bedeutete seiner tatendurstigen Freundin, sich wieder zu setzen. Widerwillig tat Nora wie ihr geheißen und auch Hasso legte sich wieder neben sie, allerdings mit sehr traurigem Blick.

„Meine Chefin will noch diese Nacht abwarten, in der Hoffnung, dass er von selbst wieder auftaucht. Morgen soll dann eine Großfahndung ausgerufen werden."

„Aber die könnt ihr euch doch vielleicht sparen, falls wir Luca vorher finden, Joska! Lass es uns bitte versuchen! Schaden kann es doch nicht! Ist er zu Fuß abgehauen?", wollte die pfiffige junge Dame wissen.

„Ja, ist er. Also ... du lässt ja doch nicht locker und so wie ich dich kenne, wirst du Luca auch ohne meine Zustimmung und ohne Auftrag von deinem Flächensuchhundeverein suchen. Aber bitte nicht mehr heute Nacht! Steh meinetwegen morgen zu Sonnenaufgang auf und fang deine Suche an, aber nicht früher, hörst du?", sagte Joska eindringlich und packte Nora vielleicht etwas zu fest am Arm. Sie ließ es jedoch zu und schmiegte sich grinsend an ihren Freund.

„Natürlich nicht mehr heute Nacht", schnurrte sie und Joska kniff argwöhnisch die Augen zusammen. Dass Nora so bereitwillig tat, was er forderte, war ungewöhnlich. Ihr überschwänglicher Kuss lenkte ihn allerdings kurzfristig ab. Sie küssten sich immer leidenschaftlicher, was Hasso dazu bewog, sich in seinen Hundekorb zu verziehen.

„Mir hat dieser blöde Beitrag gerade im Fernsehen solch eine Angst gemacht, Joska. Ich brauch dich jetzt in meiner Nähe! Ich könnte jetzt gar nicht raus in die Kälte und Dunkelheit gehen - ich will bei dir bleiben!", bekräftigte sie leicht zitternd und ihr Freund drückte sie fest an sich. Wenn er sie doch einfach nie mehr loslassen und einfach hier bei ihr liegen bleiben könnte!

14

Wie spät es wohl war? Es war noch ziemlich dunkel, aber durch die Ritzen der alten Scheune, in die er sich verkrochen hatte, drang inzwischen etwas Helligkeit herein. Auf seiner Flucht hatte er sich dann irgendwann an den unbewohnten Hof auf der anderen Seite des Ottenbacher Tals erinnert und gehofft, dass der jetzt im Winter nicht so oft von den Eigentümern frequentiert wurde. Schien auch bisher so zu sein, er war immer noch alleine hier. Luca Bockmeyer kauerte sich noch weiter in das Heu hinein, welches zum Glück nicht in den gewohnten Ballen hier gelagert wurde, sondern offen im zweiten Stockwerk dieser riesigen Scheune lag. Dass das kein frisches Heu war, war dem bisherigen Stubenhocker zwar klar, aber er hatte keine andere Wahl gehabt, wenn er nicht erfrieren wollte. Tagsüber war es in diesem Frühjahr oft schon sommerlich warm, aber die Nächte waren noch eiskalt. Nach dem Unfall - und dass das einer war, wurde hoffentlich auch von den unvermeidlichen Ermittlern so gesehen - war er einfach kopflos davongerannt, und das auch noch ohne sein Handy, welches bisher immer sein ständiger Begleiter gewesen war. Er hatte nur sein obligatorisches Kapuzenshirt, eine dünne Jogginghose und Crocs-Schuhe ohne Socken an. Deshalb hatte er sich auch tief in das staubige Heu vergraben. Doch lange konnte er nicht mehr dort bleiben, ihm war trotzdem saukalt, er hatte Hunger und Durst. Den konnte er sich vielleicht an dem kleinen Bächlein stillen, aber dazu musste er raus in die Kälte. Gerade, als er sich hierzu durchgerungen hatte, hörte er Stimmen auf den Hof zukommen und ein Hund bellte. Scheiße! Warum kamen die Besitzer so früh auf ihren Hof? Es war doch noch dunkel! Doch die nächsten Worte, die direkt vor der großen Scheunentüre zu hören waren, klärten ihn augenblicklich auf:

„Herr Bockmeyer! Wir wissen, dass Sie da drin sind. Kommen Sie bitte raus. Hier spricht Joska Kiss von der Kripo Göppingen!", rief der Polizist, der es sich nicht hatte nehmen lassen, seine Freundin und ihren Hund bei der Suche zu begleiten. Nora hatte auch nicht widersprochen und so waren sie mit Hasso zum Bockmeyer-Hof gefahren, wo der Hund die Fährte von Luca sofort aufgenommen hatte. Nun waren sie hier und hundertprozentig sicher, dass der junge Mann sich hier versteckt hielt. Zur Bestätigung hörten sie es zuerst rascheln, dann kam ein unterdrückter Fluch begleitet mit einem leisen Schlag und danach wurde das Scheunentor langsam geöffnet. Heraus kam ein komplett mit Heu verdreckter und zitternder schlacksiger Mann, den Joska sofort als Luca Bockmeyer identifizierte und dem er nun vorsichtig entgegenging. Instinktiv spürte er, dass von diesem verstört wirkenden Mann keine Gefahr ausging und so ließ er seine Dienstwaffe stecken.

„Es war ein Unfall! Das müssen Sie mir glauben!", waren seine ersten Worte. Joska beruhigte ihn jedoch damit, dass sie ihm das glauben würden, aber sie ihn dennoch aufs Revier für seine Zeugenaussage mitnehmen müssten.

„Das ist mir klar. Können wir gehen? Mir ist schweinekalt. Sie sind doch mit dem Auto da?", fragte Luca hoffnungsvoll, doch als die beiden die Köpfe schüttelten, fing er noch mehr zu zittern an.

„Werden Sie es schaffen, bis zu unserem Hof zu laufen?", fragte Nora mitfühlend. Sie waren zwar mit Joskas Wagen zum Bockmeyer-Hof gefahren, aber ihr Cabrio stand noch bei ihr Zuhause und bis dort hin war es ungefähr halb so weit wie zu Lucas Hof. Luca, der Nora erkannt hatte, nickte erleichtert. Das war zu packen und beim Laufen würde ihm hoffentlich etwas wärmer werden.

„Dürfte ich noch kurz hier an dem Bach etwas trinken?", fragte er, doch Nora zog eine kleine Wasserflasche aus ihrem Mantel und hielt sie ihm hin. Dankbar nahm Luca sie entgegen und trank sie gierig fast ganz aus. „Danke! Können wir vielleicht joggen? Ich muss echt ganz schnell ins Warme - bitte!"

„Kein Problem. Los gehts!", kommandierte Joska, schickte aber Nora und Hasso voran, während er hinter Luca herlief. Man konnte ja nie wissen ...

Nachdem Luca Bockmeyer von Nora nach Hause gebracht, sich frisch gemacht und umgezogen hatte, und in Joskas Wagen verfrachtet worden war, fuhr Nora direkt zur Arbeit. Vorher hatte Herr Kiss allerdings sicher, gestellt, dass Luca keinen Kontakt zu einem seiner Familienmitglieder aufnahm. Er wollte nicht, dass sie sich in irgendeiner Form absprechen konnten. Lucas Mutter war jedoch nicht mehr da, sie wurde dringend in der Klinik gebraucht. Sie hatte aber ihre Handynummer hinterlassen, falls die Kripo weitere Fragen haben oder sie wegen ihrer Aussage aufs Präsidium kommen sollte. Eigentlich hätte er Bettina Bockmeyer gleich vorladen sollen, aber ihre Arbeit in der Klinik hatte für ihn zunächst Vorrang. Dort wurde jetzt schon jede helfende Hand benötigt. Wenn auch noch nicht sehr viele Viruspatienten zu behandeln waren, mussten doch weitere Vorbereitungen getroffen werden, um für die sicher noch ansteigende Zahl der Infizierten gerüstet zu sein. Deutschland hatte gegenüber Italien, inzwischen auch Spanien und Frankreich, den Vorteil, dass es etwas früher als ihre Nachbarländer reagiert hatte. Joska war sich sicher, dass die Schulen und Kindergärten ab nächster Woche geschlossen werden würden. Er konnte sich das zwar überhaupt noch nicht vorstellen, aber es war ganz bestimmt eine vernünftige Maßnahme. Ob diese aber ausreichen würde, um die Ausbreitung des Virus zu verlangsamen? Im Radio hatte er gehört, dass ein infizierter Mensch zweieinhalb weitere anstecken würde. Das war schon sehr beängstigend.

Im Präsidium gesellte sich dann zur Vernehmung von Luca Bockmeyer auch noch der ausgeschlafene Sascha Clemens hinzu.

„Guten Morgen, die Herren!", rief er gut gelaunt und setzte sich neben seinen Kollegen Kiss und gegenüber dem Zeugen. Er schaltete das Aufnahmegerät ein und Joska begann als Erster mit der Befragung.

„Herr Luca Bockmeyer, geboren am achtundzwanzigsten Mai neunzehnhundertneunzig, richtig?!"

„Ja ... äh ... kann ich bitte nen Kaffee haben?", unterbrach der Befragte. Sascha stand wortlos auf und ging hinaus.

„Damit das hier nicht allzu lange dauert, machen wir schon mal weiter", bestimmte der ungeduldige junge Kommissar und sein Gegenüber nickte nur ergeben.

„Also ... würden Sie mir bitte den Tathergang genau schildern und vor allem, wie es dazu kam, dass Ihr Vater mit einem Revolver zu seinen Tieren gegangen ist!", forderte der Kripo-Beamte, denn das erschien ihm eine der wichtigsten Fragen zu sein. Doch genau diese Frage schien der junge Bockmeyer nur widerwillig beantworten zu wollen.

„Na ja ... also ... so genau kann ich Ihnen das gar nicht sagen. Es war schon recht dunkel - vielleicht hat er mich nicht erkannt und gedacht, jemand Fremdes würde sich an seinen Tieren zu schaffen machen. Er hat mal gesagt, dass es denen irgendwie in der letzten Zeit nicht gut ging. Vielleicht hat ihnen ja jemand Gift ins Futter getan, was weiß ich! Jedenfalls kam er da plötzlich mit dem Revolver im Anschlag in den Stall, und als ich ihn ihm wegnehmen wollte, hat sich ein Schuss gelöst und hat ihn wohl getroffen", sagte Luca ziemlich emotionslos und Joska glaubte ihm kein Wort. Zwar deckte sich der Ablauf der Tat mit der Schilderung seiner Mutter, doch warum der Vater seinen Sohn mit der Waffe bedroht hatte, das war dann doch sehr merkwürdig.

„Ihr Vater muss Sie doch an Ihrer Stimme erkannt haben! Ich kann mir nicht vorstellen, dass Sie gar nichts zu ihm gesagt haben, als er da mit der Waffe vor Ihnen stand!", rief der Kommissar, was den Befragten in Bedrängnis brachte - das war nicht zu übersehen. In diesem Moment kam Sascha mit einem Tablett herein, auf dem eine Tasse Kaffee, Zucker, Milch und sogar ein paar Kekse lagen. Gierig und sichtlich um Zeit zu gewinnen, griff Luca zu, während Joska seinen Kollegen ins Bild setzte.

„Kommen wir zu meiner letzten Bemerkung zurück. Sie haben also kein Wort zu Ihrem Vater gesagt?", versuchte es

Herr Kiss nochmals und kam dem Befragten dabei näher. Dieser wich unwillkürlich zurück und verschluckte sich beinahe an seinem Kaffee.

„Es ging alles so schnell! Ich weiß wirklich nicht, ob er mich überhaupt erkannt hat. Ich hab die Pistole in seiner Hand gesehen und hab einfach instinktiv danach gegriffen! Ich hab nichts gesagt - wie schon erwähnt, ich war total überrumpelt und hab nur reagiert!", verteidigte sich der Zeuge und lehnte sich wieder etwas entspannter zurück.

„Ihre Mutter war, nach ihrer eigenen Aussage, auch genau zu diesem Zeitpunkt bei Ihnen und ihrem Mann, als der Schuss fiel?", hakte Joska nach.

„Wie gesagt, es ging alles so schnell. Ich hab, nachdem ich nach der Waffe gegriffen hatte, einen Schrei gehört und meine Mutter muss meinen Vater wohl von hinten gepackt haben - gesehen hab ich das nicht - aber als der Schuss gefallen und mein Vater zusammengesackt ist, bin ich in Panik davongerannt. Meine Mutter ist Ärztin, sie wird sich schon um ihn gekümmert haben. Wie geht es ihm denn jetzt?", fragte Luca und erst jetzt wurde allen bewusst, dass der junge Mann anscheinend davon ausging, dass sein Vater noch lebte.

„Er ist tot, Herr Bockmeyer", sagte Joska vorsichtig, denn dass dieser Zeuge noch gar nicht wusste, dass sein Vater tot war, damit hatte er nicht gerechnet. Dieser wohl auch nicht, denn er wurde schlagartig leichenblass und die Beamten befürchteten schon, er würde ohnmächtig werden.

„Wir lassen Sie einen Moment alleine", sagte Joska leise und bedeutete seinem Kollegen, mit nach draußen zu kommen.

„Was hältst du von der ganzen Sache, Sascha?", fragte Joska, der versucht war, Herrn Bockmeyer zu glauben, dass er nicht gewusst hatte, dass sein Vater den Schuss nicht überlebt hatte.

„Ich denke, es hat sich alles so abgespielt, wie er geschildert hat. Nur dass sein Vater ihn nicht erkannt haben will, erscheint mir doch etwas fragwürdig", erklärte der und auch das war genau das, was an diesem Fall nicht stimmig war.

„Aber wenn er uns das so erzählt und seine Mutter auch nicht weiß, warum ihr Mann mit dem Revolver in den Stall gegangen ist, wie sollen wir das dann herauskriegen?", fragte Sascha resigniert und Joska zuckte nur die Schultern. Ja, wie zum Teufel sollten sie das je herausbekommen?

„Nach jetzigem Ermittlungsstand war es ein Unfall. Das Gegenteil werden wir nicht beweisen können, Joska!"

„Sieht so aus! Los, gehen wir zu Magdalena und schildern ihr den Fall. Bin gespannt, ob sie das auch so sieht."

Die Kripo-Chefin wollte so schnell noch nicht aufgeben und ordnete an, dass Linda und Hugo Bockmeyer nochmals zur Vernehmung, diesmal aber ins Präsidium, vorgeladen werden sollten.

„Ihr solltet den beiden auf jeden Fall nochmal auf den Zahn fühlen und sie vor allem über das Verhältnis zwischen Vater und Sohn befragen. Momentan haben wir noch kein Motiv für einen Mord, egal ob vom Vater am Sohn oder anders herum. Das seht ihr doch auch so, oder nicht?"

„Die Frage ist nur, ob wir etwas anderes, als sie bisher ausgesagt haben, aus ihnen herausbekommen. Aber klar, einen Versuch ist es wert. Ich werde versuchen, die beiden heute noch einzubestellen", sagte Joska und tat recht dienstbeflissen, obwohl er sich insgeheim nichts von dieser Befragung versprach.

Sie hatten Glück. Linda war krankgeschrieben und konnte sofort mit ihrem Stiefbruder Hugo vorbeikommen. Sie hatte zwar versucht, es zumindest für heute zu verhindern, aber Herr Kiss war hartnäckig geblieben. Er wollte diesen Fall so schnell wie möglich abschließen, musste er sich doch immer noch um den anderen Bockmeyer-Fall kümmern. Er nahm sich vor, auch im Fall der alten Bockmeyer nochmals seine Fragen an Linda und Hugo zu stellen.

15

Zitternd legte Linda Bockmeyer ihr schnurloses Telefon zurück auf die Station. Warum musste dieser blöde Kommissar sie ausgerechnet heute zu einer Vernehmung einbestellen? Ihr ging es gerade miserabel, sie zitterte unentwegt, ihr war schwindlig und sie hatte Wahnvorstellungen, die ihr wirklich Angst machten. Hugo hatte seit Haralds Tod kein Wort mehr gesagt und das würde sich auch bei der Befragung durch die Polizei nicht ändern, das wusste sie genau. Davon hatte aber der Kripo-Beamte nichts wissen wollen, Hugo musste also mit. Gerade, als sie loswollten, klingelte es an der Haustüre. Wer konnte das denn jetzt sein? Sie erwartete niemanden und unangemeldet kam normalerweise keiner vorbei. Zu ihrer großen Überraschung stand die Gärtnerin Barbara Koller vor ihr.

„Hallo Linda! Darf ich kurz reinkommen?", fragte die hochaufgeschossene dürre Frau und wartete eine Antwort gar nicht erst ab. Sie drängte sich an Linda vorbei und tätschelte Hugo beim Vorbeigehen die Wange. Schicksalsergeben ließ dieser sich die Geste gefallen, versteckte sich aber sofort danach hinter seiner Schwester. Bevor Linda etwas sagen konnte, stellte sich Barbara dicht vor sie und musterte sie aufmerksam. Linda kam sich wie ein Stück Vieh vor, das man vor dem Kauf begutachtete.

„Dir geht es heute nicht gut, wie man sieht", stellte ihre Freundin sachlich fest und Linda wusste nicht, was sie darauf antworten sollte. Ihr Zittern ließ sich kaum unterdrücken und sie schwankte leicht. Das war sicher Antwort genug. Ihr

Gegenüber erwartete wohl auch gar keine Reaktion, denn sie sprach schon weiter:

„Ich hab dir was mitgebracht!", flüsterte sie und zog einen kleinen Gegenstand aus ihrer Hosentasche. Es war eine Kette mit einem kleinen, roten Anhänger aus Stoff.

„Was ist das?", fragte Linda misstrauisch und traute sich nicht, das Ding, das Barbara ihr auffordernd hinhielt, anzufassen.

„Ein Schutzamulett!", rief Barbara stolz und fügte hinzu, dass es selbstverständlich genau nach Anweisungen aus dem Magnus-Buch Seite einhundertdreiundneunzig selbst angefertigt worden war. Linda, die das Buch inzwischen fast auswendig kannte, zumindest wusste, auf welcher Seite welche Mittel und Rezepte standen, konnte sich sogleich an diese Stelle erinnern. Hatte sie doch selbst seit Tagen nach einer Lösung für ihr Krankheitsproblem gesucht.

„Welches der drei Möglichkeiten hast du gewählt? Die Haselnuss, den Chrysolith mit den Eselshaaren gefüllt oder den Schwalbenstein, den man in der Leber von Schwalben findet?", fragte sie schulmeisterlich, und man konnte ihr anhören, dass sie sehr stolz auf ihr Wissen war. Beeindruckt nickte Barbara und legte Linda die Kette vorsichtig in die Hand.

„Das mit der Haselnuss erschien uns am einfachsten herzustellen und natürlich auch am billigsten. Der Chrysolith oder Peridot ist ein ziemlich teurer Edelstein und so schnell hätten wir den sicher auch nicht auftreiben können. Und das mit den Schwalben würde ja auch nicht klappen - wie hätten wir die denn fangen sollen? Also blieb uns ja nur Variante eins und die schenken wir dir hiermit und hoffen natürlich, dass sie dir vor allem bei deinen merkwürdigen und beängstigenden Gedanken hilft!", sagte ihre Freundin feierlich und wartete gespannt auf eine Reaktion der armen, kranken Linda. Diese schaute sich das Amulett sorgfältig an und musste zugeben, dass es anscheinend genau nach Anweisung hergestellt worden war.

„Und da ist wirklich die Pfauenfeder und Quecksilber drin?", fragte Linda fast schon streng, als wäre Barbara eine Schülerin und ihr Werk würde von Linda benotet werden.

„Selbstverständlich, auch mit Bienenwachs verklebt! Alles genau so, wie es sein muss!", erklärte Barbara und forderte die immer noch zitternde Freundin auf, das Amulett endlich umzuhängen. Diese zögerte jedoch einen kleinen Moment, was ihrem Gegenüber nicht entging.

„Was ist los? Glaubst du nicht an die Wirkung eines von unserem Meister erdachten Talismans?", fragte sie und konnte sich einen gewissen Sarkasmus nicht ganz verkneifen. Sie selbst glaubte jedenfalls nicht an solche Dinge, sie glaubte eher an die Wirkung von Kräutern in Salben und Tinkturen. Aber das würde sie ihrer Meisterin gegenüber natürlich nie zugeben.

„Doch, doch ... natürlich! Ich habe mir nur noch mal vergegenwärtigt, gegen welche Beschwerden mir das helfen soll. In der Überschrift steht Melancholie, Drücken und Besinnungslosigkeit im Kopfe und ich frage mich, ob das wirklich auf mich zutrifft ... aber schaden kann es sicher nicht", fügte sie dann energischer, als ihr zumute war, hinzu und hängte sich die Kette um den Hals. Damit wollte sie ihre Freundin endlich loswerden, der Kripo-Beamte wartete bestimmt schon ungeduldig auf sie. Das wollte sie Barbara aber nicht auf die Nase binden. Niemand musste erfahren, dass sie nochmals zu einer Befragung gerufen worden waren. Hoffentlich wollte ihre Hexenfreundin jetzt nicht noch weiter über ihre, Lindas, Krankheit sprechen und noch andere Heilmittel an ihr ausprobieren. Dafür hatte sie jetzt keine Zeit und auch keinen Nerv. Instinktiv schien Barbara zu spüren, dass Linda heute nicht mehr bereit war, über ihre merkwürdigen Symptome zu sprechen und so verabschiedete sich Barbara mit den Worten:

„Wenn wir dir weiterhin in irgendeiner Form helfen sollen, sag bitte Bescheid. Wir machen uns alle große Sorgen um deinen Gesundheitszustand und alle wälzen unsere Heiler-Bibel nach möglichen Heilmethoden und Arzneien - das ist dir doch klar, oder?"

„Natürlich und ich danke euch, dass ihr euch so um mich sorgt. Ich werde nachher alle Symptome aufschreiben und euch genau beschreiben, wie ich mich fühle und was in mir vorgeht. Gemeinsam werden wir schon rauskriegen, was mit mir nicht stimmt und Albertus hat ganz bestimmt eine Lösung! Aber heute fühle ich mich dazu wirklich nicht in der Lage, Barbara. Ich melde mich bei euch, ja?", fragte sie hoffnungsvoll und zu ihrer großen Erleichterung verschwand ihre Freundin endlich. Hugos weit aufgerissene Augen hatte keine der beiden Frauen gesehen. Die Panik in seinem Blick hätten sie sich auch nicht erklären können, immerhin wollten sie Linda doch nur helfen.

Im Vernehmungszimmer saßen sich zur Mittagszeit nun vier Leute gegenüber: auf der einen Seite Linda, die ihr Zittern nur mit äußerster Willenskraft unterdrücken konnte; Hugo, der sich am liebsten hinter seiner Schwester versteckt hätte, aber genötigt wurde, neben ihr auf einem eigenen Stuhl zu sitzen; gegenüber hatte Joska Kiss Platz genommen, der sich von dieser Befragung einiges erhoffte und schließlich Sascha Clemens mit gezücktem Notizblock.

„So, dann wollen wir mal. Danke, dass Sie so schnell kommen konnten, Frau Bockmeyer", eröffnete Herr Kiss das Verhör und leierte noch die erforderlichen Eingangsdaten fürs Protokoll herunter. „Zunächst einmal – wie geht es Ihnen, Frau Bockmeyer? Sie sehen sehr erschöpft aus, wenn ich das so sagen darf?"

„Danke der Nachfrage, Herr Kiss, aber Sie würden auch nicht gut schlafen, wenn in kürzester Zeit zwei Familienmitglieder gestorben wären!", schnappte Linda und schalt sich selbst sofort für ihre schnippische Antwort. Sie hatte sich doch fest vorgenommen, kooperativ und freundlich zu sein! Aber dieser innere Zwang, auf Konfrontation zu gehen, war fast übermächtig und ließ sie noch mehr zittern.

„Entschuldigen Sie bitte, da haben Sie natürlich Recht. Kommen wir nun zu meiner ersten Frage: Wir haben bereits erfahren, dass es den Tieren Ihres Stiefbruders Harald in letzter Zeit nicht gut ging, wissen Sie etwas darüber?", fragte Joska Kiss und lehnte sich erwartungsvoll zurück. Er ließ dabei auch Hugo nicht aus den Augen. Dieser schien bei seiner Frage noch etwas mehr in sich zusammengesunken zu sein.

„Keine Ahnung! Was kümmern mich dem seine Viecher!", rief Linda ohne nachzudenken. Ihr wurde sofort bewusst, wie dumm dieser Ausbruch gewesen war, aber sie hatte einfach keine Kraft mehr, sich gegen diese angestaute Wut zu wehren! Sie war so beschäftigt, ihre anderen Symptome zu verbergen, dass alles Weitere in den Hintergrund trat. Wie sollte sie diese Befragung nur heil überstehen?

„Und Sie, Hugo? Können Sie sich erklären, warum es den Tieren Ihres Bruders plötzlich so schlecht ging?", wandte sich Sascha an den völlig eingeschüchtert wirkenden kleinen Mann. Dieser reagierte jedoch überhaupt nicht, sondern starrte nur weiterhin vor sich auf seine ineinander verknoteten Hände.

„Er spricht seit Haralds Tod nicht mehr. Aus ihm werden Sie weiter nichts herauskriegen", erklärte Linda, wobei sie einen leisen Triumph nicht ganz verbergen konnte. Dies entging den beiden Beamten natürlich nicht, aber so kamen sie momentan wirklich nicht voran.

„In Ordnung", sagte Joska Kiss seufzend, „dann will ich Ihnen mal schildern, wie ich mir den Tathergang vorstelle: Ihr Bruder hat jemanden bei seinen Tieren herumschleichen sehen, und da es den armen Tieren schon seit längerem nicht gut ging, hatte er den Verdacht, jemand Fremdes macht sich wieder an den Tieren zu schaffen. Deshalb hat er auch die Waffe mitgenommen. Im Dunkeln hat er seinen Sohn nicht gleich erkannt. Als dieser ihm dann die Waffe entwenden wollte, hat sich ein Schuss gelöst, den sie dann auch gehört haben. Könnte es so gewesen sein?"

„Könnte, aber ich weiß es nicht - ich war ja nicht dabei und Hugo auch nicht", sagte Linda mit Nachdruck und schaute ihren Bruder dabei auffordernd an. Sie hatte erwartet, dass er wenigstens nicken würde, aber das tat er nicht. Er starrte weiterhin auf seine Hände.

„Und Sie sehen wirklich keinen Grund, warum Harald Bockmeyer seinen Sohn mit der Waffe bedroht haben könnte?“, hakte Joska nochmals nach.

„Nein, wirklich nicht! Es war ganz sicher ein Versehen oder eine Verwechslung“, beteuerte Linda zum wiederholten Male und die beiden Beamten nickten daraufhin schicksalsergeben. Diesen Fall würden sie wohl doch als Unfall zu den Akten legen müssen. Plötzlich ging die Türe auf und ein älterer Kollege steckte den Kopf in den Verhörraum.

„Hätte einer von euch mal ne Minute?“, fragte Michael Bauer, der ihnen manchmal zuarbeitete.

„Wir können auch gleich hier Schluss machen ...“, fing Joska an, doch Herr Bauer ließ ihn nicht ausreden.

„Würde ich noch nicht machen, Kollege. Komm kurz mit raus, dann erkläre ich dir, warum“, raunte Michael ihm zu, doch Linda und Sascha hatten es gehört. Linda wurde blass und Herr Clemens unruhig vor Aufregung. Hatte sich bei der KTU nun doch noch etwas ergeben?

„Okay, dann wartet ihr hier und vielleicht fällt Kollege Clemens ja doch noch etwas ein, was er fragen könnte“, zwinkerte Joska seinem Kollegen zu, was diesen die Augen verdrehen ließ.

Draußen vor der Türe wedelte Michael Bauer mit einem Zettel vor Joskas Nase herum. Ungeduldig schnappe der sich den Computerausdruck und fragte bezüglich der vielen Zahlen und Daten, ob Michael ihm nicht schnell eine Zusammenfassung geben könnte. Dieser nickte wohlgefällig und erklärte:

„Die KTU hat den Inhalt des kleinen Fläschchens, welches sie im Stall, wo der Mord ... oder Unfall ... geschah, gefunden hatten, analysiert. Es war zwar fast leer gewesen, doch anhand der wenigen Tropfen ist es dennoch gelungen, die Substanzen herauszubekommen. Das war auf jeden Fall nichts, was zur Genesung der Tiere beitrug - eher das Gegenteil, würde ich sagen!"

„Was genau war also drin? Spann mich doch nicht so auf die Folter!", jammerte Joska, der vor Aufregung von einem Fuß auf den anderen trat.

„Pottasche und davon ziemlich viel. Die ist geschmacksneutral und somit konnte man den Tieren etwas in ihr Trinkwasser tun. Gestorben wären sie daran aber nicht, meint einer der Chemiker", erklärte Herr Bauer, was Joska ratlos dreinblicken ließ.

„Und warum sollte das jetzt etwas mit unserer Aufklärung des Bockmeyer-Falls zu tun haben?"

„Das war ja noch nicht alles", fing Michael wieder an, was nun Joska die Augen verdrehen ließ. „Die Spurensicherung hat noch einen Teigklumpen gefunden, der in einem Hasenstall eigentlich auch nichts zu suchen hat", sagte Kollege Bauer überzeugt, was auch Joska mit einem Nicken bestätigte.

„Und weiter?", knurrte Joska, dem so langsam die Geduld ausging. „Was hat es nun mit diesem Teig auf sich? Lass dir doch nicht jedes Detail aus der Nase ziehen, Mann!"

„Schon gut, Joska! In dem Weizenteig waren gemahlene, bittere Mandeln in sehr hoher Konzentration drin, die den Hasen und Meerschweinchen sehr geschadet hätten, wenn nicht sogar tödlich gewesen wären."

„Die Frage ist nur, ob sie sowas Merkwürdiges überhaupt gefressen hätten", murmelte Joska mehr zu sich selbst, doch sein Gegenüber hatte es gehört.

„Tja, das gilt es nun, herauszufinden. Diese Linda Bockmeyer macht auf mich einen sehr bäuerlichen Eindruck. Vielleicht kennt sie sich ja mit Tieren und Kräutern aus?"

„Genau das werde ich sie jetzt fragen - danke Kollege!", sagte Joska und wollte schon zu den Dreien zurückkehren, als sein Mitarbeiter ihn nochmals aufhielt:

„Ich bin noch nicht fertig, Kollege!", rief er grinsend und hielt ein weiteres Blatt in die Höhe.

„Was denn noch?", fragte Joska gereizt, aber nicht minder neugierig.

„Sie hatten der Spurensicherung doch eine große Anzahl an Schnapsflaschen übergeben ...", fing er an, doch Joska unterbrach ihn sofort:

„Der Inhalt wurde doch schon analysiert!", schnappte er und wollte sich schon wegdrehen, doch Michael Bauer hielt ihn am Arm fest. Ärgerlich entzog sich Joska und sah sein Gegenüber auffordernd an, wobei er die Augenbrauen nach oben zog.

„Wir haben Fingerabdrücke gefunden, die mit keinem der Familienmitglieder übereinstimmen ... oder besser gesagt, mit keinem der hier lebenden Bockmeyers", versuchte Herr Bauer zu erklären, aber Joska verstand nicht, worauf dieser hinauswollte.

„Was soll das denn bedeuten?", fragte Joska ratlos und verärgert, weil sein Kollege jedes Mal um den heißen Brei herumredete.

„Die Fingerabdrücke gehören Tjade Bockmeyer!", rief er triumphierend aus, doch Herr Kiss konnte mit diesem Namen rein gar nichts anfangen.

„Wer soll das sein?", schnappte er und Michael freute sich diebisch, den jungen Kommissar mit seiner Antwort verblüffen zu können:

„Tjade ist der Ehemann von Edith!"

„Die ist verheiratet? Also ... gewesen ... aber warum hat ihn bisher niemand erwähnt?", fragte Joska aufgebracht, doch diese Frage konnte ihm sein Kollege auch nicht beantworten. „Danke, Michael. Das war eine wirklich wertvolle Information. Richte den Kollegen von der Spusi bitte meinen Dank aus! Gute Arbeit!" Damit rauschte er wieder ins Vernehmungszimmer, sodass die Türe mal wieder gegen die Wand krachte. Erschrocken zuckten die zwei Bockmeyers zusammen und Sascha verdrehte nur die Augen. Mit einem „Wo ist Tjade?", knallte er den Computerausdruck vor Sascha auf den Tisch, der sich den Text sofort durchlas und danach anerkennend und erstaunt die Augen aufriss. Dies tat Linda ebenso und wurde dabei auch noch kreidebleich. Nur Hugo saß weiterhin da, schaute auf seine ineinanderverschlungenen Hände und rührte sich nicht.

„Tjade?", flüsterte Linda Bockmeyer entsetzt, die diesen Namen seit Jahrzehnten nicht mehr gehört, geschweige denn über ihren Stiefvater nachgedacht hatte. Für sie existierte er seit seinem damaligen plötzlichen Verschwinden einfach gar nicht mehr.

„Ja, Ihr Stiefvater. Wo ist er?", wiederholte Joska ungeduldig, doch Linda zuckte nur die Schultern und schüttelte den Kopf.

„Sie haben keine Ahnung, wo er stecken könnte?", hakte er nach und Linda verneinte wieder.

„Wann haben Sie das letzte Mal etwas von ihm gehört?", wollte Sascha wissen.

„Als er kurz nach Hugos Geburt einfach sang- und klanglos abgehauen ist. Seither wurde er totgeschwiegen und wir haben nie mehr was von ihm gehört!", sagte Linda mit zusammengebissenen Zähnen, denn warum kamen die Beamten gerade jetzt mit ihrem Stiefvater daher? Die Antwort bekam sie sogar ungefragt von Herrn Kiss:

„Auf einer der Schnapsflaschen, die wir bei Ihrer Adoptivmutter mitgenommen hatten, befinden sich die Fingerabdrücke von Tjade Bockmeyer darauf!"

„Woher wissen Sie denn überhaupt, dass es seine sind?", fragte Linda leise und knetete ihre zitternden Hände.

„Er ist bei uns aktenkundig", bekam sie zur Antwort, was sie irgendwie nicht wunderte. Sie hatte nur noch eine vage Erinnerung an ihren Stiefvater, aber wirklich gemocht hatte sie ihn noch nie. Warum das so war, wusste sie nicht mehr.

„Vielleicht war es eine ganz alte Flasche von damals?", versuchte Linda ihren Stiefvater in Schutz zu nehmen, denn sie konnte sich einfach nicht vorstellen, dass er plötzlich bei seiner Ex-Frau aufgetaucht sein sollte.

„Vielleicht, aber vielleicht auch nicht", meinte Joska nur und zog den Ausdruck nochmals zu sich heran. „Das ist ja merkwürdig ...", murmelte er dann und schaute Linda in die Augen.

„Wussten Sie, dass Ihr Stiefvater immer noch mit Edith verheiratet ist?"

„WAS?“, kreischte Linda und sprang auf. „Das kann nicht sein! Edith hat doch die Scheidung eingereicht und auch immer gesagt, sie sei geschieden!“

„Das stimmt aber nicht. In unseren - verlässlichen - Unterlagen steht, dass die beiden noch rechtmäßig verheiratet sind!“

„Aber was hat das jetzt zu bedeuten?“, fragte Linda vorsichtig, denn das, was ihr gerade durch den Kopf ging, wollte sie nicht wahrhaben: War ihr Stiefvater etwa zurückgekehrt und falls ja, wo trieb er sich rum? Hatte er es womöglich auf den Hof abgesehen?

„Das werden wir ihn fragen, wenn wir ihn gefunden haben! Wir werden erstmal die Kollegen in seinem zuletzt angegebenen Wohnort auf ihn ansetzen, und falls er dort nicht sein sollte, werden wir wohl nach ihm fahnden müssen. Vielleicht treibt er sich ja bereits hier in der Gegend rum?“, sinnierte Joska und wünschte es sich beinahe. Vielleicht kamen sie bei den Bockmeyer-Fällen nun endlich mal weiter!

Wenn sie ihn gefunden haben ... konnte es wirklich wahr sein, dass sie ihren Stiefvater nach so langer Zeit wiedersehen würde und falls ja - was hatte er mit dem Tod von Edith und Harald zu tun? Schon jetzt begann ihr Herz vor Aufregung zu flattern und sie bekam kaum noch Luft. Hugo dagegen saß immer noch teilnahmslos da. Aber klar, der Name Tjade sagte ihm nichts, er konnte sich an seinen Vater nicht erinnern - wie auch? Er war ja erst ein paar Tage alt gewesen, als sein Vater sich aus dem Staub gemacht hatte. In ihre Grübeleien meldete sich Joska Kiss nochmals zu Wort.

„Herr Clemens hatte vorhin keine weiteren Fragen an Sie gehabt, Frau Bockmeyer?", fragte er freundlich und setzte sich wieder auf seinen Platz. Dabei legte er noch einen Computerausdruck vor sich hin, wobei er beobachten konnte, wie die Zeugin das Blatt mit ängstlichem Blick anstarrte. Joska, dem dies keinesfalls entging, beugte sich vor und schaute Frau Bockmeyer bei seiner nächsten Frage direkt in die Augen:

„Was glauben Sie, steht hier drauf?", fragte er mit gefährlich leiser Stimme.

„Woher soll ich das denn wissen?", schnappte diese auch sofort und verschränkte demonstrativ abweisend die Arme vor ihrer üppigen Brust. Was kam denn jetzt noch?

„Ich konnte Ihre Angst geradezu spüren - also, was glauben Sie, hat die Spurensicherung im Hasenstall Ihres Bruders gefunden?", hakte Joska eindringlich nach. Sascha, der ja noch nichts mitbekommen hatte, zog den Ausdruck zu sich heran und überflog ihn flüchtig. Auch er hatte keine Ahnung, was er mit den ganzen Zahlen anfangen sollte. Nun wartete auch er gespannt auf die Erklärung von Frau Bockmeyer, doch diese schwieg beharrlich.

„Sie können es sich also nicht denken?", wollte Herr Kiss rein rhetorisch wissen und beantwortete die Frage dann doch selbst: „Es waren zwei Dinge, Frau Bockmeyer. Erstens aufgelöste Pottasche in großer Konzentration in einem kleinen Fläschchen und ebenfalls in hoher Menge bittere Mandeln in einem Weizenteigklumpen! Was sagen Sie nun? Woher kommt das Zeug und wer hat es in den Hasenstall getan und vor allem, warum?", ratterte der inzwischen doch etwas genervte Joska Kiss herunter. Er brauchte dringend einen Durchbruch und daher war seine Stimme bei seinen letzten Sätzen auch etwas lauter geworden.

Linda, die bei der Erläuterung des Kripo-Beamten immer kleiner geworden war, suchte fieberhaft nach einer plausiblen Erklärung, doch so schnell fiel ihr nichts ein. Deshalb bat sie, auf die Toiletten gehen zu dürfen, doch Joska schüttelte resolut den Kopf.

„Später, Frau Bockmeyer. Erst will ich eine Antwort auf meine Frage haben!“, zischte er die verängstigte Frau an und Sascha erkannte seinen Kollegen kaum wieder. So hatte er noch keinen Zeugen drangsaliert, doch er traute sich (zumindest noch nicht), einzugreifen. Die Frau machte nicht den Eindruck, als würde sie es nicht noch ein wenig aushalten.

Um Zeit zu gewinnen, nahm Linda einen weiteren Schluck von ihrem Getränk und endlich fiel ihr eine gute Erklärung für das alles ein:

„Luca ist manchmal so ein Trottel, stimmts Hugo?“, fing sie an und stieß ihren Bruder mit dem Ellenbogen in die Seite, was diesen jedoch zu keiner Reaktion brachte. „Das ist er aber wirklich, denn diesen Teigklumpen sollte er nicht in den Hasenstall, sondern daneben auf den Zugang legen, damit die Mäuse und Ratten ihn fressen und daran krepieren. Diese Mistviecher sind bei uns auf dem Hof eine echte Plage und in meinem Alb ... also auf einer Internetseite hab ich diese Methode gelesen und die wollten wir halt mal ausprobieren. Was das allerdings mit der Pottasche soll - da hab ich wirklich keine Ahnung. Vielleicht hat er das auch irgendwo aufgeschnappt?“, haspelte die in die Enge Getriebene herunter, wobei sie immer schneller gesprochen hatte. Sie hatte bald keine Kraft mehr, sich gegen das kontinuierlich stärker werdende Zittern zu wehren. Auch die wirren Gedanken ergriffen wieder von ihr Besitz und sie sah plötzlich hier im Raum riesengroße Ratten herumlaufen. Sie wollte sie schon beiseite scheuchen, konnte sich aber gerade noch zurückhalten. Für die beiden Beamten musste es ausgesehen haben, also würde sie gymnastische Übungen machen.

„Was ist los mit Ihnen, Frau Bockmeyer? Geht es Ihnen nicht gut? Sie sind ja weiß wie eine Wand. Ich hole Ihnen schnell ein Glas Wasser!", rief Sascha beunruhigt und sprang regelrecht von seinem Stuhl auf. Die merkwürdigen Gebärden dieser Frau hatten ihn sehr erschreckt, doch Joska blieb wie angewurzelt und mit starrem Blick auf die Zeugin sitzen.

„Wir werden Ihre Aussage Ihrem Neffen Luca gegenüber überprüfen, Frau Bockmeyer. Sind Sie sicher, dass Sie keine Ahnung von dem Inhalt des Fläschchens haben?", hakte der junge Kommissar nach und behielt sein Gegenüber fest im Blick.

Linda war müde - so müde. Sie war am Ende und das schien dieser übereifrige Kommissar zu spüren. Sie hatte einfach keine Kraft mehr zum Lügen, doch gerade, als sie den Mund aufmachen wollte, kam ihr Bruder Hugo ihr zuvor.

„Ich hab Luca das Fläschchen gegeben. Ich dachte, da sei Medizin für die Hasen drin", flüsterte er, sodass man ihn kaum verstand.

„Hugo ... was sagst du denn da?", raunte Linda ihrem kleinen Bruder zu, doch Herr Kiss bedeutete ihr, still zu sein. Resigniert lehnte sie sich wieder zurück.

„Wo hast du die Medizin denn her, Hugo?", fragte Joska so einfühlsam er konnte und war dabei automatisch ins vertrauliche Du verfallen.

„Weiß ich nicht mehr", war alles, was er aus dem behinderten Mann herausbekam. Ab da schwieg er wieder beharrlich. Es war zum Verrücktwerden. Als Sascha mit einem Glas Wasser zurückkam, hatte sich Linda bereits etwas beruhigt und ihr Gesicht hatte wieder etwas Farbe angenommen. Nachdem Joska seinen Kollegen auf den neuesten Stand gebracht hatte, bedeutete er ihm, kurz mit ihm nach draußen zu gehen.

„Wir sind gleich wieder da. Bitte gedulden Sie sich einen kleinen Moment", sagte Joska und zog Herrn Clemens aus dem Zimmer.

„Aus den beiden kriegen wir heute nichts mehr raus, Sascha. Wir müssen Lindas Aussage noch bei Luca überprüfen, aber das würde ich gerne bei ihm auf dem Hof machen. Ich will mich dort noch ein bisschen umsehen. Kommst du mit? Vielleicht schaffen wir das heute ..." - weiter kam er nicht, denn die Chefin, Magdalena Müller-Harnisch kam um die Ecke geschossen. Keuchend blieb sie vor ihren beiden Mitarbeitern stehen.

„Habt ihr nichts zu tun?", fuhr sie die beiden an, worauf sich diese einen verwunderten Blick zuwarfen. Was war denn mit der los?

„Sorry, Magdalena - aber was is los mit dir?", fragte Joska nur, denn so von ihrer Chefin angefahren zu werden, das war noch nie vorgekommen.

„Ach, entschuldigt bitte. Ich ... nein, das besprechen wir ganz sicher nicht hier auf dem Flur. Kommt doch bitte in mein Büro!", kommandierte Frau Müller-Harnisch, doch Joska schüttelte den Kopf.

„Das geht jetzt nicht, Magdalena. Wir haben da drin noch zwei Zeugen sitzen, die müssen wir erst entlassen. Aber danach kommen wir sofort zu dir - scheint ja wirklich wichtig zu sein", erkannte Joska und seine Chefin nickte nur wortlos und verschwand in die Richtung, aus der sie gekommen war. Mit fragendem Blick und Schulterzucken begleitete Sascha seinen Kollegen zurück ins Vernehmungszimmer, wo sie den Wartenden erklärten, dass sie nun keine Fragen mehr hätten und sie gehen könnten. Den Stein, der Linda Bockmeyer dabei vom Herzen fiel, konnte man beinahe hören und auch ihr Bruder schien froh zu sein, endlich hier wegzukommen. Rasch sprangen beide auf und flohen regelrecht aus dem Präsidium. Kopfschüttelnd machten sich Joska Kiss und Sascha Clemens auf den Weg zu ihrer Chefin. Sie waren sehr gespannt, ob sie vielleicht gute Neuigkeiten bezüglich ihrer zwei Fälle hatte - doch es war etwas ganz anderes, was sie ihren zwei Untergebenen mitteilen musste.

16

Als Joska und Sascha ins Zimmer ihrer Chefin kamen, stand diese im unbeleuchteten Raum am Fenster und blickte hinaus auf einen stahlblauen Himmel. Ohne sich umzudrehen, sagte sie leise:

„Ist euch schon aufgefallen, wie unnatürlich blau und unverkratzt der Himmel momentan ist?"

Die beiden Kollegen schauten sich ratlos an und fragten sich zum wiederholten Male, was denn heute mit ihrer Chefin los war. Diese seufzte theatralisch und bedeutete ihren Untergebenen, sich zu setzen. Mit gemischten Gefühlen nahmen die beiden ihr gegenüber an einem kleinen Besprechungstisch Platz. Wie immer hatte Lola Amati dafür gesorgt, dass frische Blumen auf diesem Tisch standen und auch eine Kaffeekanne und Tassen, sowie Milch und Zucker samt Keksen. Die Herren Kiss und Clemens machten sich allmählich Sorgen, denn so waren sie noch nie empfangen worden. Sollte das etwa eine längere Besprechung werden? Darauf waren sie nicht vorbereitet und das wollte Joska seiner Chefin auch gerade sagen, als diese mit ihrem Anliegen herausplatze:

„Ich muss in Quarantäne!"

„WAS?", rief Joska und „WARUM?", fragte Sascha und beiden war die Tragfähigkeit von Magdalenas Worten in diesem Moment noch in keinster Weise bewusst.

„Mein Freund ist positiv auf Corona getestet worden, und da es ihm so schlecht geht, haben sie ihn gleich auf die Intensivstation in den Alb-Fils-Kliniken in Göppingen gebracht. Beatmet werden muss er noch nicht, steht aber wohl kurz davor", sagte sie leise und ihre beiden Kollegen waren erstmal sprachlos. Was bedeutete: ihr Freund? Hatte sie wieder eine Beziehung und seit wann? Oder war es nur ein guter Bekannter? Bevor sie ihre Fragen stellen konnten, kam die Erklärung von Magdalena auch schon:

„Ihr kennt Rudi .... äh ... Rudolf Dolderer noch nicht. Ich kenne ihn erst seit Silvester, aber wir waren seither schon öfter zusammen und deshalb muss ich nun auch für zwei Wochen in Quarantäne!"

„Ach du sch ... tschuldigung, aber das kommt jetzt alles so unerwartet und plötzlich. Aber dir geht es noch gut?", war dann doch Joskas größte Sorge. Bisher gingen die Fachleute bei diesem blöden Virus von meist leichten Verläufen aus, aber wie man sah, traf es manche Menschen dann doch härter. Keine Luft mehr zu bekommen, war so ziemlich das Schlimmste, was Joska sich vorstellen konnte.

„Ja, mir geht es noch gut und ich will diesen Scheiß auch nicht kriegen! Rudi weiß auch nicht, wo er sich angesteckt hat. Allerdings hat er in letzter Zeit wieder als Aushilfstanzlehrer gearbeitet. Da kommt man den Schülern schon sehr nahe, wahrscheinlich ist es da passiert", mutmaßte Magdalena und wieder seufzte sie tief auf.

„Wo habt ihr euch denn kennengelernt und wie alt ist er?", platze Joska heraus. Zu spät bemerkte er, dass ihn das eigentlich nichts anging. Bisher hatten sie Privates meist außen vor gelassen. Doch zu seinem Erstaunen fing seine Chefin an, ihre Geschichte zu erzählen. Währenddessen schenkte sie allen Kaffee ein - es schien wohl tatsächlich eine längere Besprechung zu werden ...

„Wie ihr vielleicht wisst, war ich seit Monaten schon alleine und das gefällt mir nicht. Ich kann nicht gut alleine sein und schon gar nicht an Silvester! Und so bin ich auf den Silvesterball im Tanzcafé Eichenhof in Eislingen gegangen. Alleine dort hinzugehen ist zwar auch meistens doof und langweilig, aber ich konnte einen älteren, sportlichen Herrn ausmachen, der bereitwillig mit vielen verschiedenen Frauen getanzt hat, und das auch noch sehr gut. Also hab ich all meinen Mut zusammengenommen und ihn gefragt, ob er auch mal mit mir tanzen würde, was er auch getan hat. Das Ende vom Lied war, dass die anderen Frauen danach nicht mehr zum Zuge kamen", lächelte die attraktive Mittvierzigerin, die heute in ihrer engen schwarzen Jeans und einer tiefroten Bluse sehr gut aussah. Ihre katzenartig grünen Augen und der streng nach hinten gebundene schwarze Dutt taten ihr übriges. Dennoch sah man ihr heute ihre Angeschlagenheit und Sorge an.

„Und seither seid ihr ein Paar?", hakte Sascha nach, den Liebesgeschichten immer sehr interessierten - hatte er doch selbst als über Dreißigjähriger immer noch keine vorzuweisen.

„Noch nicht gleich, aber er hat mich in die Tanzschule eingeladen, wo er als Rentner ..."

„Was? So alt ist der schon?", konnte sich Joska nicht verkneifen, was ihm einen tadelnden Blick von beiden Kollegen einbrachte. „Sorry, aber bisher standest du doch eher auf jüngere Typen!", versuchte sich Joska zu verteidigen.

„Das stimmt schon, Joska. Aber du kennst Rudi noch nicht! Der hat mit seinen fünfundsechzig Jahren so eine jugendliche Ausstrahlung und durch seinen drahtigen, sportlichen Körper und seine fast weißen Steh-Haare sieht er echt viel jünger aus! Ich gehe ja auch schon auf die fünfzig zu, da ist der Unterschied doch gar nicht so groß. Also ... auf jeden Fall bin ich dann tatsächlich zur Tanzschule gegangen und hab mich da für einen Salsa-Kurs angemeldet, wo Rudi oft ausgeholfen hat. Ja, und da sind wir uns schnell näher gekommen, obwohl er starker Raucher ist und ich das eigentlich nicht ausstehen kann. Aber als er mich dann mal mit seinem schwarzen Mustang mit knallroten Sitzen abgeholt hat, war es um mich geschehen", erzählte sie lächelnd und schien mit ihren Gedanken wieder bei ihrem kranken Freund zu sein.

„Oh ja, das kann ich mir gut vorstellen, dass dich der Wagen beeindruckt hat", lachte Joska, der ebenfalls ein Faible für Sportwagen hatte. Sascha, der weder mit dem Tanzen noch mit Sportwagen etwas anfangen konnte, kam zurück zu Frau Müller-Harnischs erstem Satz.

„Und du musst jetzt sofort in Quarantäne?" Bei dieser Frage wurde ihm erst bewusst, dass seine Chefin sich extra weit von ihnen hingesetzt hatte. Sehr rücksichtsvoll bewahrte sie jetzt schon den gebotenen Abstand.

„Ja leider. Eigentlich hätte ich nicht mal mehr dieses Gespräch mit euch führen dürfen, aber mit genügend Abstand wurde mir das noch genehmigt, um euch zu instruieren und vor allem dich, Sascha, zu bitten, mir eine Möglichkeit für Homeoffice einzurichten. Ich kenn mich da echt gar nicht aus und bin auf deine Hilfe angewiesen", meinte die Kripo-Chefin, doch Sascha musste sie zunächst mal enttäuschen, denn damit kannte er sich auch nicht aus. Aus Datenschutzgründen war das sicher nicht so einfach, doch er versprach, sich darum zu kümmern.

„Das mit den Videokonferenzen krieg ich aber schnell geregelt, das dürfte kein Problem sein", meinte er zuversichtlich und seine Chefin seufzte schon wieder.

„Ihr fehlt mir jetzt schon! Euch nur noch digital sehen zu dürfen, finde ich ziemlich gruselig und überhaupt nicht mehr rausgehen zu dürfen ist der blanke Horror für mich. Ich hab doch nicht mal einen Balkon!", jammerte sie und klatschte sich dann aber doch aufmunternd auf die Schenkel. „Hilft ja alles nix - ich muss los und was die Bockmeyer-Fälle angeht, bleibt einfach dran, mehr fällt mir dazu im Moment eh nicht ein. Meine Gedanken sind bei dem armen Rudi und ich kann nur für ihn hoffen, dass er nicht beatmet werden muss! So hilflos und ohne Bewusstsein daliegen zu müssen, stelle ich mir ganz schlimm vor! Ich hab auch solche Angst, dass er trotzdem stirbt, denn anscheinend sterben an die sechzig Prozent trotz Beatmung! Ach, hätte er doch nicht so viel geraucht! Raucher gehören doch ganz sicher zur Risikogruppe", setzte sie noch traurig hinzu, doch Sascha konnte das revidieren:

„Ich hab gelesen, dass Raucher sogar in gewissem Maß eher geschützt sind, da das Virus sich an ihrer belegten Lunge nicht so gut anheften kann. Aber wer weiß, was da jetzt wirklich stimmt. Die Virologen sind sich ja auch nicht immer einig."

„Dein Rudi wird ganz bestimmt wieder gesund!", versuchte Joska seine Chefin zu beruhigen, doch es gelang ihm nicht.

„Das Schlimmste ist, dass ihn niemand besuchen darf!", rief sie gereizt, während sie zu ihrem Schreibtisch zurückging und wütend ein paar Sachen in ihre Handtasche stopfte.

„Ja, das ist für die Kranken und Alten in den Pflegeheimen wohl kaum zu ertragen und natürlich für die Angehörigen auch nicht. Aber der Gesundheitsschutz geht da nun mal vor und man kann nur hoffen, dass die ganzen neuen Regeln schnell greifen und es nicht so schlimm wie in Italien, Frankreich, England oder Amerika wird", meinte Sascha und erhob sich ebenfalls. „Ich kümmere mich gleich um dein Home-Office, Magdalena", verkündete er und hob die Hand zum Gruß. „Pass auf dich auf und bleib wirklich brav zuhause!"

„Na, der hat gut reden! Ich muss mir erstmal jemanden suchen, der mich mit Einkäufen versorgt!"

„Das können wir doch machen!", rief Joska natürlich sofort, doch davon wollte seine Chefin nichts wissen.

„Soweit kommts noch, dass ihr wisst, was ich alles koche, mit welchen Mitteln ich meine Schönheit poliere und was für Waschmittel ich benutze! Nein, nix da. Da wird mir schon was einfallen!", lachte Magdalena, doch Joska schüttelte nur den Kopf.

„So hab ich das noch nie gesehen! Dass es einen Eingriff in die Persönlichkeitsrechte sein könnte, wenn fremde Menschen für einen einkaufen gehen sollen. Tja, falls du niemanden findest, meldest dich halt nochmal. Bei uns in Ottenbach hat das Team vom Jugendraum überall im Ort Zettel mit Telefonnummern aufgehängt für die Hilfe beim Einkaufen. Vielleicht gibt es sowas bei dir in der Nähe ja auch?"

„Werde ich überprüfen. Anscheinend gibt es auch schon eine Facebook-Gruppe, wo sich Hilfebedürftige und Helfer zusammenfinden können. Hierfür sind die sozialen Medien ja recht sinnvoll", meinte Frau Müller-Harnisch und schloss resolut ihre Handtasche.

„So, dann verschwinde ich jetzt mal, Joska. Du bist mein Stellvertreter hier - hab ich dir das schon gesagt?", zwinkerte sie ihm zu und machte einen großen Bogen um ihn, um zur Tür zu kommen. Dabei beschlich sie ein ganz merkwürdiges Gefühl, denn bisher hielt man nur zu unangenehmen Personen eine gewisse Distanz. Jetzt war es genau umgekehrt - aus Respekt und Schutz den Mitmenschen gegenüber hielt man nun Abstand. Daran musste man sich wirklich erst gewöhnen und hoffen, dass dieses Gebaren schnellstmöglich zur Routine wurde und man dann gar nicht mehr drüber nachdenken musste.

„Nein, hast du nicht, aber ich danke dir für dein Vertrauen, Magdalena. Darf ich dann auch an deinen Schreibtisch?", fragte er verschmitzt, doch seine Chefin schüttelte vehement den Kopf.

„Bloß nicht! Das Chaos, das du dann hier veranstaltest, würde ich nie mehr beseitigen können. Bleib du mal lieber an deinem Arbeitsplatz - es sind ja nur zwei Wochen!", bekräftigte sie zuversichtlicher, als sie war. Wenn sie sich auch angesteckt hatte, konnte das Ganze ja leider noch länger dauern, wenn es sie auch so schwer wie Rudi erwischen würde. Erfahrungsberichten zufolge lagen die meisten zwei bis drei Wochen auf der Intensivstation!

„Sicher! In vierzehn Tagen bist du wieder zurück! Du wirst nicht krank und wenn dann nur mit leichten Symptomen. Du hast doch ein gutes Immunsystem!", stellte Joska fest, doch seine Chefin war sich da nicht so sicher. Ihre Ernährung ließ in der letzten Zeit sehr zu wünschen übrig und sie trank nicht genug, das wusste sie genau. Ob es jetzt noch was half, das zu ändern? Sie wusste es nicht, nahm sich aber vor, jetzt mit der vielen Zeit Zuhause mehr Aufmerksamkeit auf gutes Essen und Sport zu legen. Anregungen zu beidem gab es ja mehr als genug im Internet.

Nachdem die Kripo-Chefin weg war, hatte Joska Kiss auf dem Bockmeyer-Hof angerufen und einen Termin mit Luca um achtzehn Uhr ausmachen können. Sascha begleitete ihn, fuhr aber mit dem eigenen Auto, so konnte Joska nach der Befragung gleich in Ottenbach bleiben.

Luca, der nach dem Anruf der Polizei in Panik geraten war, wollte sich unbedingt vorher noch mit seiner Tante Linda absprechen, aber er hatte sie ums Verrecken nicht wach bekommen! Hugo, der ihn völlig verängstigt bei seinen aussichtslosen Bemühungen beobachtet hatte, wollte er dann nicht noch mehr beunruhigen und so war er unverrichteter Dinge wieder abgezogen. Er hatte keine Ahnung, was Linda den Bullen bereits alles erzählt hatte und so konnte er nur hoffen, dass er nichts anderes als sie aussagen würde. Er erwartete die Beamten draußen im Garten auf der alten Holzbank vor dem Haus.

„Guten Tag Herr Bockmeyer", begrüßte ihn Herr Kiss und Luca stand sofort respektvoll auf. Er wollte sich von seiner besten Seite zeigen und hielt den Beamten seine Hand zur Begrüßung hin. Diese schüttelten jedoch einhellig die Köpfe und es dauerte einen Moment, bis Luca begriff: die Corona-

Hygieneregeln! Die hatte er total vergessen, denn es kam nicht oft vor, dass er Leuten die Hand geben musste. Er traf sich ja so gut wie nie mit fremden Leuten und den paar Kumpels, die er alle Schaltjahre mal sah, schlug er nur freundschaftlich auf die Schulter.

„Können wir nicht ins Haus gehen?", fragte Joska, der sich noch ein bisschen hatte umsehen wollen, doch Luca schüttelte den Kopf.

„Meine Tante schläft und in mein Zimmer wollen Sie nicht wirklich", grinste er schief und fügte noch hinzu, dass seit dem Tod seiner Großmutter niemand mehr in deren Wohnung und dort nicht gelüftet oder sauber gemacht worden war. Wenn Luca ihnen keinen Zutritt zum Haus gewähren würde, konnten sie nichts machen. Also setzten sich die Drei in gebührendem Abstand auf die alte Holzbank, die unter ihrem Gewicht quietschend protestierte.

„Wir wollten nochmal auf Ihre Versorgung der Hasen und Meerschweinchen zurückkommen, Herr Bockmeyer", fing Joska das Gespräch an, und nachdem er sich die Einwilligung zur Aufnahme bei dem jungen Mann eingeholt hatte, startete Sascha das Diktiergerät. „Wir wissen inzwischen, dass eine giftige Substanz im Trinkwasser der Tiere war und ein vergifteter Teigklumpen lag im Käfig", erläuterte Joska die Erkenntnisse, die die KTU gewonnen hatte, doch Luca riss entsetzt die Augen auf.

„Wieso Gift?", rief er und sprang auf. Unruhig lief er auf und ab.

„Das wollen wir ja gerade von Ihnen wissen!", entgegnete Joska und bedeutete dem jungen Mann, sich wieder zu setzen. Doch Luca blieb stehen und schaute die Beamten aufgewühlt an.

„Linda hat gesagt, den Tieren ginge es nicht gut und sie hätte ein paar gute Mittel, damit sie wieder gesund werden würden. Ich sollte denen dieses Pulver ins Trinken mischen und den Teigklumpen, den sie vorbereitet hatte, in den Stall legen. Warum sollte sie mir was Giftiges geben? Das ergibt doch überhaupt keinen Sinn!", echauffierte er sich und ließ sich dann doch resigniert auf die Holzbank zurückfallen. Doch plötzlich kam ihm ein Gedanke und er sprang wieder auf.

„Jetzt kann ich die Reaktion meines Vaters begreifen! Vielleicht hat er geglaubt, dass Linda und somit ja auch ich, etwas Böses mit seinen Tieren vorhatten!"

„Aber warum sollte er das glauben?", hakte Sascha nach, der trotz der Aufnahme eifrig in sein Notizbuch geschrieben hatte.

„Na ja ... das Verhältnis zwischen Linda und meinem Vater war sehr angespannt. War es wohl schon immer, wie mir meine Großmutter mal erzählt hat. Aber warum das so war, hat sie mir nicht verraten, da hat sie gleich wieder dicht gemacht. Es war ihr damals richtig unangenehm, dass sie es mir überhaupt erzählt hatte. Mein Dad war in der letzten Zeit sowieso sehr gereizt, da es all seinen Tieren so schlecht ging. Den Rehen und Hirschen ging es auch mies und letzte Woche war sogar das Gatter auf und einige sind abgehauen! Und seine Katze ist seit Wochen verschwunden. Nur seinem Hund geht es, zumindest körperlich gut. Natürlich vermisst er sein Herrchen! Meine Mutter kümmert sich zwar drum, dass er zu Fressen kriegt, aber Gassi gehen wir alle nicht gerne. Meist lassen wir ihn nur kurz raus auf den Hof. Er haut ja nicht ab, das ist er gewohnt. Sehen Sie? Dort drüben sitzt er im Schatten unter der großen Linde!"

Als hätte er gehört, dass von ihm die Rede war, sprang der kleine Jagdhund plötzlich auf. Aber anstatt zu den drei Männern zu kommen, hielt er direkt auf das angrenzende Waldstück zu.

„Das glaub ich jetzt nicht!", rief Luca und lief dem Hund nach. „Benno! Hier her!", schrie er dem Hund hinterher, doch der kümmerte sich nicht drum und verschwand im Dickicht. Ärgerlich schnaubend kam Luca zurück zu den wartenden Polizisten, die sich das Grinsen nicht verkneifen konnten.

„Ja, lachen Sie nur!", fauchte Luca und ließ sich resignierend wieder auf seinen Platz fallen. „Benno ist wirklich sehr gut erzogen und ist bisher wirklich noch nie abgehauen! Ich versteh das nicht!" Kaum hatte er ausgesprochen, kam eine große graue Katze aus dem Wald gesprungen, dicht gefolgt von Benno. Mit einem überraschten Aufschrei sprang Luca auf und lief der Katze entgegen. „Mathilda! Wo kommst du denn her?", rief er freudestrahlend und die Katze sprang ihm regelrecht in die Arme.

„Das muss die Katze von Harald sein, die seit Wochen schon verschwunden war", glaubte Joska zu wissen und Sascha nickte. Es war von einer grauen Karthäuserkatze die Rede gewesen und genau so eine hatte Luca gerade auf dem Arm.

„Das ist Haralds Katze!", verkündete Luca dann auch und tätschelte dabei abwechselnd Bennos und Mathildas Kopf. „Schade, dass Papa das nicht mehr miterlebt. Er war sehr traurig über den Verlust seiner heißgeliebten Katze."

„Leider wird sie uns nicht sagen können, warum sie verschwunden und wo sie gewesen ist", stellte Joska nur fest und versuchte dann, noch einmal alles zusammenzufassen.

„Sie behaupten also, dass Sie nicht wussten, was für Mittelchen Sie den Tieren verabreichen sollten und sind davon ausgegangen, dass sie zur Heilung der Tiere beitragen sollten."

„Ja klar, was denn sonst?", schnappte Luca, der immer noch Mathilda auf dem Schoß hatte und sie hinter den Ohren kraulte. Benno leckte währenddessen Mathildas Schwanz ab. Anscheinend war er auch glücklich, dass die Katze wieder da war.

„Ferner sagen Sie, dass das Verhältnis zwischen Linda und Harald nicht gut bis sehr schlecht war und dass Ihr Vater den Verdacht hätte haben können, Sie und Linda könnten etwas mit dem schlechten Zustand seiner Tiere zu tun haben?", bohrte Joska weiter, was den jungen Mann schon wieder aufspringen ließ. Mit einem ärgerlichen Aufmaunzen sprang die Katze zu Boden, worauf der Hund ihr eine Pfote auf den Rücken legte.

„Woher soll ich das wissen? War doch nur so ein Gedanke!", rief er und war dabei verärgert über seine vorhin unbedacht hervorgebrachten Worte.

„Linda hat gesagt, sie hätte den Teigklumpen mit dem Gift präpariert, um die Ratten zu bekämpfen und Sie hätten ihn fälschlicherweise in den Hasenkäfig gelegt", sagte Sascha und Joska nickte ihm anerkennend zu. Das war ein guter Schachzug, denn einer von den beiden musste dann ja wohl gelogen haben. Doch Luca ließ sich Zeit mit seiner Antwort - er musste nachdenken. Ihm war klar, dass die Beamten davon ausgingen, entweder er oder Linda würden lügen. Doch Luca war nicht dumm - wenn er die Bullen schnell wieder loswerden wollte, dann gab es nur eine Möglichkeit.

„Kann sein, dass ich an dem Tag was verwechselt hab. Ich höre nicht immer so genau zu, wenn meine Tante was sagt. Bisher war alles, was ich tun sollte, für die Hasen und Meerschweinchen gedacht gewesen und diesmal dann wohl nicht. Das tut mir jetzt natürlich sehr leid, aber die Viecher leben ja noch! Meine Mutter hat sie bereits zum Tierarzt gebracht und ihnen gehts wieder gut - also alles halb so wild, oder?" Damit ließ er sich mit einem triumphierenden Grinsen auf die Bank fallen. Joska und Sascha sahen sich resigniert an, denn nun hatte Luca die Aussage von Linda doch noch bestätigt und sie mussten den beiden nun glauben, ob sie wollten oder nicht.

„Na dann ... wir haben keine weiteren Fragen mehr. Grüßen Sie Ihre Mutter und den Rest der Familie. Guten Abend, Herr Bockmeyer", sagte Joska kurz angebunden, denn er hatte so sehr gehofft, durch diese Befragung einen Schritt weiter zu kommen. Entmutigt verabschiedeten sich die beiden Kollegen dann auch gleich voneinander und jeder fuhr in eine andere Richtung nach Hause.

17

Wieder zuhause verkroch sich Linda sofort in ihr Bett. Es kümmerte sie auch nicht, was Hugo nun machen würde. Momentan war ihr alles egal und ganz weit hinten in ihrem Bewusstsein regte sich ein schlechtes Gewissen, doch sie schob es müde zur Seite. Sie fühlte sich, als hätte eine fremde Macht die Kontrolle über ihren Körper übernommen, was sie völlig hilflos machte. Sie konnte einfach nicht mehr, sie brauchte jetzt dringend Ruhe, um zu schlafen und an nichts mehr denken zu müssen. Sie hatte auch nicht mitbekommen, dass Luca nochmals von der Polizei befragt worden war.

Mit dem Reden hatte Hugo es nicht so – mit dem Schreiben auch nicht, aber wenn ihn etwas belastete, dann holte er sein Notizbuch und seinen Bleistift hervor und malte sich alles von der Seele. Das aktuelle DIN-A5-Buch war circa einen Zentimeter dick, ziemlich abgegriffen und schon fast voll gemalt. Bald musste Linda ihm wieder ein Neues anschaffen. Diese Büchlein waren sein Heiligtum, nur Linda wusste es und das musste auch so bleiben. Soweit er wusste, respektierte seine Schwester sein Geheimnis und schaute nie hinein.

Gedankenverloren blätterte er darin herum. Eigentlich machte er das nicht so gerne, denn dadurch kamen die alten Geschichten jedes Mal wieder an die Oberfläche seines Bewusstseins und das war nicht angenehm. Aber manches, was er da gemalt hatte, schien gerade wieder aktuell zu werden und das machte ihm Angst.

Der kleine achtjährige Hugo folgte seiner fünf Jahre älteren Schwester überall hin. Bisher hatte ihr das meist nichts ausgemacht, doch seit einiger Zeit versuchte sie immer mal wieder, ihren kleinen Bruder abzuschütteln, um auch mal allein sein zu können. Wenn sie versuchte, es ihm zu erklären, wurde er jedes Mal zuerst wütend und dann todtraurig, was der armen Linda trotz ihrer gerade heftiger werdenden pubertären Phase arge Gewissensbisse bescherte. Dennoch waren ab und an ihre aufkeimenden Hormone stärker als die Liebe zu ihrem Bruder und sie versuchte manchmal, ihren Stiefbruder zu überlisten. Heute hatte sie es wohl geschafft, ihn loszuwerden, denn sie lag nun nackt auf einer kleinen Lichtung nahe ihres Hofes und sonnte sich bei knallheißem Sommerwetter. Der Schweiß lief ihr übers Gesicht und die bereits schon recht üppigen, weiblichen Rundungen, als sie plötzlich wie aus dem Nichts ein eiskalter Wasserstrahl traf. Ihr blieb beinahe das Herz stehen und noch bevor sie zu Tode erschrocken aufspringen konnte, war der Angreifer schon wieder verschwunden. Sie hatte rein gar nichts erkennen können und das machte sie rasend! War das Hugo gewesen, der sich an ihr rächen wollte, weil sie ihn ins Hasengehege eingesperrt hatte und er sich irgendwie hatte befreien können? Sie würde ihn deswegen aber nicht ausschimpfen – sie war ja selbst schuld! Aber es hatte sich so befreiend angefühlt, alleine und nackt auf dieser einsamen Lichtung zu liegen und endlich mal das zu tun, wozu sie Lust hatte und wonach ihr gerade war. Trotzig legte sie sich nochmals, diesmal zum Trockenwerden, in die warme Sonne und als sie später zurück zu ihrem Hof kam, war Hugo tatsächlich nicht mehr bei den Hasen. Sie fand ihn letztendlich in ihrem Zimmer, welches sie sich schon seit der Zeit, als Hugo nicht mehr gestillt wurde, mit ihrem kleinen Bruder teilte. Als sie ins Zimmer kam, schlug Hugo gerade ein kleines Büchlein zu und versteckte es hinter seinem Rücken. Linda wusste, dass ihr Bruder so ein Ding besaß, aber sie hatte noch nie hineinschauen können, denn Hugo hütete es wie seinen Augapfel und wurde sehr, sehr wütend, wenn jemand versuchte, es ihm wegzunehmen oder auch nur einen Blick hineinzuwerfen. Seine Schwester hatte das zwar ein paar Mal probiert, aber inzwischen gönnte sie ihm diese klitzekleine Privatsphäre und hatte auch seit langem schon nicht mehr versucht, das Buch an sich zu nehmen und hineinzuschauen. So auch heute nicht. Sie tat so, als hätte sie es nicht bemerkt und ging wortlos an ihm vorbei zu ihrem Kleiderschrank. Bei dem „Attentat" war ihr Kleid auch patschnass geworden und so zog sie das an ihr klebende Teil nun aus und hängte es sorgfältig über einen Stuhl. Es war ihr schönstes Sommerkleid und das durfte auf keinen Fall ruiniert werden. Hätte sie einen Blick in Hugos Büchlein werfen können, hätte sie gut erkennen können, dass nicht Hugo einen Eimer Wasser über seine nackte Schwester geschüttet hatte, sondern ein wesentlich größerer Kerl mit hämisch grinsender Visage. Doch auch ohne Hugos „Beweisbild" konnte sich das junge Mädchen schon denken, wer sie mal wieder drangsaliert hatte. Aber wie immer bei seinen Attacken war sie machtlos! Er hatte sie in der Hand und sie konnte nichts, aber auch gar nichts dagegen tun – zumindest jetzt noch nicht ...

Ein andermal war Linda mit einer Leiter auf einen hohen Baum geklettert, um endlich mal in Ruhe nachdenken zu können. Ihren kleinen Bruder Hugo hatte sie vor den Fernseher gesetzt und ihm seine Lieblingssendung eingeschaltet – die würde er auf jeden Fall wie immer ganz zu Ende gucken und sie hatte ein bisschen Zeit für sich. Um auch von den anderen Familienmitgliedern nicht gestört zu werden, hatte sie sich auf ihren Lieblingsbaum – eine hohe Eiche – geflüchtet, und hing nun dort ihren Gedanken nach, die sich als Fünfzehnjährige natürlich hauptsächlich um Jungs drehten. Dennoch hatte sie bisher keinerlei Versuche unternommen, sich einem von ihnen zu nähern und andersherum nahm von ihr ja auch kaum einer Notiz. Die wussten doch alle, dass sie zuhause einen kleinen, mongoloiden Bruder hatte, der ihr ständig am Rockzipfel hing. Das war sicher der Grund, warum keiner etwas mit ihr zu tun haben wollte. Na gut, sie machte es ihren Mitmenschen auch nicht gerade leicht, sie zu mögen, das war ihr schon klar. Sie lief rum wie der letzte Bettler und achtete überhaupt nicht auf ihr Äußeres, aber sie wollte niemanden zu nahe an sich heranlassen – das gab nur Probleme und von denen hatte sie weiß Gott schon genug!

Linda war so in ihre Grübeleien versunken gewesen, dass sie nicht gemerkt hatte, wie jemand die Leiter entwendet hatte. Erst als sie nach gut einer Stunde mit den letzten Sonnenstrahlen, die noch hinter dem Hohenstaufen hervorlugten, vom Baum steigen wollte, merkte sie zu ihrem Entsetzen, dass die Leiter nicht mehr da war. Zum Runterspringen war es definitiv zu hoch! Um Hilfe zu rufen war auch müßig, denn hier rauf in dieses verlassene Waldstück verirrten sich so gut wie nie irgendwelche Wanderer. Höchstens mal ein Jäger, aber die kamen erst, wenn es fast ganz dunkel war. Was sollte sie also tun? Also doch schreien und hoffen, dass jemand von ihrer Familie ihre Rufe hören würde? Ihr Hof lag allerdings mindestens fünfhundert Meter Luftlinie entfernt. Oder warten, bis vielleicht ein Jäger vorbeikam? Irgendwann müsste doch ihrer Mutter auffallen, dass Linda nicht wie jeden Abend das Vesper herrichtete und dann würde sie sicher Lindas Stiefbruder Harald losschicken, um sie zu suchen. Doch das konnte dauern – der hatte sicherlich keinen Bock, sie zu finden. Egal, was sie dachte, sie kam immer wieder zu dem gleichen Ergebnis: Vorläufig saß sie hier oben fest und so langsam fing sie an zu frösteln. Es war bereits Herbst, und wenn die Sonne unterging, wurde es schon empfindlich kalt. Zitternd und immer wütender werdend hockte Linda in ihrer Eiche und fluchte vor sich hin. Nach einer gefühlten Ewigkeit kam jedoch Hugo um die Ecke und schleifte die schwere Holzleiter hinter sich her. Wieso hatte ihr fünfundzwanzigjähriger Bruder Harald den kleinen Zehnjährigen geschickt? Das durfte doch nicht wahr sein! Sie wollte ihre Wut aber natürlich nicht an ihrem kleinen Bruder auslassen und so flötete sie nur vergnügt zu ihm hinunter:

„Hugolein! Das ist aber lieb, dass du mir die Leiter bringst! Du bist ja richtig stark! Ja, stell sie einfach ein bisschen schräg an den Baum, dann komm ich runter!", rief sie betont fröhlich und hangelte dann mit ihren nackten Beinen nach der alten Holzleiter. Hoffentlich zog sie sich keinen Spelten in die Füße oder eine der morschen Sprossen brach unter ihrem Gewicht auseinander. In diesem Moment wurde sie sich wieder ihrer Größe und ihres Gewichtes bewusst und schämte sich bei diesen Gedanken auch sofort wieder – wie immer, wenn sie sich ansah. „Bin gleich bei dir, mein Schatz!"

„Warum sitzt du auf dem Baum?", fragte Hugo und verfolgte seine Schwester aufmerksam. Sein Bruder hatte eigentlich den Auftrag, seine Stiefschwester zu suchen, doch Hugo hatte gesagt, er wisse, wo sie sei und hatte angeboten, sie zu holen. Sein Bruder hatte ihn angelogen, als er behauptete, er wisse nicht, wo Linda sei und er habe keine Lust, sie zu suchen. Hugo hatte beobachtet, wie Harald mit einer Leiter aus dem Wald gekommen war, als er kurz auf der Toilette gewesen war. Nachdem Linda nicht nach Hause gekommen war, hatte er sich schon gedacht, dass sie im Wald sein musste. Er war dann nach dem Ende seiner Lieblingsserie in die Richtung losgelaufen, aus der Harald mit einer Leiter gekommen war. Er war dann allerdings erstmal so in den Wald gegangen, und als er Linda auf ihrem Lieblingsbaum gesehen hatte, war er sogleich wieder umgedreht und hatte die Leiter geholt. Das alles hatte natürlich etwas gedauert und nun war es fast schon dunkel. Dunkelheit machte ihm immer Angst und das wusste Linda doch! Warum kletterte sie dann so langsam herunter?

„Ich wollte die Eichhörnchen näher beobachten, Hugo! Aber jetzt bin ich ja gleich wieder bei dir. Ich muss nur vorsichtig sein, die Leiter ist schon alt und morsch!", erklärte Linda, als hätte sie seine Gedanken gelesen. Mit einem letzten Hüpfer landete sie neben ihrem kleinen Bruder und nahm ihn sogleich in ihre Arme. „Danke dir, Hugo. Komm, lass uns nach Hause gehen. Du hast doch bestimmt noch nichts gegessen, oder?"

„Nein, unsere Mama macht doch nix, wenn du das net machst", antwortete der Junge leise und Linda verfluchte ihre unfähige Mutter, die sicher schon wieder zur Flasche gegriffen hatte und benebelt in ihrem Fernsehsessel vor ihrer Lieblingssendung hockte: Juwelo – eine Schmuck-Verkaufssendung. Totaler Schwachsinn, aber ihre Adoptivmutter liebte diese bescheuerte Sendung, obwohl sie (Gott sei Dank!) bisher nie etwas bestellt hatte!

Während Linda dann endlich das Abendbrot für alle richtete und sich von ihrem blöden großen Bruder auch noch eine Standpauke wegen der Verspätung anhören musste, schlich Hugo unbemerkt aus dem Haus und hinter die große Scheune, wo er sein geheimes Versteck in einem hohlen Baum hatte. Dort lag in einer kleinen Holzkiste sein größter Schatz: sein Notizbüchlein, in das er all seine Beobachtungen reinzeichnete, die er bedrohlich fand oder die er sich nicht richtig erklären konnte. Hier draußen konnte er allerdings nicht malen, dafür war es schon zu dunkel. Also nahm er sein Büchlein vorsichtig heraus, als würde es zerbrechen, wenn er es nur zu fest anpackte und schob es sich unter seinen Pullover. Bevor er zu seiner Familie zum Abendbrot ging, versteckte er sein Notizbuch unter seiner Matratze. Er musste unbedingt heute noch das Bild von seinem Bruder malen, wie er die Leiter von Lindas Lieblingsbaum genommen und böse grinsend zurück zum Hof gebracht hatte. Hoffentlich konnte er das heute noch irgendwann ungesehen machen, denn wenn nicht, würde er sicher nicht schlafen können. Das Malen war sein Ventil, mit all den Dingen fertig zu werden, die ihn bedrückten und ihm Angst machten. Reden konnte er darüber mit keinem, nicht mal mit seiner geliebten Schwester.

Und auch heute, als erwachsener Mann, gab es für Hugo so vieles, was er in seine Bücher malen musste und worüber er mit niemandem sprechen wollte.

18

Sascha Clemens konnte gar nicht schnell genug in sein Büro zurückkehren - er wollte sofort damit beginnen, seiner geschätzten Chefin ein Home-Office vorzubereiten. Er wusste zwar, dass Magdalena für Recherchezwecke einen gut ausgestatteten privaten Laptop zuhause hatte. Doch nun ging es darum, ihr einen Arbeitsplatz einzurichten, auf dem die polizeilichen Daten gespiegelt wurden. Zur Sicherheit blieben die Daten natürlich weiterhin auf ihrem Präsidiums-PC gespeichert. Ferner musste mit seiner Chefin vertraglich geregelt werden, dass der Laptop, den er ihr gerade einrichtete, ausschließlich dienstlich genutzt werden durfte. Außerdem musste Sascha Clemens diesen Laptop zusätzlich gegen den Zugriff und die Einsichtnahme durch Dritte schützen. Um die mögliche Verschlüsselung von Daten oder die Verwendung eines Virtual Private Networks (VPN) musste er sich auch noch kümmern, aber darüber musste er sich erst noch schlaumachen. Gerade jetzt vermisste er seinen Kollegen Paul Kollmann, ihren bisherigen Computerspezialisten sehr. Dieser hatte sich für ein Jahr eine Auszeit genommen und tingelte momentan in Neuseeland herum. Es sei ihm gegönnt, doch gerade bei diesem Thema, mit dem sich Sascha heute herumschlagen musste, hätte er den findigen Paul gut gebrauchen können.

Völlig in seine Arbeit vertieft merkte er nicht, dass Joska hereinkam. Dieser hatte es diesmal tunlichst vermieden, zu forsch in das Zimmer seines Kollegen zu platzen. Lächelnd ob der Konzentriertheit seines Gegenübers schlich er hinter diesen und hielt ihm dann blitzschnell die Augen zu. Sascha entfuhr ein entsetzter Schrei und er schoss in die Höhe, wobei er mit voller Wucht gegen Joskas Nase stieß, aus der sofort schon wieder Blut quoll.

„Nicht schon wieder!", jammerte Joska, während Sascha „Was soll der Scheiß", rief und sich dabei seinen schmerzenden Hinterkopf rieb.

„Hast du mir schnell ein Taschentuch? Ich blute dir sonst dein ganzes Büro voll!", nuschelte der arme Joska und hielt sich die Hand vor die Nase. Immer noch kopfschüttelnd reichte Sascha seinem dämlichen Kollegen das Gewünschte, während er selbst einige Blutspuren von seinem Stuhl wischte. Genervt setzte er sich wieder vor seinen Bildschirm und versuchte, Joska einfach zu ignorieren, was dieser natürlich nicht zuließ. Sobald die Blutung einigermaßen gestillt war, setzte er sich mit einem Tempofetzen in der Nase seinem Mitarbeiter gegenüber und wartete.

„Ich hab grad echt ein Dèjà-vu, Mann! Vor nicht allzu langer Zeit hab ich dich schon mal so vor mir sitzen sehen. Was gibts denn so Dringendes?", knurrte Sascha, der endlich wenigstens mit dem Programm für die Videokonferenz fertig werden wollte.

„Ich wollte nur fragen, wie weit du bist und ob ich was helfen kann", näselte Joska, doch sein Gegenüber schüttelte genervt den Kopf.

„Bin noch nicht fertig und helfen kannst du mir dabei auch nix. Aber trotzdem nett, dass du fragst", fügte Sascha schon wieder etwas versöhnlicher an.

„Okay, dachte ich mir zwar schon, aber fragen wollte ich trotzdem ... das hab ich ja nun davon, dass ich so hilfsbereit sein wollte", feixte er und verabschiedete sich in den Feierabend. Bereits an der Türe drehte er sich aber nochmal um.

„Kannst du schon sagen, wann du unserer Chefin den Arbeitslaptop bringst? Das machst du doch sicher selbst, oder? Musst ihr ja bestimmt noch einiges zeigen, nehm ich an?"

„Heute schaff ich das nicht mehr, aber morgen früh werde ich gleich zu ihr fahren und sie einarbeiten. Auf Abstand und mit Mundschutz!", stöhnte Sascha, den es jetzt schon davor grauste. Er hasste diese Dinger geradezu, denn er wollte immer die Mimik seines Gegenübers sehen können - alles andere fand er sehr befremdlich. Joska, dem es nicht anders ging, beneidete seinen Kollegen nicht um diese Arbeit.

„Okay Sascha, aber mach nicht mehr so lange, hörst du? Das sage ich dir als Chef, nur damit das klar ist", fügte er noch grinsend an und verschwand in den wohlverdienten Feierabend.

Am nächsten Freitagmorgen wurde Magdalena Müller-Harnisch von ihrem Untergebenen Sascha Clemens in die Regeln und Gegebenheiten eines Home-Office-Arbeitsplatzes eingearbeitet, was mit Abstand-Halten etwas schwierig war. Das mit den Atemschutzmasken war auch ein Problem gewesen, denn es waren einfach nicht genug vorhanden, um alle Mitarbeiter damit auszustatten. Kollegen, die auf Streife gehen oder fahren mussten und möglicherweise in direkten Kontakt mit Personen geraten konnten, wurden natürlich bevorzugt mit Masken versorgt und so hatten weder Magdalena noch Sascha eine abbekommen. Kurzerhand hatten sie sich einen Schal vors Gesicht gehalten und Herr Clemens versuchte, hier in der Wohnung nichts zu berühren, sich nicht ins Gesicht zu fassen und größtmöglichen Abstand zu halten. Mehr konnte er wirklich nicht tun und er konnte nur hoffen, dass das genug war. Wie genau sich das Virus ausbreitete, war wohl immer noch nicht ganz klar, da widersprachen sich die Virologen auch. Also war es wohl das Beste, vom Schlimmsten auszugehen und sich so gut es ging zu schützen. Frau Müller-Harnisch war zum Glück nicht schwer von Begriff und die Einarbeitung dauerte somit auch nicht lange.

„Danke dir Sascha! Ich rechne es dir wirklich hoch an, dass du trotz der Ansteckungsgefahr zu mir nach Hause gekommen bist und mir den ganzen Kram hier eingerichtet hast! Ich hoffe wirklich, dass wir vorsichtig genug waren und wenn du dir jetzt noch die Hände desinfizierst, den Schal am Besten gleich wegwirfst - der übersteht eine Wäsche bei sechzig Grad bestimmt nicht - dann sollte hoffentlich nichts passieren!", bekräftigte die Kripo-Chefin und ließ sich seufzend auf ihr Sofa fallen. „Na dann mal los, Sascha! Joska wartet bestimmt schon auf dich!", kommandierte sie traurig, denn wie gerne wäre auch sie heute wie jeden Tag ins Präsidium gefahren.

„Ich glaub nicht, dass er mich vermisst. Momentan hängen wir bei den blöden Bockmeyer-Fällen irgendwie fest. Wir haben keine Ahnung, wie wir da weiterkommen sollen", jammerte Sascha, doch seine Chefin winkte nur müde ab.

„Kommt Zeit, kommt Rat, Sascha! Manchmal muss man einfach abwarten. Irgendwann geht es dann plötzlich weiter oder jemand hat noch einen genialen Einfall."

„Oder jemand Außenstehendes mischt sich mal wieder ein!", sagte Sascha lächelnd, was Magdalena auflachen ließ.

„Oder das!“, sagte sie und beide wussten, wer damit gemeint war.

„Ach ... Sascha! Noch was ... meinst du, du kriegst heute oder morgen noch einen Friseurtermin?“, fragte sie grinsend, worauf Sascha sofort rot anlief. Er wusste, dass er es in der letzten Zeit hatte schleifen lassen, regelmäßig zum Friseur zu gehen, aber dass seine Chefin ihn gerade heute darauf aufmerksam machte, kam ihm doch seltsam vor. Bevor er etwas erwidern konnte, kam die Erklärung von Magdalena gleich hinterher:

„Ich kann mir nämlich vorstellen, wenn sie nächste Woche alles dichtmachen, werden sie auch vor den Friseuren keinen Halt machen und so wie ich die Sache sehe, wird das über Wochen, wenn nicht Monate gehen!“

„Meinst du wirklich?“, fragte Sascha entsetzt, worauf seine Chefin niedergeschlagen nickte.

„Jap! Das ist mein voller Ernst, Sascha. Wenn man die erschreckenden Bilder in Italien sieht, kann man dieses Virus nicht ernst genug nehmen und ich bin mir sicher, unsere Regierung wird alles unternehmen, um zumindest die Ausbreitung zu verlangsamen. Das ist wahrscheinlich die einzige Chance, unser Gesundheitssystem nicht zu überfordern und allen, die es benötigen, einen Beatmungsplatz vorzuhalten. Wirst sehen, wir haben das Glück, zeitlich hinter China, Italien und Frankreich zu sein und dadurch mehr Zeit, uns besser vorzubereiten!“

„Hoffen wir es und ich versuch, noch einen Friseurtermin zu kriegen - versprochen!“, sagte Sascha mit einem immer mulmigeren Gefühl. Was kam da noch alles auf sie zu?

Der Nachmittag verlief für Sascha Clemens dann sehr ruhig - er wurde nicht gestört und konnte sich ganz auf seine Aufgabe bezüglich Magdalenas Home-Office kümmern. Auch Joska konnte sich endlich wieder seinen Studien widmen, denn im Bockmeyer-Fall kamen sie gerade nicht weiter. Alle Zeugen waren befragt worden, die Liste der Landfrauen und der Schulkameraden abtelefoniert und andere Ideen hatten sie zurzeit nicht. Gegen sechzehn Uhr verabschiedete sich Joska in den Feierabend und auch Sascha fuhr bald darauf seinen PC herunter. Alle Fragen bezüglich des Datenschutzes hatte er noch nicht klären können, aber er war ein gutes Stück vorangekommen. Da außer dem Bockmeyer-Fall in ihrer Abteilung momentan nichts Wichtiges zu tun war, gönnte sich Sascha einen früheren Dienstschluss. Seine Chefin konnte auf den Rest der Programme getrost noch warten, auch sie hatte keine dringenden Aufgaben zu erledigen.

Als Joska nach Hause kam und auf den Hof fuhr, sah er gerade noch, wie sich Nora mit einer großen Einkaufskiste abschleppte. Schnell sprang er aus dem Wagen und hastete hinter seiner Freundin her. Dabei ignorierte er Hasso, der freudig bellend um sein Frauchen herumsprang.

„Hey! Lass dir doch helfen, Nora!", rief er schon von weitem und Nora drehte sich mit einem so ärgerlichen Blick um, dass Joska augenblicklich stehen blieb und sie ratlos anstarrte. Was hatte er nun wieder falsch gemacht? Nora, die merkte, dass sie ihren Gesichtsausdruck nicht im Griff gehabt hatte, presste sich ein Lächeln ins Gesicht, was ihren Freund wieder auf sie zulaufen ließ.

„Was is los, mein Engel?", fragte er und nahm ihr den üppigen Einkauf ab. Dankbar lächelnd gab Nora ihm einen flüchtigen Kuss auf die Wange und tätschelte danach abwesend Hassos Kopf. Eigentlich hatte sie Joska seinen wohlverdienten Feierabend nicht gleich mit ihrer schlechten Laune verderben wollen, aber sie hatte sich gerade beim Einkaufen so aufgeregt, das konnte sie einfach nicht für sich behalten! Also platze sie noch während des gemeinsamen Einräumens der Einkäufe mit ihrer Geschichte heraus:

„Du glaubst nicht, was ich heute im Supermarkt erlebt hab!", fing sie an und warf einen Sack Kartoffeln unsanft in eine Ecke, was diesem sicher nicht gut bekommen war. Kopfschüttelnd hakte Joska pflichtschuldigst nach, worüber sie sich denn so geärgert hätte.

„Vor mir in der Schlange an der Kasse stand eine alte Frau, die gleich drei Packungen Toilettenpapier kaufen wollte. Als die Kassiererin ihr - wirklich sehr freundlich - klar machen wollte, dass sie nur eine Packung kriegen würde, fing die Alte an, die arme Angestellte zu beschimpfen und schlussendlich riss sie sich ihre Maske herunter und spuckte die Kassiererin an! Dabei schrie sie, dass sie Corona hätte und hoffen würde, dass sie ihr Gegenüber nun auch angesteckt hätte! Kannst du dir sowas vorstellen? Die is doch geisteskrank!", echauffierte sich Nora und kam aus dem Kopfschütteln gar nicht mehr heraus. Joska nahm sie in die Arme und drückte sie fest an sich. Diese Geschichte war wirklich ungeheuerlich und ihm fielen keine Argumente zur Verteidigung der alten Frau ein.

„Ob das wohl noch Nachwehen der Kriegsgeneration sind, die erlebt haben, wie alles rationiert war und sie das nicht nochmal erleben wollen?", kam von Nora ein Erklärungsversuch.

„Das kann sein, aber das rechtfertigt doch nicht, die arme Kassiererin derart anzugreifen! Das grenzt ja schon an Körperverletzung! Eigentlich hätte man sie anzeigen müssen!", meinte Joska, war sich aber der Aussichtslosigkeit der ganzen Angelegenheit durchaus bewusst. Man hätte die alte Dame festhalten und die Polizei rufen müssen und das wäre den Aufwand wohl nicht wert gewesen.

„Es ist echt befremdlich zu sehen, was so eine Ausnahmesituation aus manchen Menschen macht. Bei den einen fördert sie das Beste, bei den anderen das Schlechteste zutage", sagte der junge Polizist und fragte sich, was er in seinem Job noch alles erleben würde.

„Und was fördert es bei dir zutage?", schnurrte Nora schon wieder umgänglicher. Sie wuschelte ihrem Freund durch seine strubbeligen honigblonden Haare und zog ihn noch enger an sich.

„Nur das Beste, will ich doch hoffen, aber sicher bin ich mir nicht. Wollen wir nicht hoch in unsere Wohnung gehen? Hier unten isses doch etwas unromantisch", flüsterte Joska erregt, doch Nora schob ihn mit einem kleinen Entsetzenslaut von sich. Sie hatte ganz vergessen, dass sie ihrer Mutter versprochen hatte - sollte Joska zeitig zuhause sein - miteinander zu Abend zu essen. Das erklärte sie dann auch ihrem etwas enttäuschten Freund, doch die Aussicht auf Delfinas legendäre Antipasti versöhnte ihn sofort wieder.

„Außerdem wollten wir heute nach den Zwanzig-Uhr-Nachrichten noch das ARD-Spezial anschauen. Da kommt heute sicher etwas über die geplanten Schließungen", fügte

Nora noch an und schicksalsergeben gingen sie hinauf und zu Delfina in die Küche, wo diese schon fleißig am Vorbereiten war. Hatte sie doch mitbekommen, wie Joska auf den Hof gefahren war und gleich noch ein paar Scheiben Schinken mehr auf die Vorlegeplatte gelegt.

So saß die komplette Familie Angerer zum Abendessen am großen Esstisch, wobei man den Fernseher im Wohnzimmer etwas herumgedreht hatte, damit sie beim Essen die Nachrichten anschauen konnten. Was ein ziemlich blöder Plan war, denn anhand der bedrohlichen Zahlen der Neuinfektionen und Toten und dann auch noch den angekündigten Schließungen der Schulen, Kindergärten und Sportstätten verging ihnen beinahe der Appetit. Aber nur beinahe, denn Delfina hatte sich mal wieder selbst übertroffen und das musste man einfach trotzdem genießen.

Während alle gemeinsam abräumten und Delfina dann mit ihrem Mann alleine noch die Küche sauber machte, kam das Gespräch nochmals auf die geplanten Schließungen.

„Sollten wir nicht am Sonntag noch ein letztes Mal ins Gasthaus Buchs gehen und die legendären XXL-Schnitzel essen? Die machst du ja zuhause nie“, stellte Jakob nicht vorwurfsvoll fest, denn er kannte den Grund: Seine Frau hasste den Geruch beim fettigen Ausbraten und die Sauerei, die danach herrschen würde.

„Gute Idee und damit unterstützen wir die armen Wirtsleute nochmal, bevor sie gar nichts mehr verdienen werden! Besonders schlimm finde ich, dass auch die lange geplanten Hochzeiten und großen Geburtstagsfeiern abgesagt werden. Das ist doch die Haupteinnahmequelle der meisten Gasthäuser. Vor allem die Hochzeitspaare tun mir wirklich leid!

Man weiß ja auch gar nicht, auf welche Zeit hin man die Feier verschieben soll. Echt übel das Ganze und man kann nur hoffen, dass es nicht allzu lange dauern wird!", meinte Delfina und rieb das letzte Weinglas trocken.

„Weißt du was, mein Schatz?", fragte Jakob und umarmte seine Frau von hinten. Durch ihr Kopfschütteln kitzelten ihre wunderbaren schwarzen Haare seine Nase und er sog zärtlich ihren Duft ein. „Wir machen ein Firmenessen draus und laden natürlich auch Joska und Felix`s Freundin ein - die kleine Malina nehmen wir auch mit, die ist ja meistens brav. Dann können wir diese Corona-Geschichte besprechen, denn jeder von uns wird das in irgendeiner Form zu spüren bekommen und vielleicht müssen wir einiges umorganisieren. Ich werde da gleich anrufen und nen Tisch bestellen!", entschied Jakob und suchte dann vergebens sein Handy. Lächelnd zeigte seine Frau auf die Obstschale im Wohnzimmer, denn dort hatte sie es zuletzt liegen sehen.

„Fast schon unheimlich, dass du meistens weißt, wo die Dinge liegen, nach denen wir anderen suchen!", lachte Jakob und fand sein Handy tatsächlich dort, wo er vor dem Essen noch etwas Obst stibitzt hatte.

Als er ein paar Minuten später zurück in die Küche kam, war Delfina gerade fertig geworden.

„Stell dir vor - wir haben gerade noch den letzten Tisch abends ab zwanzig Uhr bekommen! Anscheinend hatten mehrere Leute diese Idee mit einem letzten Essen!", seufzte er, denn eigentlich war ihm zwanzig Uhr zu spät zum Essen.

„Natürlich etwas spät, aber wenn wir alle Schnitzel essen wollen, könnten wir das ja auch vorbestellen. Unsere Buchswirtin ist da ja sehr flexibel und zuvorkommend. Ich kläre das kurz in unserer Familien-Whatsapp-Gruppe ab und bestelle dann gleich vor", entschied die praktisch veranlagte Delfina und ihr Mann überließ ihr gerne diese Organisation.

Währenddessen machte sich Nora ganz andere Sorgen.

„Wenn wir ab nächster Woche nicht mehr Hip-Hop-Tanzen dürfen, fällt bestimmt die ganze Gruppe über kurz oder lang auseinander. Alleine daheim zu tanzen is ja öde!", jammerte sie und ließ sich kraftlos aufs Bett fallen. Sofort hüpfte Hasso hinterher und kuschelte sich in Noras Armbeuge.

„Dann nutzt halt die moderne Technik mit Live-Videos. Du gibst live Tanzunterricht, das müsste doch funktionieren, meinst nicht?", versuchte Joska seine traurige Freundin aufzumuntern.

„Werde ich auf jeden Fall versuchen und hoffen, dass alle dazu Lust haben. Ist halt nicht das Gleiche und mir fehlen meine Mädels jetzt schon! Privat sehen darf man sich ja auch nicht mehr! Das ist alles so extrem, findest nicht auch?"

„Ja, isses ganz sicher und so eine Situation hatten wir ja auch noch nie. Dennoch ist man ja nicht unmittelbar bedroht, wie das in Kriegszeiten war. Oder wie zum Beispiel mal in Moskau, wo die Leute Angst haben mussten, auf ihrem Balkon oder auf der Straße erschossen zu werden. Da haben wir es mit diesem Virus ja noch einigermaßen gut", meinte Joska und merkte noch an, dass es trotzdem unangenehm war, wenn man den Feind nicht sehen konnte.

„Da hast du Recht, aber jetzt lass uns bitte von etwas anderem reden, Joska. Ich kann das Wort Corona schon nicht mehr hören!", seufzte Nora und klopfte neben sich aufs Bett.

Das ließ sich der junge Mann natürlich nicht zwei mal sagen und bald waren die düsteren Gedanken verdrängt und durch wesentlich schönere ersetzt. Zum Glück durfte man als Paar, zumindest, wenn man in einem Haushalt lebte, noch zusammen sein. Blöd für diejenigen, die in unterschiedlichen Landesteilen oder europäischen Ländern getrennt wohnten. Anscheinend sollten ab morgen, dem vierzehnten März, einige europäische Grenzen geschlossen werden. Es war einfach nicht zu fassen, was so ein unsichtbarer Virus alles auslösen konnte und wie er in kürzester Zeit die ganze Welt lahmgelegt hatte!

19

Linda hatte nach der Vernehmung am Donnerstag durchgeschlafen bis zum Freitagmittag. Trotzdem war sie völlig kraftlos und in keinster Weise ausgeruht, als sie ruckartig hochfuhr und entsetzt auf die Uhr schaute. Schon vierzehn Uhr! Ihr zweiter Gedanke galt Hugo, doch den sah sie zu ihrer Beruhigung am Fenster stehen und nach draußen schauen.

„Hallo, mein Engel! Bist du heute gar nicht in der Werkstatt?", fragte sie verschlafen, denn eigentlich war ihr Bruder jeden Tag bis sechzehn Uhr dort. Erst da fiel ihr ein, dass Hugo ja seit Tagen nicht mehr gesprochen hatte. Doch zu ihrer grenzenlosen Erleichterung antwortete er ihr leise:

„Wollte bei dir bleiben und Bettina hat es erlaubt", sagte Hugo nur und kam langsam zu seiner Schwester ans Bett. Sein Blick war sehr traurig und auch etwas ängstlich, als hätte sie eine ansteckende Krankheit.

„Aber warum denn, Schatz. Ich war nur etwas müde. Du hättest ruhig gehen können - es gefällt dir dort doch so gut", flüsterte Linda und schloss schon wieder die Augen. Das jedoch wollte der verängstigte Hugo nicht hinnehmen - hastig rüttelte er an Lindas Schulter.

„Nicht wieder einschlafen! Du musst was essen! Die Barbara hat eine Suppe vorbeigebracht!", sprudelte er hervor und wollte gleich loslaufen, um diese für seine Schwester zu holen. Doch Linda hatte keinen Hunger und bedeutete Hugo, bei ihr zu bleiben.

„Holst du mir nur ein Glas Wasser, bitte? Mehr brauch ich grad wirklich nicht. Die Suppe stellst nachher in den Kühlschrank. Vielleicht ess ich sie dann heut Abend, in Ordnung?", hakte sie nach, da Hugo immer noch sehr skeptisch dreinschaute.

„Okay, wenn du meinst. Aber ich bleib hier bei dir, auch wenn du schläfst!", rief er mit Nachdruck und Linda wusste, dass sie ihm da nicht zu widersprechen brauchte. So saß Hugo dann, nachdem Linda das große Glas Wasser auf einmal hinuntergestürzt hatte, an ihrem Schreibtisch und malte sich mal wieder alles von der Seele, was ihn so bedrückte und das war einiges ...

Doch gegen Nachmittag musste Bettina, die gerade von ihrer Schicht nach Hause gekommen war, Linda doch wecken. Ihr Arbeitgeber, das Pflegeheim in Donzdorf, hatte schon mehrmals versucht anzurufen, doch weder Luca noch Hugo waren ans Telefon gegangen. Luca nicht, da er wegen seiner Kopfhörer nichts gehört hatte und Hugo nicht, weil er sowieso nie ranging.

„Die wollen, dass du heute noch zur Arbeit kommst. Es soll wohl eine Krisensitzung wegen des angekündigten Besuchsverbots von Angehörigen geben. Allerdings siehst du nicht danach aus, als könntest du das schaffen!", stellte Bettina fachkundig fest, nachdem sie gesehen hatte, wie blass Linda war und wie unbeholfen sie aus dem Bett gestiegen war. „Was ist los mit dir, Linda? Hat dich die Sache mit Harald so aus der Bahn geworfen?", fragte Bettina, wobei sie einen gewissen Spott nicht ganz aus ihrer Stimme hatte fernhalten können. Doch Linda ging nicht darauf ein und murmelte nur, es ginge ihr gut, sie sei nur noch etwas müde.

„Ein starker Kaffee und ich bin wieder wie neu. Hast du dann bitte ein Auge auf Hugo oder musst doch nochmal in die Klinik?", fragte Linda, während sie sich zusammenriss, um nicht wieder so unkontrolliert zu zittern. Der lange Schlaf hatte ihr wohl doch gut getan, denn sie schaffte es, ohne weiter negativ aufzufallen, zu ihrem Schrank zu laufen und sich anzuziehen.

„Nein, bin ja gerade erst heimgekommen und ja, ich schau nach Hugo, falls ich nicht auch einschlafe, bevor du wieder heimkommst", gähnte die überarbeitete Ärztin, was Linda gleich wieder beunruhigte.

„Dann soll lieber Luca nach Hugo schauen, wenn du dich nicht wachhalten kannst. Hab keine Ahnung, wie lange diese blöde Besprechung dauert", schnappte Linda und fing dabei wieder stärker zu zittern an. Schnell steckte sie ihre Hände in die Hosentaschen und wollte sich schon auf den Weg zu Lucas Zimmer machen.

„Der ist vorhin weg, als ich gekommen bin und ich weiß nicht, wann er wiederkommt. Ich schaff das mit Hugo schon irgendwie. Zur Not schalte ich ihm seine Lieblingssendung in Dauerschleife ein und leg mich neben ihn aufs Sofa. Dann krieg ich bestimmt mit, falls was sein sollte", sagte Bettina seufzend, denn eigentlich hatte sie einfach nur eine Flasche Rotwein in sich reinschütten wollen und dann ab ins Bett. Daraus wurde ja nun nichts und das ärgerte sie zwar, aber sie versuchte, es zu unterdrücken. Linda konnte ja nichts dafür, dass sie gerade jetzt noch zu dieser Krisensitzung musste. Überall und in jeder Branche musste man sich auf die bevorstehenden Schließungen vorbereiten, das wusste sie als Ärztin nur zu gut. Deshalb nahm sie Hugo nun freundlich lächelnd an der Hand und führte ihn hinunter in ihre eigene Wohnung. Dort platzierte sie ihn vor dem Fernseher, holte sich nur eine kleine Weinschorle samt Chips und schaute die erste Viertelstunde mit fern, bevor sie langsam und unaufhaltsam in einen tiefen Schlaf hinüberglitt. Was dem lieben Hugo nur mehr als recht war ...

20

Vier Wochen zuvor:

Hugo war wie jeden Morgen mit dem Sonderbus in seine Werkstatt der Lebenshilfe Göppingen gebracht worden. Missmutig, wie er heute drauf war, verkrümelte er sich gleich in die gemütliche Pausenecke und wollte erstmal nichts, als seine Ruhe zu haben. Er wusste von den anderen, dass die Betreuer immer sehr rücksichtsvoll waren, wenn jemand mal keine Lust zum Arbeiten hatte. Er selbst hatte die Arbeit in der Schreinerei bisher geliebt und sich jeden Tag sehr gefreut, hierher zu kommen, doch heute nicht. Linda war heute Morgen ganz komisch gewesen. Sie hatte schon gleich nach dem Aufstehen heftig gezittert und hatte dann irgendwelches wirres Zeugs gebrabbelt - er hatte kaum ein Wort verstanden und das hatte ihm große Angst gemacht. Kurz danach hatte seine Schwester so getan, als wäre nichts gewesen und es hatte sogar den Anschein, als hätte sie gar nicht bemerkt, dass sie sich so seltsam benommen hatte. Das hatte den armen Kerl noch mehr verängstigt und er hatte daraufhin gar nicht weg wollen. Doch Linda hatte darauf bestanden, dass er zur Arbeit ging, denn sie selbst hatte auch Dienst und konnte sich daher nicht um ihn kümmern.

So saß er nun unglücklich in einem großen Sitzsack und grübelte vor sich hin. Plötzlich hörte er laute, fröhliche Stimmen aus der Werkstatt und beinahe hätte seine Neugier gesiegt und er wäre rüber zu den anderen gegangen. Seine Traurigkeit war dann aber doch stärker, und er blieb sitzen. Es dauerte jedoch nicht lange, und sein Betreuer kam mit einer jungen Frau an der Hand zu ihm ins Zimmer.

„Schau mal Hugo, wen ich dir da mitgebracht hab!", rief er freundlich und bugsierte ein kleines, etwas pummeliges Mädchen, das die gleichen Gesichtszüge wie er hatte, näher zu ihm hin. Fasziniert schaute er ihr in die hellblauen Augen, die unter einem zu langen Pony hervorlugten. Sie erwiderte seinen starren Blick mit einem ebensolchen, und wenn der Pfleger sich nicht geräuspert hätte, stünden sie wohl noch heute so da.

„Das ist Manuela Kleimert. Sie ist zweiundzwanzig und möchte auch gerne mit Holz arbeiten, stimmts Manu?", fragte er und legte dabei freundschaftlich seinen Arm um die junge Frau. Doch diese schüttelte ihn sofort ab, rannte auf Hugo zu und ließ sich neben ihn in den Sitzsack plumpsen. Beinahe hätte sie Hugo dabei hinauskatapultiert und das brachte sie zum Lachen. Das war so ansteckend, dass Hugo nicht länger Trübsal blasen konnte und mit seiner ebenso herzlichen Lache mit einfiel. Das wiederum riss auch den Betreuer mit hinein und die drei konnten gar nicht mehr aufhören. Das Eis war gebrochen und seit dem Tag waren Manuela und Hugo ein Herz und eine Seele.

Nach etwa einer Woche fiel Linda auf, dass Hugo gar nicht mehr so sehr an ihr klebte und er noch fröhlicher war als sonst. Am Wochenende haute er sogar ein paar Mal für ein paar Stunden ab und auf ihre Nachfrage hin meinte er nur, er würde spazieren gehen und den Frühling beobachten. Am ersten Wochenende hatte sie ihm das noch geglaubt, doch als er in der darauffolgenden Woche sogar abends manchmal noch kurz weg war, hatte Linda ihn am nächsten

Samstag verfolgt und gesehen, wohin der gute Hugo gerade immer verschwand und vor allem, mit wem er sich traf! Linda war wie vom Donner gerührt, als sie sah, wie Hugo und ein junges Mädchen sich bei der Grotte in Kitzen, einem Teilort von Ottenbach, trafen und dann Händchen haltend und knutschend auf dem Bänkle saßen, wobei sie die Welt um sich herum vollkommen ausgeblendet hatten. Mit einem ganz merkwürdigen Gefühl (war das Eifersucht?) war Linda nach Hause zurückgekehrt. Konnte es wirklich sein, dass sich zwei Menschen mit Down-Syndrom ineinander verliebt hatten und was bedeutete das? War das nur ein kurzes Strohfeuer oder steckte da mehr dahinter? Wie lange ging das schon und was sagten die Betreuer der Lebenshilfe dazu? Sie kam wohl nicht drum herum und musste sich einen Termin mit der Leitung der Einrichtung geben lassen.

Das Gespräch war dann auch recht kurz und eindeutig gewesen: Auch Menschen mit Behinderung hatten das Recht auf Liebe und Zuneigung und wie lange diese Beziehung hielt und was daraus wurde, würde die Zukunft zeigen. Linda war dann doch über ihren Schatten gesprungen und hatte nachgefragt, wie es mit der Verhütung bei Frau Kleimert aussah und wie überhaupt die rechtliche Lage war.

„Wir hatten schon einmal so einen Fall und da hat die Familie der Frau das gut mit der Drei-Monats-Verhütungs-Spritze hinbekommen. Es heißt, dass zwei Behinderte mit dem Down-Syndrom nicht zwingend ein Kind mit Down-Syndrom zur Welt bringen - das liegt so bei fünfzig Prozent - doch alleine aufziehen wird so ein Paar seine Kinder natürlich nicht können. Heiraten dürfen sie nur, wenn ihre gesetzlichen Betreuer damit einverstanden sind. Aber ich denke, darüber bei Manu und Hugo jetzt schon zu spekulieren, wäre etwas zu früh. Warten wir doch erstmal ab, wie sich das Ganze entwickelt und wegen der Verhütung werde ich natürlich mit Manuelas Eltern sprechen", versicherte der Verantwortliche der Einrichtung und Linda musste sich damit zunächst zufriedengeben. Bis jetzt hatten die Zwei noch nicht viele Möglichkeiten gehabt, miteinander allein zu sein. Aber wo ein Wille ist, da gab es bekanntlich auch einen Weg - das wusste Linda aus eigener, allerdings schmerzlicher Erfahrung!

Bis zum Tod ihrer Mutter war das herzliche Verhältnis zwischen Linda und Hugo merklich abgekühlt gewesen, doch danach und nochmal durch Haralds Tod verstärkt, war Hugo doch wieder sehr anhänglich bei seiner Schwester geworden. Dennoch war sich Linda bewusst, dass Hugo sich trotzdem weiterhin mit seiner Manuela traf. Die zwei schienen wirklich wahnsinnig verliebt ineinander zu sein. Einerseits gönnte sie den beiden ihr Glück, doch andererseits wollte sie ihren kleinen Bruder wieder für sich alleine haben. Des Weiteren befürchtete sie, sich vielleicht auch noch um Manuela kümmern zu müssen, sollten die beiden zusammenbleiben und womöglich sogar zusammenziehen wollen! Und dazu sah sie sich außerstande - nicht nur, weil es ihr gesundheitlich momentan so schlecht ging, sondern auch, weil sie es nicht ertragen konnte, turtelnden Menschen in ihrer Verliebtheit zusehen zu müssen und selbst niemanden zu haben!

21

Kaum war Bettina Bockmeyer eingeschlafen, schlich sich Hugo leise aus dem Haus. Er schnappte sich sein altes, klappriges Falt-Fahrrad und sauste den Berg hinunter, ohne nach rechts oder links zu schauen. Bis zur Grotte in Kitzen musste er zunächst durch Ottenbach durchfahren und dann einen Kilometer schnurgerade Richtung Kitzen. Am Ende des kleinen Weilers ging es dann über einen Wiesenweg hinter zur Grotte. Hugo war wie immer sehr aufgeregt, wenn er sich dort mit seiner Manu treffen wollte. Er hatte ihr vorhin noch eine SMS geschickt, und obwohl er keine Antwort erhalten hatte, war er dennoch losgefahren. Sie musste einfach kommen, auch wenn es für sie ein ziemlich anstrengender Weg vom Nebenort Salach über die steilen Hügel hierher war. Sie brauchte sicher mehr als eine halbe Stunde und ob sie es jetzt so spät - es war schon neunzehn Uhr - überhaupt schaffen würde, sich von Zuhause wegzuschleichen, war mehr als fraglich. Trotzdem gab Hugo die Hoffnung nicht auf und radelte in freudiger Erwartung und völlig außer Puste das letzte Stück durch Kitzen. Kurz vor der Abzweigung kam ihm eine junge Frau mit einem großen Schäferhund entgegen. War das nicht Nora, die junge Messermacherin? Hugo wollte schon geradeaus weiterfahren - er wollte nicht, dass dieses Mädchen sah, wohin er unterwegs war - sprach Nora ihn an:

„Hallo Hugo! Was machst du denn noch so spät hier in Kitzen?"

„Radfahren", sagte er nur kurz angebunden und trat noch fester in die Pedale. Er verfluchte dieses olle Fahrrad, weil es keine Gangschaltung hatte und jetzt ging es gleich steil den Berg hoch! Warum lief Nora nicht weiter? Jetzt warf sie ihrem Hund auch noch Stöckchen auf der Wiese neben der Grotte - das durfte doch nicht wahr sein! Was, wenn Manu jetzt um die Ecke kam? Er fuhr noch ein Stückchen höher, und als er außerhalb Noras Sichtweite war, versteckte er sich hinter einem großen Holzstapel. Von dort aus beobachtete er Nora und ihren Hund und wurde dabei immer aufgeregter. Würde Manu kommen und würde sie sich auch verstecken? Zappelig und aufgewühlt begann Hugo, an seinen Nägeln zu knabbern - das hatte er nach dem Tod seiner Mutter wieder angefangen. Als er es vor Spannung kaum mehr aushielt, kam seine Manu plötzlich um die Ecke geschossen! Auch sie bremste vor Überraschung ab, als sie Nora und Hasso auf der Wiese herumtollen sah. Doch anstatt sich zu verstecken, warf sie ihr Fahrrad in die Wiese und lief freudestrahlend auf die immer noch Ballspielenden zu. Kannte sie Nora etwa? Neugierig lugte er hinter seinem Holzstoß hervor, konnte aber nicht hören, was sie miteinander sprachen. Bevor er weiter darüber nachdenken konnte, hatten seine Beine schon eine Entscheidung getroffen und sie liefen einfach los. Manu schien ihn magisch anzuziehen, er konnte gar nichts dagegen tun! Als sie ihn heranstürmen sah, strahlte sie übers ganze Gesicht und lief ihm entgegen. Ihr Zusammenprall war so stürmisch, dass es sie beide von den Füßen riss und sie lachend und japsend im Gras landeten. Während Nora dem Menschenknäuel lächelnd zusah, war Hasso hin-und hergerissen, ob er sich mit in das Getümmel stürzen oder lieber brav bei seinem Frauchen bleiben sollte. Er liebte es zwar, mit Menschen herumzutollen, aber diese Zwei kannte er nicht und so blieb er doch gehorsam neben Nora sitzen.

Manu und Hugo schienen wirklich vergessen zu haben, dass sie nicht alleine hier auf dieser Wiese lagen. Nora stand nahe genug, um zu verstehen, was Hugo gerade ausgelassen zu seiner Freundin sagte:

„Ich bin so froh, dass deine Eltern mir das alte Handy gegeben haben und wir uns so heimlich treffen können, Manu-Mausi. Linda darf nichts von uns wissen, sie würde das bestimmt gar nicht gut finden!" Nora hörte eine große Traurigkeit aus seinen Worten, wobei sie so tat, als würde sie im Gras nach etwas suchen. Sie wollte keine Aufmerksamkeit erregen und weiterhin zuhören. Ihr war zwar klar, dass sie das eigentlich nicht tun sollte, aber in der Familie Bockmeyer waren in kürzester Zeit schon zwei Menschen zu Tode gekommen und es konnte doch sicher nicht schaden, ein bisschen mehr über diese Familie zu erfahren.

„Ich musste aber ganz schön dolle betteln, das ist dir schon klar, gell?", säuselte Manu-Mausi und Nora kombinierte sofort, dass dieses Mädchen, das wie Hugo das Down-Syndrom hatte, Manuela heißen musste.

„Aber du hast es geschafft und das is doch das Wichtigste! Wollen wir wieder zu unserem Bänkle bei der Grotte gehen?", fragte Hugo nun doch, denn er war sich der Anwesenheit von Nora und ihrem Hund gerade wieder bewusst geworden.

„Können wir machen, aber vorher will ich noch den schönen Hund da streicheln!", rief Manuela fröhlich und Hugo konnte sie nicht davon abhalten. Seufzend lief er hinter ihr her. Wenn es um Tiere ging, hatte er keine Chance mehr.

„Wie heißt er denn?", war Manus erste Frage und sie wartete gar keine Antwort ab, sondern streichelte den großen Schäferhund ohne jede Scheu zwischen den Ohren.

„Sein Name ist Hasso und du weißt schon, dass du fremde Hunde nicht einfach so streicheln solltest?", fing Nora an, doch das kümmerte das Mädchen nicht. Sie schnappte sich das Holzstück, mit welchem die beiden gerade noch gespielt hatten und warf es mit einem „Hols Stöckchen!" von sich. Hasso, der zwar kurz gezuckt hatte, blieb dennoch brav sitzen und schaute erwartungsvoll zu seinem Frauchen hoch.

„Der is ja langweilig", stellte Manuela enttäuscht fest, doch Nora belehrte sie sogleich, dass Hasso eben gut erzogen wäre und nur auf ihre Kommandos hören würde.

„Dann sag ihm doch, dass er tun soll, was ich will!", rief Manuela entschlossen, doch Nora schüttelte den Kopf.

„Ich glaube, deinem Freund Hugo wird langweilig. Du solltest dich lieber um ihn kümmern. Hasso hat heute schon genug Stöckchen geholt", lächelte Nora mit Blick auf den scheu neben ihnen stehenden kleinen Mann. Erst jetzt fiel ihr der große Altersunterschied zwischen den beiden Behinderten auf. Sie wusste, dass Hugo Mitte dreißig war, doch die junge Frau konnte höchstens Anfang zwanzig sein. Nora konnte sich gut vorstellen, dass die Familie Bockmeyer mit dieser Verbindung nicht ganz einverstanden sein würde. Dennoch taten ihr die Frischverliebten leid, weil sie ihr Glück verstecken mussten. Wobei anscheinend Manuelas Eltern dieser Partnerschaft nicht so negativ gegenüberstanden.

Immerhin hatten sie Hugo ein Handy geschenkt, damit sie sich verabreden konnten.

„Okay, dann kümmere ich mich jetzt eben um mein Hugolein. Komm!“, kommandierte die kleine, resolute Frau und zog den verdutzten Hugo hinter sich her. Der winkte Nora noch kurz zu und schon verschwand das Pärchen hinter den Büschen bei der alten Grotte.

„Ein lauschiges Plätzchen haben die Zwei sich da ausgesucht“, grinste Nora und ließ die beiden dann mit gemischten Gefühlen zurück. Es wurde schon langsam dämmrig und sie wusste nicht, inwieweit Verlass auf die Verliebten war, dass sie auch im Dunklen nach Hause finden würden. Nora nahm sich vor, ihren letzten Rundgang mit Hasso, den sie meist vor dem Schlafengehen machte, nochmals hierher zu machen und zu schauen, ob das Liebespaar weg war. Von ihrem Hof aus war es zur Grotte ja nicht so weit.

Manu und Hugo kuschelten zitternd auf dem kleinen Bänkchen nahe der Grotte. Nach Sonnenuntergang war es jetzt Mitte März doch schnell recht kalt geworden, obwohl es tagsüber mit über zwanzig Grad viel zu warm für diese Jahreszeit war.

„Wie lange müssen wir uns eigentlich noch heimlich treffen, Hugolein? Meinst wirklich, dass deine Schwester was dagegen hat?“, murmelte die junge Frau, die sich fröstelnd unter Hugos Jacke verkrochen hatte und sich noch enger an ihn schmiegte.

„Linda geht es nicht gut, Manu. Ich glaub, sie ist schwer krank, will es aber nicht zugeben. Ich hab Angst, dass sie sich zu sehr aufregt, weil ich jetzt eine Freundin hab und nicht mehr nur mit ihr zusammen sein will. Sie hat doch nur mich!", bekräftigte Hugo, doch das ließ Manuela nicht gelten.

„Die is doch selbst schuld, wenn sie keinen Mann hat! Du bist doch nicht mit ihr verheiratet!", entrüstete sie sich, doch Hugo strich ihr beruhigend über den Kopf.

„Das nicht, aber irgendwie fühlt es sich so an. Wir sind schon immer zusammen, die Linda und ich. Wobei ... eigentlich fühlt es sich eher so an, als wäre sie meine Mutter", sinnierte er, worauf Manuela augenblicklich ansprang.

„Genau! Siehst du? Bei seiner Mutter bleibt ein Mann doch nicht sein Leben lang! Du kannst jetzt mit mir zusammenleben!", rief sie und sprang plötzlich auf, wobei sie Hugo mit sich zog. „Wir gehen jetzt sofort zu Linda und sagen ihr das!"

„Spinnst du?", schrie Hugo entsetzt und riss sich los. „Das machen wir auf gar keinen Fall! Zuerst muss Linda wieder ganz gesund werden und dann sehen wir weiter. Ich muss mich doch um sie kümmern - sie hat doch sonst niemanden!", sagte Hugo nochmals eindringlich und Manu lenkte ein:

„Schon gut! Wenn sie sonst niemanden hat, dann musst du es ja tun. Du bist halt so ein Lieber! Hab ich gleich gemerkt, dass du ein Lieber bist!", schnurrte sie versöhnlich und Hand in Hand gingen sie zurück zu ihren Fahrrädern.

„Jetzt ist es doch ganz schnell dunkel geworden. Ich bin noch nie nachts alleine Fahrrad gefahren. Ich hab auch gar kein Licht am Rad!", jammerte Manuela und Hugo wusste nicht, was er tun sollte. Auch er war bisher immer brav vor Anbruch der Dunkelheit Zuhause gewesen. Er war den Tränen nahe, weil er seine Freundin nicht beschützen konnte und das machte ihn sehr traurig. Wenn sie schon nicht mal alleine im Dunkeln Rad fahren konnten, wie sollten sie dann zusammen ohne Hilfe leben können? Doch anscheinend war Manuela etwas praktischer veranlagt, denn sie zückte kurzerhand ihr Handy und rief ihre Mutter an, dass sie sie abholen und Hugo auch gleich nach Hause fahren sollte.

Hugo erschrak darüber sehr, denn er wollte nicht, dass jemand von seiner Familie ihn mit Manu und ihrer Mutter zusammen sah. Doch auch dafür hatte die findige Manuela eine Lösung:

„Wir bringen dich nur bis kurz vor deinen Hof, den Rest kannst du ja dann mit dem Rad fahren!"

„Oder schieben", murmelte Hugo mehr zu sich selbst, denn ohne Gangschaltung schaffte er den steilen Anstieg zu ihrem Hof bestimmt wieder nicht - hatte er noch nie!

„Oder schieben", grinste Manu mit Blick auf sein altes Klapprad, doch sie stupste ihn dabei zärtlich auf die Nase. „Komm, lass uns die Wartezeit mit was Sinnvollem verbringen", gurrte sie und zog ihren Freund für einen ausgiebigen Kuss an sich. Hugo hätte ewig hier so stehen und die Welt um sich herum vergessen können ...

Manuelas Mutter ließ Hugo an der Kreuzung zum Bockmeyer-Hof aussteigen und traurig verabschiedete er sich von seiner Freundin und deren sehr freundlichen Mutter. Wenn er doch auch nur so eine liebe Mutter gehabt hätte! Aber immerhin hatte er Linda, wenn er sich auch momentan eher um sie kümmern musste, als andersherum. Mit einem mulmigen Gefühl und auch mit argen Gewissensbissen schob er schnaufend sein Rad den steilen Berg hinauf. Auf halbem Wege kam ihm schon wieder diese alte Frau entgegen. Vor ein paar Wochen hatte er doch genau das getan, worum sie ihn gebeten hatte, aber gebracht hatte es nichts. Seine Mutter war trotzdem gestorben. Dennoch vertraute er Maria Koller, die, soweit er wusste, vier Jahre jünger als seine Mutter war. War sie es doch gewesen, die ihn vor fünfundzwanzig Jahren mitgenommen hatte auf diese Malteser-Wallfahrt nach Lourdes. Sie war Kinderkrankenschwester und betreute bei den Maltesern behinderte Kinder und so hatten sie sich kennengelernt. Diese Wallfahrt war ein ganz außergewöhnliches Erlebnis gewesen und er dachte sogar heute immer noch gerne daran zurück.

Hugo wusste aus Erzählungen seiner Schwester Linda, dass ihre Mutter Edith schon immer sehr fromm gewesen war. Doch seit seiner Geburt hatte sie mit Gott gehadert und war nicht mehr jeden Sonntag in die Kirche gegangen. Doch eines Tages war ihre entfernte Bekannte Maria Koller zu Besuch gewesen und hatte voller Enthusiasmus von dem Wallfahrtsort Lourdes in Frankreich erzählt. Jedes Jahr würden Tausende Gläubige dorthin pilgern und Hugo erinnerte sich noch genau an Frau Kollers Erzählung, als wäre es gestern gewesen:

„Es ist wirklich eine unglaubliche Geschichte und nicht zu fassen, dass seit achtzehnhundertachtundfünfzig die Menschen in Massen dort hingehen. In dem Jahr ist nämlich dem Hirtenmädchen Marie-Bernarde zwischen Februar und Juli insgesamt achtzehn mal die Mutter Gottes, also die Maria, in der Grotte bei Massabielle erschienen. Da war das Mädchen erst vierzehn Jahre alt! Meist hat Maria mit dem

Mädchen gebetet oder ließ sich von ihr einfach anschauen. Manchmal sprach sie aber auch zu ihr und gab ihr schließlich die Botschaft für die religiöse Bedeutung von Lourdes. Achtzehnhundertsechsundsechzig wurde die Krypta aufgrund einer Bitte von Marie-Bernarde eingeweiht und sogar eine Kapelle auf ihren Wunsch hin dort gebaut. Auch dass Prozessionen stattfinden sollten, war wohl Marias Anliegen gewesen und das hat das junge Mädchen dann auch so weitergegeben. Kurz danach ist sie dann ins Kloster gegangen und man nannte sie von da an Bernadette. Leider wurde sie nur fünfunddreißig Jahre alt. Sie hatte zwar die Pest überstanden, dann aber Asthma und Tuberkulose an den Beinen bekommen und daran ist sie gestorben. Da konnte ihr wohl die Mutter Maria auch nicht mehr helfen. Aber auf jeden Fall gibt es dort in der Grotte das geheiligte Wasser und deswegen bin ich gekommen, Edith. Die Malteser fliegen jedes Jahr im Mai mit einem eigenen Flugzeug mit Kranken und Behinderten und deren Betreuer nach Lourdes! Du musst mit Hugo da hinfahren und ihn in dieses geheiligte Wasser legen lassen! Wirst sehen, das wird ihm guttun, da bin ich ganz sicher!"

Seine Mutter war davon nicht überzeugt und sie hatte auch keine Lust gehabt, mit ihm diese Reise zu unternehmen, doch Maria Koller hatte keine Ruhe gegeben. Letzten Endes war sie mit Hugo alleine nach Lourdes gereist. Hugo konnte sich noch gut erinnern, dass er nicht hatte verstehen können, warum er mit dieser doch recht fremden Frau eine Reise antreten sollte. Doch diese hatte ihn damit geködert, dass er in einem großen Flugzeug mitfliegen durfte. Das war dann auch ein tolles Erlebnis gewesen, obwohl ihm die vielen kranken und meist schwerst behinderten Menschen in dem

Flugzeug Angst gemacht hatten. So viele Rollstühle hatte er noch nie gesehen! In Lourdes selbst wurde er durch die Lichterprozession, die jeden Tag um zwanzig Uhr stattfand, von tausenden von Menschen mitgerissen. Zwanzig Bischöfe, achtzig Priester und Vertreter des Malteser-Ordens gingen mit Fahnen aus siebzig verschiedenen Ländern voraus in Richtung Grotte. Dort wurde er dann von Frau Koller getrennt, denn er zählte mit seinen zehn Jahren schon zu den Männern und für die rituellen Waschungen gab es getrennte Bereiche für Männer und Frauen. Er musste sich nackt ausziehen und ein freundlicher Soldat legte ihn dann in das heilige Wasser. Es war alles so neu und unheimlich, dass er es ehrfürchtig über sich ergehen ließ und danach wirklich glaubte, es habe sich etwas in ihm verändert. Sie durften dann auch noch etwas von dem heiligen Wasser mitnehmen und eine Kerze spenden, bevor sie wieder zurück in ihr Hotel gebracht wurden. Dieses Erlebnis war sehr prägend für Hugo gewesen und er war sich sicher, dass es diese Marien-Erscheinung wirklich gegeben hatte. Wenn es ihm mal schlecht ging, horchte er ganz tief in sich hinein und spürte dort die Anwesenheit der heiligen Mutter Gottes. Das gab ihm stets Ruhe und Zuversicht, dass alles wieder gut werden würde. Doch heute schien das nicht zu funktionieren, er hatte immer noch ein ungutes Gefühl beim Anblick der alten Frau.

Warum kam die alte Bäuerin, deren Körperbau ihn immer an eine Birne erinnerte, von ihrem Hof herunter? Linda war doch in der Arbeit und mit Bettina hatte die Maria doch nix am Hut. Wollte sie etwa schon wieder zu ihm?

„Hey Hugo!", rief sie ihm schon von Weitem zu. „Wo kommst du denn so spät noch her?" Lächelnd blieb sie vor ihm stehen und so konnte er ja nicht einfach an ihr vorbeigehen. Zögernd hielt er an und grüßte sie gehorsam, doch eine Antwort auf ihre Frage bekam sie nicht. Dafür fragte Hugo, wen sie denn besucht habe.

„Ich war spazieren und hab spontan einen kleinen Abstecher auf euren Hof gemacht. War aber niemand draußen und klingeln wollte ich nicht. Ich weiß doch, dass Bettina schichtet und man nie weiß, ob sie gerade schläft. Wollte nicht stören. Ach Hugo ... hast du zufällig einen großen, hageren Mann vorbeikommen sehen?", fragte sie beiläufig, doch Hugo schüttelte nur den Kopf.

„Auch gut. Hätte ja sein können. Dann mal gute Nacht, mein Lieber und grüß mir die Linda und die anderen beiden natürlich auch ... und Hugo - das mit deiner Mutter und deinem Bruder tut mir sehr leid! Weißt du denn, wie das alles passiert ist?", fragte sie und kam ihm unangenehm nahe. Doch wieder schüttelte Hugo vehement den Kopf und wich fast schon panisch vor ihr zurück. Seine Antwort schien der Frau jedoch sogar zu gefallen, denn sie nickte nur zufrieden und wünschte ihm nochmals eine gute Nacht und schöne Träume. Hugo schaute ihr etwas ratlos hinterher, doch dann kämpfte er sich mühsam den Rest des Weges hinauf zu seinem Zuhause.

Sucht diese dralle Bäuerin etwa nach mir?, fragte ich mich, denn ich hatte genau gehört, wie sie nach einem großen, hageren Mann gefragt hatte. Eigentlich hatte ich heute mal wieder heimlich nach Linda und ihrem Gesundheitszustand schauen wollen, doch da ihr Auto nicht da war, war ich davon ausgegangen, dass sie nicht zuhause war. Bettinas Wagen stand jedoch im Hof und so zog ich wieder unverrichteter Dinge ab. Dass nun aber diese Frau, die ich Anfang März in einer Kneipe in Salach ... wie hieß die noch gleich? Ach ja, „Kai`s Eck" getroffen hatte, nach mir suchte, war schon merkwürdig. Okay, ich war schon ziemlich betrunken gewesen - dort gab es das leckere Guinness - und ich konnte mich nicht mehr genau erinnern, was ich der alles erzählt hatte. Anscheinend etwas zu viel, warum sonst sollte sie hier nach mir suchen? Das war alles nicht gut und ich musste herausfinden, was die von mir wollte. Sowas konnte ich gerade wirklich nicht gebrauchen!

22

Die nächsten vier Wochen waren geprägt von der Corona-Krise, die vor niemandem Halt machte und die jeder in irgendeiner Form zu spüren bekam. Die Göppinger Kripo kam im Bockmeyer-Fall nicht voran und die Beamten wurden teilweise zu Quarantäne-Überprüfungen und zum Streifendienst eingeteilt. Die Werkstatt der Messermacher verzeichnete weniger Kundenbesuche und rückläufige Bestellungen, bedingt durch die abgesagten Messen. Linda quälte sich trotz ihrer immer stärker werdenden Beschwerden weiterhin zur Arbeit ins Pflegeheim, da sie dort nun noch mehr Aufgaben hatten, seit das Besuchsverbot verhängt worden war. Die Senioren, vor allem in der Demenzabteilung, wechselten zwischen großer Traurigkeit und hoher Aggressivität, was Linda in ihrem angeschlagenen Zustand kaum ertragen konnte. Das einzig Erfreuliche war, dass an Ostern viele Karten und Zeichnungen von Kindern aus der Umgebung ins Heim geflattert kamen. Über die sozialen Medien waren die Kinder anscheinend dazu angehalten worden, Ostergrüße in die Pflegeheime zu schicken und darüber freuten sich die alten Leutchen wirklich sehr. Das gute alte Briefeschreiben erlebte eine neue Hochzeit, denn dazu brauchte man keine technische Ausstattung und die Senioren konnten die Briefe und Gemälde immer wieder zur Hand nehmen und sich daran erfreuen.

Hugo und Manuela versuchten weiterhin, sich heimlich zu treffen und ihre immer inniger werdende Beziehung vor allem vor Hugos Stiefschwester und deren Familie geheim zu halten. Erst Anfang Mai durften dann endlich die ersten Geschäfte außerhalb der systemrelevanten Branchen unter großen Auflagen wieder öffnen. Allerdings wurde das Tragen eines Mund-Nase-Schutzes zum Einkaufen und im öffentlichen Nahverkehr vorgeschrieben. Zwar waren sich die Forscher uneins, ob das Verwenden dieser Masken wirklich etwas brachte, aber die Regierung hatte nun mal beschlossen, es anzuordnen und so musste man sich auch daran halten, wollte man nicht Gefahr laufen, eine Strafe zahlen zu müssen. Lästig und unangenehm war es auf jeden Fall und so brauchte man sich nicht wundern, dass die meisten trotz der Öffnungen keine große Lust zum Bummeln und Geldausgeben verspürten. Die Schulen und Kitas waren in Baden-Württemberg immer noch zu und so langsam kamen auch die Eltern und Schüler an ihre Belastungsgrenzen. Nur die Abschlussklassen durften zurück in die Schulen.

Hugos Behindertenwerkstatt wurde dann auch noch geschlossen und dementsprechend genervt waren Bettina, Luca und Linda, die sich in der Betreuung von Hugo nun abwechseln mussten. Und Hugo war genervt, weil es für ihn und seine geliebte Manu nun fast nicht mehr möglich war, sich heimlich zu treffen. Außerdem fehlten ihnen die gemeinsamen Arbeitsstunden in ihrer vertrauten Schreinerwerkstatt.

Linda ging es von Tag zu Tag schlechter, allerdings nicht körperlich, sondern geistig und seelisch. Sie bekam immer öfter beängstigende Flashbacks, bei denen sie sich inzwischen nicht mehr sicher war, welche ihr krankes Gehirn ihr nur vorgaukelte und welche furchtbaren Dinge ihr wirklich passiert waren. Eine der letzten Erinnerungsfetzen, die immer wieder durch ihren Geist flatterten, handelte von ihrem Stiefbruder Harald. Da war sie gerade sechzehn geworden und nach einer kleinen Geburtstagsfeier, die nur Linda und Hugo veranstaltet hatten, war Harald ziemlich betrunken von seinen Freunden heimgekehrt. Er hatte sich über die spärliche Feier lustig gemacht und seine Stiefschwester ausgelacht, weil sie zum Feiern nur ihren bescheuerten Bruder hatte.

„Aber wundern tut mich das nicht, so wie du rumläufst! Vielleicht sollte ich dir ein paar Tipps geben, auf was Jungs so stehen!", hatte er gelallt und sie vom Sofa hochgezogen. Gewehrt hatte sie sich nicht, denn Hugo saß ja mit großen, ängstlichen Augen daneben und sie wollte keine Szene machen. Harald hatte sie im Kreis gedreht und angewidert den Kopf geschüttelt, dabei hatte sie heute wenigstens mal eine saubere Jeans an und ein kariertes Hemd.

„Wie die Jeans an deinem Hintern hängt - einfach grauenhaft und das Hemd verdeckt deine großen Brüste! Total schade, finde ich!", zischte er und riss ihr mit einem Ruck das Hemd auf, sodass die Knöpfe durch die Gegend flogen. Mit einem spitzen Schrei zog sie sich das Hemd über ihre nackten Brüste, denn heute hatte sie keinen BH angezogen, warum auch? Sie hatte es sich doch nur mit Hugo gemütlich machen wollen. Jetzt schämte sie sich dafür und wäre am liebsten im Erdboden versunken.

„Jetzt zier dich nicht so, Schwesterlein. Zeig mal, was du hast, damit ich dir die richtigen Tipps geben kann!", rief er anzüglich und kam wieder näher. Doch Linda wich vor ihm zurück und schaute angstvoll nach ihrem kleinen Bruder, der immer noch fassungslos und mit riesigen Augen die Szene verfolgte. Er konnte nicht erkennen, um was es bei seinen beiden Geschwistern ging, doch merkte er sehr wohl, dass es zumindest Linda keinen Spaß machte.

„Lass mich doch endlich in Ruhe, Harald!", jammerte Linda nur schwach, denn sie hatte keine Chance gegen ihn. Wenn sie nicht machte, was er sagte, würde er Hugo was antun, das hatte er schon mehrfach deutlich gemacht. Ihre bisherige Strategie, sich so hässlich und unattraktiv zu machen, wie sie nur konnte, schien bei ihm leider nur in nüchternem Zustand zu funktionieren. Was sollte sie nur tun, wenn er wie jetzt mal wieder sturzbetrunken vor ihr stand und sie bedrängte?

Diese Erinnerung brach jedes Mal an dieser Stelle ab und Linda zermarterte sich ihr Gehirn, bisher ohne Erfolg: Hatte sie es damals geschafft, ihren verhassten Bruder davon zu überzeugen, sie endlich in Ruhe zu lassen oder war etwas passiert? Sie konnte sich einfach nicht mehr dran erinnern, sie wusste nur ganz sicher, dass sie sich an Harald rächen wollte und nun konnte sie das nicht mehr. Er war nicht mehr da und das fand sie einerseits beruhigend, andererseits hatte sie sich lebendiger gefühlt, als sie noch ihre Rachepläne geschmiedet hatte. Irgendwie fühlte sie sich um etwas ganz Bedeutendes betrogen und das löste immer wieder eine solche Wut aus, die sie kaum zügeln konnte. Wenn sie so drauf war, musste sie sich sofort irgendwohin verkriechen, denn sie konnte nicht garantieren, dass sie in diesem, auch für sie beängstigenden Zustand, niemandem etwas antat. Sie hatte vor sich selbst Angst und das machte ihr am meisten zu schaffen.

Die Hexenschwestern brachten Linda abwechselnd ihre selbstgekochte Sauerampfersuppe, doch da sich Lindas Verfassung nicht besserte, erhöhten sie den Anteil am Sauerampfer - viel hilft viel, dachten sie sich und genau das dachte sich auch Hugo, als er Anfang Mai mit der frischen Sauerampfersuppe, die Barbara vorbeigebracht hatte, zu seiner Schwester ging. Sie lag an diesem Freitag, dem fünfzehnten Mai schon seit Stunden apathisch in ihrem Bett, sie war auch nicht zur Arbeit gegangen. Bettina hatte in der Frühe noch kurz nach ihr geschaut, sie wenigstens zum Trinken animieren können, doch dann musste sie zur Arbeit. Luca hatte ein paar Online-Vorlesungen, die er nicht versäumen durfte - zumindest hatte er das gesagt und behauptet, keine Zeit zu haben, um sich um Hugo kümmern zu können. So allein gelassen und aufgrund Lindas beängstigendem Verhalten, flößte Hugo der kaum ansprechbaren Linda über Stunden den kompletten Topf Suppe ein, der eigentlich für das ganze Wochenende hätte reichen sollen und das überlebte Linda Bockmeyer nicht.

23

„Du wirst es nicht glauben, Magdalena, aber wir haben schon wieder eine Bockmeyer-Leiche!", berichtete Joska am Samstag früh seiner noch verschlafenen Chefin am Telefon.

„Was? Wer?", fragte sie und war mit einem Schlag hellwach. Sie rollte sich umständlich aus ihrem Bett, in dem ihr kranker Freund Rudi leise röchelnd weiterschlief. Das Summen ihres Handys hatte er zum Glück nicht gehört. Seit er vor einer Woche endlich aus dem Krankenhaus entlassen worden war, ging es ihm immer noch nicht gut genug, um alleine daheimbleiben zu können. Also hatte Magdalena kurzerhand Urlaub eingereicht, um ihn bei sich zuhause pflegen zu können. Der Arme hatte letztendlich doch noch beatmet werden müssen und es dauerte lange, bis solche Patienten wieder richtig schlucken und sprechen konnten. Im Falle wichtiger Ereignisse hatte sie natürlich darum gebeten, informiert zu werden und nun war es also so weit.

„Linda ist heute Nacht oder in den frühen Morgenstunden gestorben. Genaueres weiß ich noch nicht. Bettina Bockmeyer hat sie heute früh nach ihrer Nachtschicht tot in ihrem Bett gefunden. Hugo lag neben ihr und hat tief und fest geschlafen, wie sie mir gerade am Telefon mitgeteilt hat", fing Joska an zu erklären, doch Magdalena unterbrach ihn.

„Warum hat sie die Mordkommission angerufen?"

„Sie ist Ärztin, Magdalena", sagte Joska nur, als würde das alles erklären.

„Ja und?", blaffte die Chefin, die inzwischen in ihrer Küche stand und die Kaffeemaschine eingeschaltet hatte. Ohne

Kaffee konnte sie nicht richtig denken und das merkte sie dann auch, denn sie schob die Antwort gleich selbst hinterher:

„Und sie denkt, dass Linda ermordet wurde?"

„Genau, Magdalena. Sie vermutet, dass Linda auch vergiftet wurde - wie ihre Adoptivmutter!"

„Das ist ja nicht zu fassen! Was ist nur in dieser Familie los?", seufzte Frau Müller-Harnisch und ließ sich auf ihren Küchenstuhl fallen.

„Das müssen wir herausfinden und wir schaffen das erstmal auch ohne dich. Kümmere du dich weiter um deinen armen Rudi. Wenn wir nicht weiterkommen, melden wir uns, in Ordnung?"

„Wird wohl das Beste sein. Mit der Familie Bockmeyer kennt ihr euch inzwischen ja gut aus. Vielleicht hängen alle drei Todesfälle auch irgendwie zusammen. Falls ich von Zuhause aus was erledigen kann, meldet euch bitte! Mir fällt sonst noch die Decke auf den Kopf, denn Rudi schläft immer noch die meiste Zeit", jammerte die Kripo-Chefin und Joska versprach, alles, was sie von Zuhause aus erledigen könnte, ihr zukommen zu lassen.

„Schon wieder ein Samstag, an dem wir arbeiten müssen", seufzte Joska und schob seine Fortbildungsunterlagen auf seinem Schreibtisch zusammen. Würde er damit überhaupt jemals so weit fertig werden, um eine Prüfung ablegen zu können? Momentan sah es wirklich nicht danach aus, denn die von ihm angepeilten Klausuren sollten schon im Juni stattfinden. Er fühlte sich dafür jedoch noch keinesfalls gut vorbereitet und das nagte an ihm. Wenn er die Prüfungen ein weiteres Jahr würde verschieben müssen, wusste er nicht, ob er dafür genug Durchhaltevermögen würde aufbringen können. „Nora wird das gar nicht gefallen! Eigentlich hatten wir vor, endlich mal die alte Wohnung ihrer Großeltern auszumessen", erzählte er seinem Kollegen Sascha, der noch bei ihm im Büro stand, weil sie noch einiges hatten besprechen wollen.

„Die Wohnung im Haus der Messerwerkstatt?", hakte Sascha nach und setzte sich auf Joskas Besucherstuhl.

„Ja, irgendwer muss da demnächst mal einziehen, und da von den anderen Angerers niemand möchte, überlegen Nora und ich es uns gerade. Aber da gibt es natürlich einiges zu renovieren und umzubauen und das wollten wir heute mal angehen. Daraus wird ja nun nix und mir graut davor, das Nora jetzt sagen zu müssen. Ich hasse es, sie immer wieder zu vertrösten und zu enttäuschen, das kannst du mir glauben! Bei unserem Job sollte man sich eigentlich keinen Partner anschaffen", jammerte der junge Kommissar, doch Sascha wusste, dass Joska das nicht so meinte. Sein Kollege war nicht der Single-Typ, der konnte nicht gut alleine sein - ähnlich wie ihre Chefin.

„Dann ruf Nora doch schnell an, damit wir weitermachen können. Ich hole noch kurz ein paar Akten. Bin gleich wieder da", rief Sascha bereits an der Türe, denn er wollte bei den privaten Gesprächen seines Kollegen nicht zugegen sein. Das machte ihn meistens ein bisschen neidisch und traurig, obwohl er doch eigentlich ein überzeugter Single war.

Kurze Zeit später kam Sascha wieder in Joskas Büro, wo er diesen mit traurigem Blick vor seinem Bildschirm sitzen sah.

„So schlimm?", fragte er mitfühlend, doch Joska schüttelte den Kopf.

„Eigentlich gar nicht. Nora hat es fast schon freudig aufgenommen, dass wir heute nicht mit dem Ausmessen anfangen können. Es hat sich fast so angehört, als wolle sie das alles gar nicht beginnen", murmelte Joska mehr zu sich selbst, doch Sascha hatte es natürlich gehört.

„So ein Großprojekt anzufangen ist ja auch nicht leicht. Sie wird halt Angst vor der vielen Arbeit und dem ganzen Dreck im Haus haben, während alle nebenher ja noch weiter in der Werkstatt arbeiten müssen. Kann ich durchaus nachvollziehen!"

„Wahrscheinlich hast du Recht, aber vielleicht will sie auch gar nicht mit mir alleine in diesem Haus wohnen und lieber bei ihren Eltern bleiben?", fragte Joska fast schon ängstlich, doch Sascha winkte ab.

„Ach was, das glaub ich nicht. Ich kann mir eher vorstellen, dass sie Angst davor hat, in dem Haus zu wohnen, wo auch die Arbeit ist. Da ist es dann sicher schwierig, Beruf und Privates zu trennen", meinte er und legte ein paar Aktenordner auf Joskas Tisch. „Aber jetzt lass uns weiterarbeiten, sonst werden wir heute nicht mehr fertig!", kommandierte er den immer noch zögernden Joska, bis auch dieser seine Gedanken endlich wieder ihrem aktuellen Fall zuwandte.

„Beim letzten Bockmeyer-Fall - also Lindas Tod, meine ich, brauchen wir erst die Ergebnisse der Gerichtsmedizin. Dann bestätigt sich bestimmt, was Bettina, die Ärztin, vermutet. Gibt es schon Neues über diesen Tjade?", wollte Joska wissen und Sascha zog sofort einige Blätter aus seiner Mappe.

„Jap! Wäre dieser neue Todesfall nicht dazugekommen, wäre ich mit den Erkenntnissen der ostfriesischen Kollegen heute noch zu dir gekommen. Leider haben die Jungs da oben nicht allzu viel herausbekommen. Vor allem wissen sie nicht, wo Tjade Bockmeyer sich gerade aufhält. Zuhause ist er nämlich schon seit Wochen nicht, wie die Kollegen inzwischen herausgefunden haben. Was sie aber ermitteln konnten, ist, dass er wohl ziemlich hohe Spielschulden hat. Nicht bei irgendwelchen dubiosen Geldhaien, zumindest weiß man das nicht, aber auf der Bank. Sein Auto ist auch nicht da und die Kollegen gehen davon aus, dass er irgendwo unterwegs ist."

„Handy orten?", fragte Joska nur, doch Sascha schüttelte den Kopf.

„Du wirst es nicht glauben, aber er hat anscheinend keines!"

„Mist und wie sollen wir den jetzt finden?", fragte Joska resigniert, stützte beide Ellenbogen auf den Tisch und den Kopf auf seine Hände. Diese Bockmeyer-Fälle kosteten ihn echt Nerven und er wusste einfach nicht, wo sie noch ansetzen konnten.

„Zur Fahndung ausschreiben können wir den Tjade auch nicht - gegen den liegt ja nichts vor, außer dass er noch mit einer Toten verheiratet war!", murrte Joska und verfiel wieder ins Grübeln.

„Kann man ihn nicht wegen einer Zeugenaussage und der Beerdigung seiner Frau suchen lassen?", fragte sich Sascha, doch Joska winkte ab.

„Soweit ich weiß, wurde Edith Bockmeyer verbrannt und es gab nur eine kleine Zeremonie beim Bestatter. Ein großes Begräbnis hätte man wegen Corona sowieso nicht veranstalten können. Aber da die alte Bockmeyer eh sehr zurückgezogen gelebt hat und auch ein eher unterkühltes Verhältnis zu ihren Kindern hatte, hätte die Familie sicher kein großes Begräbnis gewollt. Und wegen der Zeugenaussage des Ehemanns ... was sollen wir ihn denn fragen? Ob er noch Kontakt zu seiner Frau hatte und ob er sie umgebracht hat?"

„Zum Beispiel! Immerhin waren seine Fingerabdrücke auf einer der Schnapsflaschen drauf!", rief Sascha, doch Joska konterte, dass die Abdrücke mit einer dicken Staubschicht bedeckt waren.

„Wahrscheinlich noch von früher, aktuelle Abdrücke waren das sicher nicht", stellte er noch klar, doch Sascha wiegelte ab.

„Das müssen wir ihm ja nicht mitteilen. Wir suchen ihn nur wegen des Todes seiner Frau. Wenn er wirklich noch rechtmäßig mit ihr verheiratet ist, müsste er doch auch der Erbe sein, oder nicht?", fragte er einer plötzlichen Eingebung folgend.

„Mensch Sascha - du hast Recht! Darüber haben wir noch gar nicht nachgedacht. Von einem Testament wurde nie gesprochen, oder?"

„Nicht, dass ich wüsste, aber das lässt sich ja leicht klären. Ich ruf die Ärztin Bettina an!", rief Sascha freudestrahlend, denn endlich gab es wieder etwas Konkretes zu tun in diesem blöden Fall. Es dauerte auch nicht lange und sie wussten, dass es kein Testament gab und Tjade der Alleinerbe war.

„Sehr interessant und wo steckt er dann? Müsste man ihm doch inzwischen mitgeteilt haben und wenn er Schulden hat, müsste ihm dieses Erbe doch gerade recht kommen!", sagte Sascha, doch Joska sprang mit einem Satz hoch.

„Und wenn er das noch gar nicht mitgekriegt hat? Vielleicht liegt das amtliche Schreiben mit der Ankündigung seiner Erbschaft noch immer in seinem Briefkasten?"

„Das könnte natürlich sein. Die Kollegen sollen das gleich mal nachprüfen!", rief Sascha und verschwand in seinem Büro. Joska ließ sich wieder grübelnd auf seinen Stuhl fallen.

„Wo steckst du, Tjade?", flüsterte er eindringlich, als könne er nur Kraft seiner Gedanken den Verschollenen heraufbeschwören.

Jetzt haben sie auch noch die Linda auf einer Trage aus dem Haus geschafft. Dass auch sie tot ist, konnte ich von einem der Sanitäter aufschnappen. Dann waren doch tatsächlich nur noch Hugo und diese Bettina von meiner Familie übrig und ich hatte rein gar nichts damit zu tun! Bei diesem Gedanken musste ich mir ein Auflachen echt verkneifen. Glauben würde mir das niemand, da war ich mir ganz sicher. Aber wie sollte ich jetzt an das Erbe kommen? Ich hatte keine Ahnung, ob es ein Testament gab und ob ich darin überhaupt bedacht wurde. Wenn, dann sicher nur mit dem Pflichtteil, aber würde mir der genügen? Sollte ich nicht dafür sorgen, dass Hugo und Bettina auch noch von der Bildfläche verschwanden? Doch plötzlich kam mir eine Idee und ich fuhr los. Zur nächsten Telefonzelle musste ich allerdings bis nach Eislingen fahren, denn diese ollen Dinger gab es fast nirgends mehr. Wieder einmal verfluchte ich mich selbst, dass ich ein solch militanter Handygegner war, denn manchmal waren die Geräte doch von Vorteil. Nachdem ich mein Telefonat beendet hatte, lehnte ich mich zufrieden in meinem Auto zurück. Mein alter Freund würde sofort zu meinem Briefkasten gehen und nachschauen, ob ein amtliches Schreiben an mich angekommen war und ich sollte in einer halben Stunde nochmals bei ihm anrufen. Die Wartezeit verbrachte ich dann in einem neuen, hübsch eingerichteten „Unverpackt"-Laden bei einem netten Gespräch mit ner älteren Dame, die mir gegenüber an dem großen Tisch saß. Eigentlich ein nettes Konzept, um mit fremden Leuten ins Gespräch zu kommen. Leider hatte ich kein Geld für nen Kaffee übrig, aber die Probierkekse waren lecker.

„Du hast ein Schreiben von einem Notar - soll ich es dir schicken?", fragte mein Freund dann eine halbe Stunde später, doch ich bat ihn, es mir vorzulesen. Wohin hätte ich es mir denn schicken lassen sollen? Etwa auf „meinen" Bockmeyer-Hof? Bald danach wusste ich also, dass ich der Erbe war, Bettina und Hugo jedoch ein Pflichtteil zustand. Diesen würde ich ihnen ausbezahlen müssen und die Erbschaftssteuer war auch noch zu zahlen. Dazu war ich aber natürlich nicht in der Lage, also mussten die beiden auch noch weg. Mit Bettinas Sohn würde ich schon irgendwie klarkommen, sein Anteil dürfte ja nicht allzu hoch sein. Aber wie konnte ich die beiden anderen los werden? Dass sich dieses Problem, wie die anderen drei, auch noch so schön von selbst lösen würde, darauf konnte ich beim besten Willen nicht hoffen. Also musste ein neuer Plan her ...

24

Nora und Hasso trafen am darauffolgenden Tag während ihres Spazierganges hoch in Richtung Hohenstaufen auf Hugo, der mit schnellen Tippelschritten aus einem kleinen Waldstück gelaufen kam. Er schaute nicht nach links und nicht nach rechts, sondern nur auf den Boden, so als würde er einer vorgegebenen Spur folgen. Nora wollte ihn schon ansprechen, entschied sich dann aber doch dagegen. Irgendwie hatte sie das Gefühl, dass der kleine Mann gerade nicht gestört werden wollte, so hoch konzentriert, wie er da langlief. Komischerweise zog Hasso nicht zu Hugo hin, sondern genau in die Richtung, aus der der kleine Mann gerade gekommen war. Nora, die inzwischen ein feines Gespür für ihren Hund entwickelt hatte, ließ ihn gewähren und sich von Hasso dorthin führen, wohin ihn seine Nase lenken würde. Zielstrebig zog Hasso sein Frauchen auf das kleine Wäldchen zu und blieb dann bellend vor einem großen Baum stehen. Die alte Eiche hatte einen breiten Riss auf der Rückseite vom Weg, sodass Nora ihn gar nicht gesehen hätte. Hasso jedoch sprang aufgeregt an dem Baum hoch und wollte unbedingt in den Spalt hineinspringen, was seine Größe jedoch nicht zuließ.

„Nun mal ganz ruhig, Hasso! Was hast du denn da entdeckt?", fragte Nora und zog ihren zappeligen Hund zur Seite. Gehorsam setzte er sich hin und sein Blick sagte: *„Endlich tut sie, was ich will!"* Nora versuchte zunächst, in den tiefen Spalt hineinzuschauen, doch darin war es zu dunkel –

sie konnte nichts erkennen. Kurzerhand zog sie ihr Smartphone aus der Hosentasche und leuchtete ins Innere des stattlichen Baumes.

„Da ist eine Holzkiste drin, Hasso. Und die hat Hugo da reingelegt?“, wollte sie wissen, doch ihr Hund legte nur den Kopf schief und schaute sie weiterhin aufmerksam an. „Wird wohl so sein, denn warum sonst solltest du mich ausgerechnet heute zu diesem Baum führen?“, fragte sie mehr zu sich selbst. „Soll ich sie rausnehmen und reinschauen?“, flüsterte sie zaghaft und Hasso bellte sie auffordernd an. „Wenn du meinst ...“, murmelte Nora, als hätte sie ihr Hund wirklich dazu aufgefordert. Fast schon ehrfürchtig griff sie in den Spalt hinein und zog die kleine Holzschachtel vorsichtig heraus. Sie war mit einem breiten Gummiband umspannt und sprang sofort auf, als Nora dieses heruntergezogen hatte.

„Was für Schätze hat der gute Hugo denn da gehortet?“, fragte die neugierige junge Frau und setzte sich mit ihrem Fund auf einen nahegelegenen Baumstumpf. Hasso setzte sich brav neben sie und schaute ebenfalls interessiert drein. „Du bist dir also sicher, dass die Sachen Hugo gehören?“, wollte sie von ihrem Hund wissen, woraufhin Hasso sie mit seiner nassen Schnauze anstupste. „Okay, okay ... ich schau mir die Sachen ja schon genauer an. Sei doch nicht so ungeduldig – du bist ja schlimmer als ich!“, lachte Nora und tätschelte Hassos Kopf. „Also, dann lass uns doch mal nachsehen ...“, begann sein Frauchen und förderte nacheinander ein paar schöne Steine, Muscheln, Tannenzapfen, Murmeln und schließlich mehrere kleine, ziemlich zerschlissene Notizbücher zutage. Sie schlug willkürlich eines auf und riss dann erstaunt die Augen auf.

„Was ist das denn?", murmelte sie und blätterte immer aufgeregter darin herum. Denn was sie da sah, verschlug ihr die Sprache. Wenn das Büchlein wirklich Hugo gehörte, dann konnte der verdammt gut zeichnen! Leider stand in keinem der Bücher ein Datum drin, aber nachdem sie alle vier Notizbücher angeschaut hatte, konnte sie sie anhand der sich verändernden Zeichnungen in eine gewisse Reihenfolge bringen. Die wohl ersten Bilder waren noch recht einfach mit Bleistift gemalt und wurden dann im Laufe der Zeit immer detailgetreuer und präziser. Wie lange der Junge wohl schon daran gearbeitet hatte? Die anfänglichen Malereien konnten wahrscheinlich von einem Kindergartenkind angefertigt worden sein und die letzten waren schon fast so gut wie Fotografien. Doch die Motive beunruhigten Nora sehr. Was sie da sah, entsetzte sie teilweise so sehr, dass sie laut aufseufzte und Hasso sofort aufspringen ließ. Er legte seine Schnauze auf ihr Knie und schaute sie treuherzig an.

„Schon gut, Hasso. Mir fehlt nix. Aber das, was der Junge da gezeichnet hat, ist echt übel! Wenn das tatsächlich alles so war, wie er das dargestellt hat, müsste das sehr interessant für Joska und die Kripo sein", murmelte Nora vor sich hin, während sie geistesabwesend ihren Hund hinter den Ohren kraulte. „Aber die Notizbücher einfach mitnehmen kann ich auch nicht, Hasso", sagte Nora grübelnd. „Wenn Hugo merkt, dass sie weg sind, könnte das weiß der Geier was alles bei ihm auslösen ... hm ... was mach ich nur?"

Während Nora nochmal alle Bücher durchging, verfestigte sich eine Idee, die sie dann auch sofort in die Tat umsetzte. Zufrieden legte sie danach alles wieder so in die Schachtel, wie sie es vorgefunden hatte, legte das Gummiband darum und steckte das Ding zurück an seinen geheimen Platz. Sie konnte nur hoffen, dass sie alles wirklich genauso hinterlassen hatte, wie es vorher gewesen war.

Wieder zuhause wartete Nora sehnsüchtig auf ihren Freund Joska, der anscheinend schon wieder Überstunden machen musste. Endlich, gegen zweiundzwanzig Uhr hörte sie sein Auto auf den Hof fahren und augenblicklich hüpfte ihr Herz vor Freude und Aufregung. Denn was sie ihrem Liebsten gleich zeigen würde, war auf jeden Fall ein Durchbruch im Bockmeyer-Fall, da war sich die Hobbyschnüfflerin ganz sicher. Sie war zwar schon im Bett gewesen, hastete aber sofort hinunter zur Türe, wo sie dem verblüfften Joska beinahe in die Arme sprang.

„Hey, meine Süße! Zu so später Stunde noch so stürmisch?", begrüßte er seine überschwängliche Freundin und drückte sie müde an sich. Am liebsten wäre er genau so stehen geblieben und auf der Stelle eingeschlafen. Doch Nora drängte ihn ungeduldig von sich weg und sagte fast schon feierlich:

„Ich muss dir was ganz Wichtiges zeigen!"

„Und ich muss was essen und dann ins Bett, Nora. Kann das nicht bis Morgen warten?", fragte er gähnend und versuchte sich an seiner Freundin vorbei in die Küche zu drängen.

„Nein, kann es nicht. Aber während du dir anschaust, was Hasso heute gefunden hat, mach ich dir ein schönes belegtes Brot!", verkündete Nora und ließ keine Widerrede zu. Joska war zu müde, sich dagegen zu wehren und setzte sich seufzend auf die Eckbank. Nora legte ihm ihr Handy vor die Nase und sagte nur: „Anschauen und dann sagen, was du siehst."

Nun war der junge Ermittler doch neugierig geworden. Was konnte ein Hund schon finden, was für ihn so interessant sein sollte? Also fing er an, sich das anzuschauen, was Nora wohl irgendwo abfotografiert hatte. Bevor er irgendetwas sagen wollte, würde er sich zunächst einmal alles anschauen. Die Bleistiftmalereien schienen zu Beginn von einem Kleinkind gemalt worden zu sein, doch dann wurden sie immer besser. Die Letzten sahen sehr professionell aus. Doch was sie darstellten, befremdete ihn bei jedem Bild noch ein bisschen mehr. Vor allem bei den letzten Zeichnungen meinte er, die Gesichtszüge der darauf abgebildeten Menschen zu erkennen, aber sicher war er sich nicht.

„Wer hat die gemalt, Nora? Wo hast du sie her?", waren dann auch gleich seine drängendsten Fragen.

„Hasso meint, dass Hugo Bockmeyer sie gemalt hat", antwortete Nora, als wäre das die normalste Sache der Welt.

„Hasso meint ... aha ... und wie kommt der Gute auf die Idee?", fragte Joska sarkastischer, als er es hatte ausdrücken wollen.

„Er hat Hugo gesehen, ist ihm aber nicht nachgelaufen, sondern hat mich in die entgegengesetzte Richtung gezogen. Dann hat er mich zu einem alten Baum geführt, in dem ich dann eine Holzschachtel mit diversen Schätzen und eben diesen Notizbüchern gefunden hab!", erklärte Nora und war sich dabei sicher, dass ihr Freund ihr das bestimmt nicht abnehmen würde. Zu ihrem großen Erstaunen nickte dieser nur und sagte:

„Warum Hasso das getan hat, wird wohl immer ein Rätsel bleiben, aber die Zeichnungen sind teilweise sehr aufschlussreich, Nora. Ich fürchte, wir brauchen die Originale und müssen dann mit Hugo sprechen, so leid mir das auch tut", seufzte er, denn dass der gehandicapte kleine Mann nun vielleicht endlich Licht ins Dunkel der Bockmeyer-Fälle würde bringen können, behagte Joska gar nicht. Er hatte Hugo irgendwie ins Herz geschlossen und wollte ihn nicht mit seinen Fragen bedrängen müssen, aber es führte leider kein Weg daran vorbei. Nora stöhnte laut auf und sagte, als hätte sie es in Joskas Gesicht bereits gelesen:

„Das gefällt dir nicht, stimmts? Mir auch nicht, das kannst du mir glauben! Ich hab echt mit mir gerungen, ob ich dir meinen Fund zeigen soll, aber mir ist klar geworden, dass das wahrscheinlich der einzige Weg ist, diese ganzen Fälle überhaupt irgendwann mal abschließen zu können. Und wenn du deine Fälle nicht aufgeklärt kriegst, hast du immer so schlechte Laune!", grinste Nora und legte ihrem hungrigen Freund ein großes, mit seiner Lieblingswurst und Essiggurken belegtes Brot neben ihr Handy.

„Danke, Nora. Du rettest heute in zweierlei Hinsicht meinen Tag!", sagte er und zog seine Freundin dabei auf seinen Schoß. Hungrig biss er zuerst in sein Brot, bevor er mit noch vollem Mund weiterredete.

„Gerade heute hat Magdalena uns nochmals Dampf wegen den Bockmeyer-Fällen gemacht. Sie mag es nämlich auch nicht, wenn sie ihre Fälle nicht zum Abschluss bringen kann. Aber dass wir jetzt dem armen Hugo auf die Pelle rücken müssen, gefällt mir ganz und gar nicht. Vielleicht reichen die Zeichnungen ja auch aus, um die Sache abschließend klären zu können? Wichtig wäre halt nur, dass er zugibt, die Notizbücher vollgemalt zu haben. Vielleicht können wir wenigstens das rauskriegen, was meinst?"

„Einen Versuch isses allemal wert. Ich könnte es mit Hasso versuchen. Hugo mag meinen Hund, das weiß ich", stellte Nora klar und in Joska keimte wirklich ein Hoffnungsschimmer auf.

„Gute Idee, aber die muss ich natürlich erst mit Magdalena besprechen, das ist dir schon klar, oder?", fragte Joska misstrauisch, denn Noras Alleingänge kannte er nur zu gut. Doch diese beteuerte, dass sie ohne das Einverständnis der obersten Chefin nichts unternehmen würde. Joska konnte nur müde nicken und hoffen, dass sich seine übereifrige Freundin auch wirklich an diese Abmachung hielt!

Das tat sie natürlich nicht, zumindest nicht ganz, denn sie wollte Hugo am nächsten Morgen nur ein bisschen ausfragen. Zum Beispiel, ob er gut malen konnte, Sie ging davon aus, dass er immer noch bei der Lebenshilfe arbeitete. Bestimmt gab es für ihn eine Notbetreuung, wo doch seine Bezugspersonen Linda und Bettina in sogenannten systemrelevanten Berufen beschäftigt waren. Doch als sie an der Kreuzung wartete, wo Hugo werktags vom Hofbus abgeholt wurde, kam er nicht. Als sie gerade wieder enttäuscht mit Hasso an der Leine zurücklaufen wollte, kam der Bus um die Ecke. Der Fahrer ließ das Fenster herunter und fragte Nora, ob Hugo heute nicht mitfahren würde.

„Tut mir leid, das weiß ich nicht. Ich dachte eigentlich auch, ihn hier zu sehen. Soll ich schnell rauf zum Hof laufen und nachschauen, wo er bleibt?", bot sie hilfsbereit und natürlich wegen ihrer eigenen Neugier an.

„Wenn das nicht zu lange dauert? Höchstens fünf Minuten kann ich warten, dann muss ich weiterfahren", erklärte der Busfahrer und Nora sprintete los. Auf dem Hof sah sie immer noch Lindas Auto stehen und daneben das von Bettina. Also hatte sie keinen Dienst und Luca war doch bestimmt auch noch da? Sie klingelte Sturm, doch es rührte sich nichts. Vorsichtig drückte sie die Klinke der Haustüre und diese schwang quietschend auf.

„Frau Bockmeyer? Hugo? Luca?", rasselte Nora gehetzt herunter, doch sie bekam keine Antwort. Hasso jedoch zog sie gleich im Erdgeschoss zu einer Zimmertüre und blieb bellend davor sitzen.

„Ist da jemand drin?", fragte sie ihren Hund und der bellte nochmals kurz auf. Doch Nora zögerte - sie konnte doch nicht einfach in einem fremden Haus herumschnüffeln! Außerdem wartete der Busfahrer auf ihre Rückmeldung. Sie war hin und her gerissen, was sie tun sollte. Falls Hugo so tief und fest schlief, dass er nichts hörte, war er auch sicher nicht so schnell ausgehfertig, dass es ihm noch auf den Bus reichen würde. Kurzentschlossen zog sie den widerwilligen Hasso mit sich zurück zum wartenden Bus.

„Hugo hat anscheinend verschlafen. Ich werde ihn selbst zur Lebenshilfe-Werkstatt fahren", rief Nora dem Fahrer zu, doch von hinten ertönte eine laute Frauenstimme:

„Was ist mit meinem Hugolein?" Nora erkannte die Stimme sofort - das war Manuela, Hugos neue Freundin.

„Ich bringe ihn, wenn er wach ist!", wiederholte Nora und winkte der enttäuschten jungen Frau freundlich zu.

„Alles klar. Frau Kleimert kann das den Betreuern ja dann mitteilen. Danke Ihnen für Ihre Hilfe!", sagte der Fahrer und fuhr los. Manuela blickte Nora traurig hinterher. Hugo hatte doch noch nie verschlafen - er konnte es doch meist gar nicht erwarten, sie zu sehen. Was war da nur los?

Das fragte sich Nora auch, denn natürlich ging sie zurück zum Hof. Es ließ ihr keine Ruhe und sie ging mit Hasso wieder ins Haus und auf die verschlossene Türe zu.

„Merkwürdig, der Schlüssel steckt von außen und es ist abgeschlossen. Bist du sicher, dass da jemand drin ist?", fragte Nora und schaute Hasso dabei an. Dieser bellte nochmal und begann dann, an der Türe zu kratzen.

„Schon gut, Hasso! Ich schau ja nach", zischte sie ihn an und zog ihn zurück. „Platz und bleib!", befahl sie ihm und drehte dann entschlossen den Schlüssel um. Leise öffnete sie die Türe und blickte in ein totales Chaos. Sämtliche Schränke waren geöffnet und deren Inhalt auf dem Boden verstreut, ein Computer lag kaputt in einer Ecke und auf dem Bett lag ...

„Luca!", schrie Nora und stürzte auf den reglos Daliegenden zu. Er lag da, als würde er tief und fest schlafen - ruhig hob und senkte sich seine Brust und Nora atmete erleichtert auf. Vorsichtig rüttelte sie ihn an der Schulter und ganz langsam öffnete er flatternd die Augen. Als er Nora endlich erkannte, riss er verstört die Augen noch weiter auf.

„Nora ... Nora Angerer?", fragte er mühsam, denn sein Mund fühlte sich staubtrocken an und die Zunge klebte ihm fast am Gaumen. Sein Kopf dröhnte und tat höllisch weh. „Was tust du in meinem Zimmer?"

„Ich hab eigentlich den Hugo gesucht. Er war nicht an der Bushaltestelle und bei Bettina oben meldet sich auch niemand", erklärte Nora und setzte sich neben Luca, der sich inzwischen mühsam aufgerichtet hatte.

„Das ist aber merkwürdig", murmelte Luca und strich sich die wirren Haare aus dem Gesicht. Dabei streifte er eine sehr empfindliche Stelle an der Schläfe und zuckte schmerzerfüllt zurück. Nora schaute genauer hin und stellte fest, dass Luca dort eine ziemlich große Beule hatte.

„Wo hast du die denn her?", fragte sie mitfühlend, doch Luca zuckte nur mit schmerzverzerrtem Gesicht die Schultern. Von ihm ging ein unangenehmer Geruch aus, aber Nora ließ sich nichts anmerken.

„Seit Lindas Tod wechseln wir uns mit der Betreuung von Hugo ab, denn es gibt leider nicht für jeden Tag eine Notbetreuung. Heute hätte Bettina den Hugo für die Arbeit fertigmachen und ihn zum Bus bringen sollen. Versteh ich nicht, warum er nicht dort gewesen ist. Gehen wir halt hoch und schauen. Vielleicht haben sie verschlafen. Mama hat wegen der ganzen Corona-Scheiße noch mehr Dienste zu schieben und ist oft total platt. Kann man ja verstehen, dass sie auch mal den Wecker nicht hört und Hugo schläft ja inzwischen alleine in Lindas Wohnung. Bettina konnte ihn nicht dazu überreden, in ihrem Gästezimmer zu schlafen. Komm, gehen wir schnell hoch und wecken die Zwei!"

„Guter Plan, aber ich warte einfach draußen auf ihn. Ich will mich da nicht einmischen", sagte Nora bestimmt und Luca rappelte sich mühsam hoch. Er plumpste jedoch gleich wieder zurück.

„Was ist los mit dir?", fragte Nora entsetzt, denn Luca war kreidebleich geworden.

„Keine Ahnung! Mir ist total schwindelig - alles dreht sich und mir ist schlecht!", brachte er gerade noch heraus, bevor er sich übergeben musste. Betroffen schauten beide auf den stinkenden Brei, der nun zu ihren Füßen lag. „Sorry Nora. Tut mir echt leid, aber ich konnte es nicht zurückhalten!", jammerte Luca und schämte sich vor der jungen Frau in Grund und Boden. Immerhin kannten sie sich nur ganz flüchtig. Sie dachte sicher, er hätte letzte Nacht zu viel gesoffen, doch das stimmte nicht! Er war allein zuhause gewesen und hatte auf Hugo aufgepasst, zumindest war er hier im Haus, während Hugo oben in seiner Wohnung war. Er hatte nur bis Mitternacht gezockt und war dann todmüde ins Bett gefallen. Das sagte er Nora dann auch, doch diese betonte nochmals, dass sie das alles nichts anging. Doch Luca bat sie, nach Bettina und Hugo zu schauen - er sah sich dazu einfach noch nicht in der Lage.

„Also gut. Ich werde hochgehen und sie wecken. Die Wohnungstüren sind bei euch immer offen?", wollte sie noch wissen und Luca nickte nur müde. Doch dann schaute er sich in seinem Zimmer um und erstarrte. Bei ihm war es zwar nie besonders ordentlich, also eher sehr chaotisch, aber so ein Durcheinander hatte er ganz sicher nicht veranstaltet ... und wo war sein Computer?

„Was ist hier los und wo ist mein PC?", rief Luca entsetzt und wollte aufspringen, doch sein Zustand ließ das nicht zu. Resigniert fiel er wieder zurück auf sein Bett.

„Keine Ahnung, was hier passiert ist, aber für mich sieht es aus, als hätte jemand etwas gesucht oder war sehr wütend, denn dein PC liegt da hinten zerschmettert in der Ecke", versuchte Nora nicht gerade feinfühlig das Chaos zu beschreiben.

„Oh nein! Das darf doch nicht wahr sein!", jammerte Luca und hielt sich den schmerzenden Kopf. „Nicht mein Computer!"

„Du hast also keine Ahnung, warum dir das alles passiert ist?", hakte Nora nach und wieder schüttelte Luca den Kopf.

Mit einem sehr mulmigen Gefühl und mit Hasso neben sich ging Nora die Treppen in den ersten Stock hinauf. Zuerst leise, dann etwas energischer, klopfte sie an Bettinas Wohnungstüre, doch nichts rührte sich. Mit hämmerndem Herzen öffnete sie die Türe und rief Bettinas Namen, aber auch hier keine Reaktion. So fest konnte einfach niemand schlafen!

„Ich kann doch nicht einfach in ein fremdes Schlafzimmer platzen", flüsterte sie, ihre Neugier überlagerte allerdings das Schamgefühl und sie zog eine Türe nach der anderen auf, bis sie endlich das Schlafzimmer gefunden hatte. Doch es war leer. Obwohl sie das Gefühl hatte, dass hier etwas nicht stimmte, machte sie kehrt und schaute noch in die restlichen Räume, jedoch auch hier keine Menschenseele. Dann also noch zu Hugo in den zweiten Stock hinauf! Aber auch hier war niemand. Mit wachsendem Unbehagen ging sie zurück zu Luca, der sich wieder hingelegt hatte. Seine Kotze hatte er noch nicht weggemacht. Naserümpfend ging Nora zu ihm hin und rüttelte ihn wieder an der Schulter. Aufseufzend stützte sich Luca auf die Ellenbogen und schaute Nora fragend an.

„Keiner da, Luca! Kannst du dir das erklären und woher hast du die Beule?"

„Keine Ahnung bei beidem, echt. Was machen wir jetzt?", fragte er mit schleppender Stimme und ließ sich wieder zurück auf sein Bett fallen.

„Weiß ich doch auch nicht, Luca! Es ist deine Familie", schnappte Nora und setzte sich wieder neben ihn. Der unangenehme Geruch des Erbrochenen ließ sie jedoch sofort wieder hochfahren.

„Wo finde ich Putzsachen?", fragte sie forsch, doch Luca zuckte wieder nur die Schultern. Bisher hatten nur manchmal seine Mutter oder Linda bei ihm saubergemacht.

„Oh Mann, das ist mal wieder typisch!", knurrte Nora und lief hoch in Bettinas Wohnung, wo sie vorhin einen Eimer in der Toilette hatte stehen sehen. Kurze Zeit später war alles wieder sauber, Nora kehrte an Lucas Bett zurück und ließ sich neben ihn plumpsen.

„Könnte es sein, dass Bettina zu einem Notfall gerufen wurde und da es zeitlich gepasst hat, hat sie Hugo gleich zur Lebenshilfe mitgenommen?", mutmaßte sie und erwartete von Luca eigentlich keine Antwort. Sie hatte nebenbei schon ihr Handy gezückt und suchte nun in Google nach der Telefonnummer der Behinderteneinrichtung. Ein paar Minuten später wussten sie, dass Hugo nicht in der Werkstatt war. Der nächste Anruf galt den Alb-Fils-Kliniken, doch Bettina Bockmeyer hatte weder einen Notfall-Einsatz gehabt, noch hatte man sie seit gestern Abend nach ihrem Dienstschluss hier gesehen. Luca hatte es noch auf Bettinas Handy versucht, aber es war wohl ausgeschaltet.

„Und nun?", fragte Nora inzwischen auch ratlos. „Wo könnten sie noch sein, Luca?"

„Keine Ahnung, wirklich! So langsam mach ich mir echt Sorgen. Zumal ich mir auch nicht erklären kann, woher diese verdammte Beule kommt und warum jemand mein Zimmer verwüstet und meinen Computer kaputtgemacht hat!", zischte Luca durch zusammengebissene Zähne, ob vor Schmerzen oder Wut konnte Nora nicht feststellen.

„Dann bleibt uns nichts anderes übrig, als meinen Freund Joska anzurufen", seufzte Nora, doch dann fiel ihr ein, dass ja niemand umgebracht worden war - zumindest hoffte sie das natürlich inständig - und somit Joska noch gar nicht zuständig war. Und wenn sie sich komplett aus der Sache raushielt? Immerhin hatte sie entgegen ihres Versprechens Hugo aufsuchen wollen. Das würde Joska sicher nicht gefallen. Konnte sie ihren Freund wirklich belügen? Sollte Luca nicht lieber von sich aus die Polizei anrufen und eine Vermisstenanzeige aufgeben und mitteilen, dass er augenscheinlich einem tätlichen Angriff ausgesetzt war? Die junge Schnüfflerin war hin und hergerissen, letztendlich entschied sie sich zu einer Notlüge und rief Joska an.

„Hallo Schatz!", rief sie etwas zu aufgekratzt, fügte aber schnell leiser hinzu: „Ich bin da zufällig auf etwas gestoßen und es hat mit den Bockmeyers zu tun."

„WAS?", rief ihr Freund entsetzt und Nora sah ihn vor sich, wie er aufsprang und wie ein Tiger nun auf und ab lief. „Du hast mir doch versprochen ...", fing er an, Nora unterbrach ihn jedoch sofort.

„Es war wirklich nicht geplant, dass ich beim Gassigehen heute früh an der Bushaltestelle vorbeigegangen bin, wo

Hugo abgeholt wird, Joska! Der Busfahrer hat mich gebeten, ich solle nachschauen, ob Hugo verschlafen hätte, er wollte kurz warten ..."

„So ganz zufällig also? Das glaubst du doch selbst nicht, Nora!", keifte Joska und konnte es einfach nicht fassen, dass sich seine überaus neugierige Freundin schon wieder nicht an die Abmachungen gehalten hatte. Doch diese ließ sich nicht beirren und erzählte ihm die ganze Geschichte.

„So, nun weißt du es und kannst selbst entscheiden, was jetzt weiter zu tun ist. Ist mir auch egal, ob du mir glaubst oder nicht - ich muss jetzt jedenfalls zur Arbeit!" Damit hatte sie aufgelegt und Joska zuerst wütend und dann ratlos zurückgelassen. Wo waren Bettina und Hugo und konnte er nach so kurzer Zeit schon eine Vermisstenmeldung rausgeben? Er musste vorher erst mit Luca reden, und falls der wirklich angegriffen worden war, brauchte er auch noch die Spurensicherung. Seufzend sprang er auf und ging hinüber zu Sascha, der anscheinend gerade die Chefin am Apparat hatte, denn er sprach von Home-Office und einem Problem damit. Mit ein paar Gesten suggerierte er Sascha, dass er auch mit Magdalena sprechen musste. Kurz darauf übergab Sascha seinem ungeduldig herumlaufenden Kollegen das Telefon.

„Bettina und Hugo Bockmeyer sind verschwunden und anscheinend hat jemand Luca niedergeschlagen. Ich fahre gleich raus, und falls das stimmt, lasse ich umgehend die Spusi kommen, in Ordnung?", fragte Joska und verschwieg geflissentlich, dass Nora ihn darüber in Kenntnis gesetzt hatte. Zu seinem Glück fragten weder seine Chefin noch

Sascha nach, wer ihm diese Informationen zugetragen hatte und so musste er auch nicht lügen.

„Bei den armen Bockmeyers hört es aber auch gar nicht auf!", war der einzige Kommentar der Kripo-Chefin und so erteilte sie den beiden den Auftrag, sich um diesen Fall unverzüglich zu kümmern.

Bereits nach einer guten halben Stunde saß Joska Kiss neben Luca auf dessen Bett. Sascha Clemens hatte sich einen Bürostuhl, die einzige Sitzgelegenheit in diesem Chaos, herangezogen. Mit gezücktem Notizblock und eingeschaltetem Diktiergerät warteten sie auf Lucas Schilderungen, doch mehr, als Nora ihnen bereits erzählt hatte, bekamen sie nicht aus dem immer noch bleich und verstört wirkenden Mann heraus.

„Nun gut, Herr Bockmeyer. Dann schicken wir nun noch die Spurensicherung hierher. Vielleicht finden die ja Hinweise, die uns weiterhelfen können. Brauchen Sie einen Arzt? Könnte sein, dass Sie eine Gehirnerschütterung haben", vermutete Joska und Sascha wollte schon sein Handy zücken, doch Luca wehrte ab.

„Meine Mutter ist Ärztin - sie kann nach mir ...", begann er, unterbrach sich aber selbst mit einem tiefen Seufzer. „Ach so ... ja ... die ist ja verschwunden. Ich glaub, mir geht es doch nicht so gut", murmelte er schließlich und ließ sich einen Arzt rufen. Die beiden Beamten warteten noch, bis der Notarzt und die Spurensicherung da war, dann setzten sie sich draußen auf die alte Holzbank. Sie wollten warten, was mit Luca weiter geschah, ob man ihn mitnahm oder doch alleine hier ließ und ob die Kollegen etwas fanden, was Licht in diese üble Geschichte bringen konnte. Grübelnd saßen die beiden in der angenehm wärmenden Sonne, als Joska plötzlich etwas einfiel.

„Bevor wir eine öffentliche Suchaktion starten, könnte doch Nora mit Hasso nach den beiden Vermissten suchen. Vielleicht haben wir Glück und der Hund, der ja nicht nur als Flächensuchhund, sondern inzwischen auch als Man-Trailer ausgebildet ist, kann von hier aus eine Fährte aufnehmen. Ist ja schließlich Noras und Hassos Job!"

„Bestimmt eine gute Idee, bevor wir die große Suche anlaufen lassen. Schaden kann es nicht. Braucht Nora dafür einen offiziellen Auftrag?", hakte Sascha nach, der sich stets sehr gewissenhaft an die Vorschriften hielt. Doch ausnahmsweise war sich Joska diesmal nicht so sicher, ob er den regulären Weg gehen wollte. Das würde wieder einige Zeit in Anspruch nehmen und er wollte so schnell wie möglich mit der Suche beginnen. Wer wusste schon, wo sich Bettina und Hugo befanden und ob sie in Gefahr waren?

„Ich denke, wir holen Nora und Hasso umgehend her und fangen mit der Suche an. Machen wir jetzt einfach inoffiziell. Falls er tatsächlich eine Spur aufnehmen sollte, hole ich mir dann schnell noch die erforderliche Genehmigung. Ich hab jetzt keine Lust auf langes Warten!", rief er entschieden und sprang auf. „Ich rufe sie gleich an!"

Nora war zwar nicht begeistert, ohne offiziellen Auftrag beginnen zu müssen, aber ihre Neugierde war natürlich stärker und sie war keine zehn Minuten später da.

„Du kennst dich ja hier inzwischen aus, Nora", begrüßte Joska seine Freundin und sie hörte ihm seine Verärgerung über ihren Alleingang heute Morgen an, ignorierte ihn aber und lief mit Hasso an der Leine hinein ins Haus. Sie ließ Hasso in Bettinas Wohnung herumschnüffeln und zog ihn dann hinauf in Hugos. Nachdem er auch hier ausgiebig seine Nase überall hineingesteckt hatte, kamen die beiden wieder nach draußen. Doch Hasso blieb kurz nach der Eingangstüre wie angewurzelt stehen und bellte dann wie verrückt. Es sah aus, als würde er sich darüber ärgern, dass er nicht weitersuchen konnte. Was hatte das zu bedeuten? Nora kam auch nicht gleich drauf und versuchte angestrengt, ihren Hund zu beruhigen. Es gelang ihr nur langsam, doch nach eindringlichem gutem Zureden beruhigte er sich endlich.

„Ich glaube, er ist so frustriert, weil die Spur, die er drinnen aufgenommen hat, hier schon wieder endet. Wenn ihr mich fragt - die Zwei sind mit einem Auto weggefahren oder weggebracht worden!", sagte sie und wirkte dabei sehr überzeugt.

„Da könntest du Recht haben, Nora. Jetzt bin ich doch froh, dass wir keinen offiziellen Suchantrag gestellt haben", seufzte Joska einerseits erleichtert, aber andererseits auch frustriert. Jetzt mussten sie doch eine großangelegte Suchaktion starten. Das wollte er Sascha gerade mitteilen, als Nora ihn unterbrach.

„Ich könnte doch einfach mit Hasso durch Ottenbach und Umgebung laufen. Vielleicht schnappt er zufällig irgendwo eine Spur auf? Falls nicht, wissen wir wenigstens, dass sie weiter weggebracht wurden."

„Das hört sich gut an Nora. Ein sehr guter Plan. Kannst du das gleich machen? Kriegst du auch ohne offiziellen Auftrag frei?", fragte er grinsend, denn eigentlich wusste er die Antwort bereits. Die Angerers waren sehr großzügig, was Noras und Hassos Arbeit als ehrenamtliches Suchteam anging.

Wenig später streiften Nora und Hasso durch Ottenbach. Die junge Hundeführerin hatte noch die eindringliche Mahnung ihres Freundes im Kopf, falls sie die Vermissten finden würde, nichts im Alleingang zu unternehmen, sondern sofort die Kripo zu verständigen. Vorzugsweise natürlich Joska, der die Fahndung schon vorbereiten wollte, damit es nach Noras Scheitern, denn davon ging er aus, schnell gehen konnte. Doch es kam alles anders, als er erwartet hatte.

25

Jetzt hatte ich Bettina und Hugo in meiner Gewalt und wusste nicht, wie ich weiter vorgehen sollte. Dabei war es so einfach gewesen, sie zu überrumpeln! Ich hatte zunächst alles ein paar Tage genau beobachtet und mir die abendlichen Rituale eingeprägt. Luca war sowieso fast die ganze Zeit in seinem Zimmer, nur zum Essen ging er abends zu seiner Mutter hinauf und Hugo kam dann von oben auch dazu. Danach ging jeder wieder in seinen Bereich. Wenn Bettina mal Nachtdienst hatte, stellte sie das Essen den beiden bereit und fuhr dann zur Arbeit. Aber auch tagsüber machten die zwei Männer nie etwas gemeinsam. Nur manchmal verließ Hugo nochmal das Haus, um ein oder zwei Stunden später wiederzukommen. Heute hatte ich Glück gehabt, dass alle drei zuhause und nach dem Essen in ihren Bereichen geblieben waren. So hatte ich Luca, der mit einem Kopfhörer vor seinem PC saß, mit einem Gummihammer niedergeschlagen und dann in sein Bett gelegt. Bevor ich mich um die anderen kümmerte, verwüstete ich Lucas Saustall noch mehr und warf seinen Computer in eine Ecke. Das würde die Polizei bestimmt ein bisschen aufhalten und verwirren. Dann hatte ich Bettina rausgeklingelt und mich als Harald und Hugos Vater vorgestellt und dass ich bezüglich der Erbschaft etwas mit ihr zu besprechen hätte. Sie hatte es mir sofort geglaubt, da sie anscheinend eine gewisse Ähnlichkeit zwischen mir und meinen Söhnen erkannt hatte. Sie hatte mich in ihre Wohnung gebeten und wollte Hugo von oben holen, doch als sie an mir vorbeigehen wollte, hatte auch sie einen Schlag mit dem Hammer bekommen. Zu Hugo war ich dann hinaufgeschlichen und hatte ihn beim Fernsehen überrascht und ebenfalls zugeschlagen. Alle drei waren bewusstlos und daher war es sehr anstrengend gewesen, Bettina und Hugo zu meinem Wagen zu schleppen, den ich direkt vor der Haustüre geparkt hatte. Und auch sehr umständlich, sie in die alte, verlassene Hütte in Kitzen zu schleifen. Nun lagen sie geknebelt und gefesselt vor mir und ich brachte es nicht über mich, sie umzubringen. Ich war doch nun schon so weit gekommen, warum konnte ich es nicht zu Ende bringen? So schwer konnte das doch nicht sein! Ich kannte beide nicht und sie bedeuteten mir nichts, aber sie standen meiner Erbschaft und somit der Tilgung meiner Schulden im Weg! Ich musste es tun, sonst ...

26

Maria hatte Tjade bereits seit Tagen verfolgt und ihn auch heute beobachtet, wie er zum Bockmeyer-Hof gefahren war. Sie konnte ihm mit dem Auto nicht auf den Hof folgen, das war ja eine Sackgasse. Also war sie mit ihrem Wagen auf einen kleinen Seitenweg, der an der Kreuzung zum Hof abging, gefahren und wartete hier nun geduldig auf Tjade. Bisher hatte er sich noch nie lange dort oben aufgehalten, allerdings war er seither auch noch nie mit seinem Wagen hinaufgefahren. Dass das heute anders war, bescherte ihr ein mulmiges Gefühl, aber ihm nachschleichen wollte sie auch nicht. Sie hatte zu viel Angst davor, dass er sie dabei erwischen könnte. Das war ganz bestimmt keine gute Voraussetzung für ihre weiteren Bemühungen, ihm wieder näherzukommen. Nun war bereits über eine halbe Stunde vergangen und langsam wurde sie ungeduldig. Was trieb er denn so lange bei denen? Gerade, als sie überlegte, doch noch hinaufzuschleichen, kam er in seinem Auto zurück und bog in flottem Tempo um die Kurve in Richtung Ottenbach. Maria folgte ihm vorsichtig in gebührendem Abstand und war sehr gespannt, wohin er unterwegs war. Es erstaunte sie sehr, dass er durch Ottenbach hindurch und dann in Richtung Kitzen weiterfuhr. Dort bog er jedoch nicht rechts ab, sondern links und darüber wunderte sie sich noch mehr, denn ab hier waren beide Wege Sackgassen. Wo wollte er denn hin? Jetzt bog er auch noch auf ein Wiesenstück ein, wo man kaum einen Fahrweg erkennen konnte und verschwand kurz danach im Wald. Maria traute sich nicht, ihm weiter mit dem

Auto zu folgen. Sie ließ ihr Auto am Rand der Wiese stehen und schlich sich zu Fuß weiter. Was sie dann beobachtete, konnte sie nicht fassen! Tjade schleifte eine bewegungslose Bettina und danach den ebenfalls reglosen Hugo aus dem Kofferraum und schleppte sie in eine kleine, verfallene Hütte, die dort zwischen den Bäumen nahe des schmalen Bächleins, dem Kitzbach, stand. Was hatte dieser Wahnsinnige denn mit den beiden vor? Lautlos pirschte sie sich nahe an die Bretterwand heran und spähte durch die Ritzen hindurch. Tjade hatte seine Gefangenen geknebelt und gefesselt und mit dem Rücken an eine Wand gelehnt. Sie schienen jedoch nur bewusstlos zu sein, sie konnte sehen, wie sie atmeten. Gott sei Dank! Doch was hatte er nun vor? Sollte sie Hilfe holen oder selbst eingreifen? Würde er sich ihr anvertrauen oder auch sie angreifen? Bevor sie sich entscheiden konnte, hörte sie ihn leise vor sich hinmurmeln:

„Was soll ich nur mit euch machen?", jammerte er und Maria hielt gespannt den Atem an. Ja, das wollte sie auch gerne wissen. Sie rückte noch ein Stück näher und fasste in Brennnesseln, was sie erschrocken aufzischen ließ. Tjade hatte sich in ihre Richtung gedreht und sie duckte sich schnell zu Boden. Hatte er sie durch die Ritzen sehen können? Sollte sie weglaufen? Nein, der drahtige Tjade würde sie auf jeden Fall einholen. Also ruhig und reglos liegenbleiben und das Beste hoffen. Tjade war tatsächlich aufgestanden und schaute nun durch die Ritzen, schien aber nichts Verdächtiges gesehen zu haben, denn er kauerte sich wieder vor die Bewusstlosen. Kopfschüttelnd rieb er sich über die Augen und seufzte nochmals theatralisch. Dabei zog er ein kleines Klappmesser aus seiner Tasche und ließ es aufschnappen. Maria, die dieses Geräusch kannte, schrie entsetzt auf. Sie rappelte sich mühsam hoch, doch Tjade war schneller. Er erwischte sie an ihren langen Haaren, die sich aus ihrem Dutt gelöst hatten und zog sie ohne ein Wort zu sagen hinter sich her in die Hütte. Auch Maria sagte nichts, sie wehrte sich auch nicht. Es hätte hier draußen sowieso nichts genutzt. Außerdem konnte sie doch nicht zulassen, dass ihr geliebter Tjade zum Mörder wurde! Das durfte einfach nicht passieren und so ließ sie sich folgsam neben Bettina und Hugo drapieren. Doch bevor der finster dreinblickende Mann auch sie fesseln und knebeln konnte, versuchte sie verzweifelt, ein Gespräch mit ihm anzufangen.

„Tjade! Erkennst du mich denn nicht? Ich bin´s, die Maria Koller!", sagte sie beschwörend, doch Tjade schüttelte nur den Kopf und rückte mit einem alten Seil näher. Doch so schnell gab Maria nicht auf.

„Ach so, entschuldige, liebster Tjade! Du kennst mich nur unter meinem Mädchennamen Huber! Gell, jetzt erinnerst du dich doch an mich?", fragte sie hoffnungsvoll und legte ihre ganze Sympathie, die sie für diesen Mann empfand, in ihre Stimme. Endlich zögerte er und schaute sie genauer an.

„Das kleine Mariechen etwa, die mir damals so penetrant nachgestiegen ist?", fragte er ungläubig und ließ sich vor ihr nieder. Dass er sie eigentlich hatte knebeln wollen, hatte er wohl vergessen.

„Ja, die bin ich", sagte sie kleinlaut, als wäre es etwas ganz Schlimmes gewesen, was sie damals getan hatte. Aber konnte Liebe etwas Böses sein? Sie straffte die Schultern und blickte ihm direkt in seine hellblauen Augen, die sie schon immer an flaches Meerwasser erinnert hatten. „Jemanden zu lieben ist doch kein Verbrechen", ergänzte sie vorsichtig und hoffte mit wild klopfendem Herzen auf seine Reaktion. Er kniff die Augen etwas zusammen und schaute sie aufmerksam an. Sie kam sich vor wie eine Kuh bei der Beschau. Beschämt senkte sie ihren Blick, doch Tjades nächste Worte ließen sie freudig wieder hochfahren.

„Vielleicht hätte ich damals doch lieber dich nehmen sollen! Wäre mir viel Ärger erspart geblieben."

„Ja, das hättest du tun sollen, Tjade! Ich hätte dir bestimmt nur gesunde Kinder geschenkt!" Mist, das war ihr nur so rausgerutscht, das waren sicher genau die falschen Worte. Doch Tjade schien das nicht zu kümmern, er schaute Hugo an, der immer noch nicht aufgewacht war.

„Mein Hugo scheint ein netter Kerl zu sein. Ich hätte ihm wohl doch eine Chance geben und bei meiner Familie bleiben sollen. Aber nun ist es zu spät! Ich brauche das Geld und nur die Zwei hier stehen mir noch im Weg!"

„Du solltest mir dankbar sein, lieber Tjade. War es nicht in deinem Sinne, dass die gute Edith das Zeitliche gesegnet hat?", fragte Maria plötzlich und Tjade sprang auf.

„Was hast du damit zu tun? Die Alte hat sich totgesoffen, das ist alles!", rief er und lief wie ein Tiger im Käfig ruhelos hin und her. Maria spürte, dass er der ganzen Situation nicht mehr gewachsen war, und sah ihre Chance gekommen.

„Nachdem du mir letztens in der Kneipe alles erzählt hast, hab ich nur ein bisschen nachgeholfen, damit du deinen Hof schneller erben und mit dem Geld dann deine Schulden tilgen kannst. Weißt du, ich habe auch einen Hof von meinem verstorbenen Mann geerbt und ich lebe da ganz alleine. Du könntest zu mir ziehen und wir könnten neu anfangen. Was meinst du? Du brauchst Bettina und deinen Sohn nicht umbringen, das fehlende Geld kriegst du von mir!", versuchte es Maria verzweifelt, doch Tjade schaute sie nur fassungslos an.

„DU warst das? Du hast Edith umgebracht? Und ich soll mich nun mit einer Mörderin zusammentun? Du tickst doch nicht ganz richtig!" Damit warf er sich auf die verdutzte Frau, fesselte und knebelte sie und nahm dann langsam das Messer wieder zur Hand ...

27

Nora konnte nicht mehr warten - sie musste sofort in diese Hütte! Der Mann da drin - Frau Koller hatte ihn Tjade genannt, das hatte sie genau hören können - war unberechenbar. Hasso hatte sie tatsächlich zu dieser Hütte geführt und Nora hatte auch pflichtbewusst sofort eine Meldung an Joska getippt, doch bis die Polizei hier eintreffen würde, konnte es zu spät sein! Zwischen ihrer Nachricht und dieser bedrohlichen Situation jetzt waren sicher schon mehrere Minuten vergangen. Sie schaute kurz auf ihr Handy und stellte mit Entsetzen fest, dass ihr Text gar nicht rausgegangen war. Dieses elende Netz hier im Ottenbacher Tal war echt zum Kotzen! Was sollte sie nun tun? Telefonieren konnte sie hier nicht und weggehen wollte sie auf keinen Fall. Sie musste die Szene in der Hütte im Auge behalten und notfalls eingreifen. Also war sie doch auf sich alleine gestellt. Wenigstens hatte sie Hasso dabei, das war einigermaßen beruhigend. Mit hämmerndem Herzen schaute sie wieder durch die Ritzen und sah, dass Bettina sich rührte. Oh nein, wenn die jetzt aufwachte, würde er sofort zustechen, wenn es auch nur im Affekt sein würde. Nora handelte instinktiv und stürzte mit Hasso auf den Fersen in die Hütte und mit dem Kommando „Fass!“ sprang ihr folgsamer Schäferhund auf den Mann zu und schnappte sich den Arm, mit dem er das Messer hielt. Mit einem entsetzten Aufschrei ließ der die Waffe fallen und Nora schoss vor und nahm sie an sich.

„Hinsetzen!“, befahl sie Tjade, der wimmernd gehorchte, da der Hund ihn noch nicht losgelassen hatte. Das tat er auch jetzt nicht, denn er hatte dafür noch keinen Befehl erhalten und Nora würde diesen auch nicht so schnell erteilen. Erst musste sie diesen Mann unschädlich machen und dafür brauchte sie was zum Fesseln. Bettina war langsam am Aufwachen und zerrte sogleich an ihren auf dem Rücken gefesselten Händen.

„Schön festhalten, Hasso! So ist es brav!“, sagte Nora und wandte sich dann an Bettina. „Ich mach Sie gleich los. Die Stricke brauch ich dann für den da“, sagte sie und zeigte mit dem Kopf auf Tjade, der mit weit aufgerissenen Augen auf die großen Zähne starrte, die in seinem Unterarm steckten. Er traute sich nicht, sich auch nur einen Millimeter zu bewegen. Nora zog der Frau zuerst den Knebel aus dem Mund, bevor sie sich um die Fesseln kümmerte. Maria Koller saß wie versteinert daneben und sagte kein Wort.

„Sie sind Nora Angerer, nicht wahr? Was ist hier los? Wer ist der Mann und warum bin ich gefesselt?“, fragte Bettina Bockmeyer mit schleppender Zunge und plötzlich zerrte sie noch stärker an ihren Fesseln, die Nora verzweifelt versuchte, aufzubekommen. „Was ist mit Hugo?“, krächzte sie, doch Nora beruhigte sie sogleich.

„Der ist nur bewusstlos, so wie Sie es bis gerade eben auch noch waren. Jetzt halten Sie doch still, sonst krieg ich das Seil nicht auf!“

„Entschuldigung. Aber ich hätte jetzt sofort gerne eine Erklärung, was hier los ist! Und wer sind Sie überhaupt“, zischte sie die Frau neben sich an und dabei kam allmählich ihre gewohnte Selbstsicherheit zurück.

„Habs!“, rief Nora und begann sogleich Tjade zu fesseln. Auf Noras „Aus!“ hin, ließ Hasso Tjade sofort los. Tiefe Eindrücke zierten nun seinen Unterarm, er blutete jedoch nicht. Nora wandte sich an Bettina:

„Das da ist Maria Koller und sie hat Ihre Schwiegermutter auf dem Gewissen", sagte Nora nur lapidar, doch Bettina schaute sie an, als hätte sie den Verstand verloren.

„Woher wissen Sie das?", fragte sie und schaute von einem zum anderen. Doch bevor Nora antworten konnte, rührte sich der arme Hugo, der immer noch gefesselt und geknebelt war. Schnell sprang Nora zu ihm und befreite ihn, bevor er richtig wach werden und in Panik geraten konnte.

„Hallo Hugo!", rief Nora betont fröhlich. „Auch schon wach?" Damit wuschelte sie ihm durch die Haare und zog ihn hoch. „Wir haben Besuch von diesem Paar hier bekommen und wollten ihnen unsere alte Hütte zeigen. Die Zwei möchten sie kaufen und ich muss noch ein wenig mit ihnen verhandeln. Du kannst mit Bettina wieder nach Hause gehen, wir haben euch ja nur zufällig getroffen und euch die Hütte zeigen wollen. Tschüüüss!", rief Nora übermütig und konnte selbst nicht glauben, was für einen Stuss sie dem immer noch benebelten Hugo da aufgetischt hatte. Aber er sagte nichts und ließ sich von Bettina hochziehen. Diese schaute Nora zuerst erstaunt, dann erleichtert und dankbar an.

„Soll ich jemandem Bescheid sagen?", fragte die gewiefte Ärztin und Nora nickte.

„Ja bitte. Informieren Sie Joska Kiss. Er hat bei dem Deal hier auch ein Wörtchen mitzureden", zwinkerte sie Frau Bockmeyer zu und diese verstand. Wortlos zog sie Hugo nach draußen, doch fast augenblicklich kam sie wieder zurück.

„Ich habe kein Handy dabei! Kann ich Ihres schnell verwenden?"

„Das bringt nix. Hab hier leider keinen Empfang. Aber machen Sie sich keine Gedanken - es eilt nicht. Wir haben es hier doch ganz gemütlich, oder?", grinste sie die beiden Gefesselten an, die das überhaupt nicht witzig fanden. Beide zerrten an ihren Fesseln und hätten sich am liebsten auf Nora gestürzt, doch Hasso hielt sie in Schach. So begnügten sie sich damit, die junge Frau nur böse anzufunkeln, doch das juckte Nora gar nicht. Sie setzte sich auf eine morsche Bank, stützte die Hände unters Kinn und schaute die beiden eindringlich an.

„Wer sind Sie und warum haben Sie Bettina und Hugo hierher verschleppt?", wandte sie sich an Tjade, doch der dachte gar nicht daran, dieser vorwitzigen jungen Dame etwas zu verraten. Irgendwie würde er sie überrumpeln können, darauf legte er seine ganze Konzentration.

„Und Sie, Frau Koller? Wollen Sie mir nicht sagen, warum Sie Edith Bockmeyer umgebracht haben?", versuchte sie es bei der Frau, von der sie inzwischen sicher war, sie hier in Ottenbach doch schon mal gesehen zu haben. War sie nicht auch bei den Landfrauen, zusammen mit ihrer Tochter Barbara?

„Hab ich gar nicht! Wie kommen Sie auf so etwas?", entrüstete sich Maria Koller sehr überzeugend, doch Nora hatte den Dialog zwischen ihr und Tjade gehört. Doch damit stand natürlich Aussage gegen Aussage - einen Beweis hatte sie dafür leider nicht.

„Lügen Sie mich nicht an!", schrie Nora plötzlich, was die beiden Älteren augenblicklich zusammenzucken ließ. „Ich habe Ihr Gespräch vorhin gehört und werde das gerne zu Protokoll geben, darauf können Sie sich verlassen!"

„Wir sagen jetzt gar nix mehr, gell Tjade?", gurrte Maria geradezu, doch Tjade drehte sich mit angewidertem Gesichtsausdruck von ihr weg. Die Sympathie schien ziemlich einseitig zu sein. Fast tat die Frau Nora leid, doch nur fast. Immerhin war sie eine Mörderin!

28

„Frau Bockmeyer? Nora hat WAS getan?" Joska war außer sich und konnte nicht fassen, was ihm Bettina Bockmeyer da gerade per Telefon mitgeteilt hatte.

„Nun beruhigen Sie sich doch, Herr Kiss! Frau Angerer hat alles im Griff, glauben Sie mir. Beziehungsweise Hasso", fügte sie noch lächelnd hinzu und Joska entspannte sich ein wenig bei ihren Worten. Aber nur ein wenig, er war angespannt wie eine Feder, die jeden Moment losschnellen konnte.

„Beschreiben Sie mir bitte nochmal genau, wo diese Hütte liegt, Frau Bockmeyer. Wir müssen sofort da hin!"

Das tat die Ärztin dann auch gewissenhaft und versprach, wegen ihrer und Hugos Zeugenaussage auf Abruf erreichbar zu bleiben. Sie hatte sich in der Klinik bereits krankgemeldet und nach Luca gefragt, der doch noch zur Überwachung ins Krankenhaus mitgenommen worden war.

„Wir müssen sofort zu der Hütte, Sascha! Ich bin mir nur nicht sicher, ob wir noch weitere Verstärkung anfordern sollen. Der Schilderung von Frau Bockmeyer nach zu urteilen, haben Nora und Hasso eine Maria Koller und einen Tjade gefesselt. Das wird ganz sicher der Bockmeyer sein, den wir schon die ganze Zeit suchen. So einen besonderen Vornamen gibt es nicht so oft. Und Hasso bewacht sie. Was meinst du? Können wir das einfach so glauben und ohne Verstärkung da hinfahren?" Joska war sich keinesfalls sicher, ob er das alleine entscheiden konnte, und wartete Saschas

Antwort gar nicht erst ab. Er hatte schon die Nummer seiner Chefin gewählt.

„Nicht dein Ernst, Joska! Nora schon wieder? Das glaub ich jetzt echt nicht!", japste Magdalena Müller-Harnisch geradezu vor Empörung, doch Joska merkte ihr an, dass sie sich dennoch ein Schmunzeln wohl nicht verkneifen konnte.

„Ich kann wirklich nichts dafür, Magdalena! Aber Nora und Hasso scheinen alles im Griff zu haben! Ich bin geneigt, Frau Bockmeyer zu glauben, wenn sie sagt, die beiden hätten die Lage unter Kontrolle", verteidigte sich der junge Kommissar und saß dabei wie auf Kohlen - er musste so schnell wie möglich zu seiner Freundin und den zwei Verdächtigen.

„Soweit ich deine Nora inzwischen einschätzen kann, geht von den zwei Gefesselten wohl keine Gefahr aus. Es reicht, wenn du mit Sascha dort hinfährst und sie festnehmt. Meinen Segen habt ihr, aber seid trotzdem vorsichtig und nähert euch möglichst unbemerkt dieser Hütte! Nicht, dass die beiden doch noch Panik kriegen und irgendwelche Kurzschlusshandlungen begehen. Kann ich mich darauf verlassen, Joska?", fragte sie eindringlich und Joska versprach es hoch und heilig. Wollte doch auch er seine Nora auf keinen Fall in Gefahr bringen.

Wenig später lugten Joska und Sascha vorsichtig durch die Ritzen der Hütte und fanden die Situation genau so vor, wie Bettina Bockmeyer sie ihnen geschildert hatte. Doch bevor sie mit gezückten Pistolen in die Hütte platzen konnten, rief Nora von drinnen:

„Ihr könnt ruhig reinkommen, Jungs! Hasso hat euch längst bemerkt und wir haben hier alles unter Kontrolle!"

Joska, der es einfach nicht fassen konnte, wie ruhig und unbekümmert seine Nora das Ganze hier hinnahm, steckte seine Waffe wieder weg und öffnete trotzdem vorsichtig die quietschende Holztüre.

Die Szenerie, die sich ihnen hier bot, war wirklich einzigartig: Nora saß entspannt auf einer morschen Holzbank, Tjade und Maria saßen gefesselt an der Wand gegenüber und vor ihnen saß Hasso und ließ diese nicht aus den Augen. Joska konnte nicht anders, er musste dieses Bild für seine Chefin festhalten und so schoss er schnell mit seinem Handy ein Foto, bevor er auf Nora zuging und sie erstmal erleichtert in den Arm nahm. Dann wollte er zu einer Schimpftriade ansetzen, doch Nora legte ihm die Hand auf den Mund.

„Spar dir deine Worte, Joska. Ich hatte keine andere Wahl und das wirst du verstehen, wenn ich meine Aussage gemacht habe. Gehen wir?“, fragte sie nun doch etwas müde und Joska nickte nur. Sascha hatte sich bereits den Gefangenen genähert, doch Hasso fing an zu knurren. Hastig trat der irritierte Beamte von dem furchteinflößenden Hund zurück.

„Hasso - hier her!“, kommandierte Nora natürlich sofort und ihr folgsamer Hund kam schwanzwedelnd auf sie zu. „Brav und gut gemacht, mein Lieber. Hier, eine kleine Belohnung hab ich noch für dich“, schmeichelte sie ihm und hielt ihm ein getrocknetes Stück Fleisch vor die Nase. Freudig schnappte er es und trug es nach draußen, wo er sich gierig darüber hermachte.

„Darf ich jetzt, oder kommt er zurück, wenn ich mich denen hier nähere?“, fragte Sascha allen Ernstes und Nora musste lachen.

„Sie dürfen!", sagte sie grinsend und lehnte sich inzwischen doch erschöpft an ihren Freund. Sofort fühlte sie sich besser - sicherer und geborgen, wie immer, wenn sie in seiner Nähe war.

Nachdem Sascha die Seile gegen Handschellen ausgetauscht hatte und die Personalien aufgenommen waren, führten die Polizisten Tjade und Maria zu ihrem Polizeiwagen, den sie etwas weiter vorne an der Wiese geparkt hatten. Zwei weitere Autos standen auch noch hier und ihnen wurde bestätigt, dass es die Wagen von Tjade und Maria waren. Sascha hatte die Autoschlüssel von den beiden entgegengenommen und nun telefonierte er mit der Spurensicherung, die sich um die Wagen und die Hütte kümmern sollte.

„Wir haben leider keinen Platz mehr im Auto, Nora", fing Joska an, doch sie unterbrach ihn sofort.

„Kein Problem, Joska. Wir laufen rüber zur Werkstatt. Ein bisschen Bewegung wird uns guttun, nachdem wir so lange dasitzen und auf euch warten mussten", sagte sie feixend und ihr Freund boxte sie empört in die Seite, eine Erwiderung hatte er aber nicht parat. Er war einfach nur froh, dass seiner naseweisen Freundin mal wieder nichts passiert war und insgeheim war er stolz auf sie - hatte sie doch augenscheinlich einen, oder sogar zwei Morde, verhindert! Das durfte man nicht außer Acht lassen.

„Deine Aussage brauchen wir allerdings so bald wie möglich. Meinst du, du könntest heute nach der Arbeit noch zu uns ins Präsidium kommen? Bis dahin sollten wir die Angaben der anderen Beteiligten protokolliert haben", fragte

Joska und sah schon einen langen Verhörtag vor sich. Bettina und Hugo mussten sie auf den nächsten Tag verschieben.

Als Joska mit Sascha und den zwei Verdächtigen mit einem Streifenwagen an Nora und Hasso vorbeifuhr, bedeutete Nora ihm, anzuhalten und das Fenster herunterzukurbeln. Ihr war noch etwas eingefallen, was sie Joska unbedingt sagen musste:

„Ihr solltet vielleicht wissen, dass Frau Koller die alte Bockmeyer vergiftet hat, das hat sie Tjade vorhin in der Hütte erzählt", sagte sie so laut, dass es die auf der Rückbank sitzenden Gefangenen hören konnten.

„Aha ... gut zu wissen", sagte Joska nur und nickte seiner findigen Freundin anerkennend zu. Das war ein kluger Schachzug von ihr und eine wertvolle Information für die Befragung. Natürlich konnte Nora ihre Aussage mit keinem Beweis untermauern, aber allein die Tatsache, dass sie es gehört hatte, musste Frau Koller zu schaffen machen. Die Spurensicherung konnte sich nochmal alles aufgrund der neuen Erkenntnisse anschauen.

Joska und Sascha hatten ihrer Chefin Bescheid gesagt und sie war bereits in ihrem Büro, als die beiden mit ihrer „Beute" im Präsidium ankamen. Während der Fahrt hatte Sascha Magdalena über alles informiert und sie hatte entschieden, mit der Befragung von Maria Koller zu beginnen. Sie wollte nicht persönlich mit im Verhörraum sein, sie würde sich alles vom Nebenraum durch die Glasscheibe mit anschauen.

Nun saßen Joska und Sascha Maria Koller gegenüber, die die Arme vor der Brust verschränkt und noch kein Wort gesagt hatte. Bisher hatte sie auch noch nach keinem Anwalt verlangt, aber das konnte ja noch kommen. Joska seufzte tief und rückte das Aufnahmegerät zurecht, um Zeit zu gewinnen. Das alles war so schnell gegangen, er hatte sich noch kein Verhörkonzept zurechtlegen können.

„Als Erstes würde ich gerne von Ihnen wissen, Frau Koller, welches Verhältnis Sie zu den Bockmeyers haben", begann er, doch sein Gegenüber schwieg beharrlich.

„Warum haben Sie Edith Bockmeyer umgebracht?"

Wieder keine Reaktion, Maria Koller schaute nur auf ihre im Schoß gefalteten Hände - es sah aus, als würde sie beten.

„Sie wollen uns also nichts sagen und auch keinen Anwalt. Nun gut, dann werden wir Sie erstmal in Untersuchungshaft nehmen, bis wir neue Erkenntnisse haben", sagte Joska resigniert und Frau Koller ließ sich ohne weiteres abführen.

„Mit der kommen wir also erstmal nicht weiter. Versuchen wir es bei Tjade Bockmeyer", seufzte Joska und Sascha bedeutete seiner Chefin durch die Scheibe, dass dieser nun hereingeführt werden konnte. Noch bevor er vor den beiden Beamten saß, rief er:

„Ich hab mit der ganzen Sache nichts zu tun! Ich kenne diese Frau gar nicht!" Damit ließ er sich widerwillig von dem Uniformierten auf einen Stuhl drücken.

„Wen meinen Sie denn? Frau Koller oder Frau Bockmeyer?", hakte Joska nach und starrte sein Gegenüber fragend an.

„Beide! Ich kenne beide nicht!", schnappte Tjade und verschränkte die Arme demonstrativ vor der Brust. Diese Abwehrhaltung hatte auch Frau Koller schon an den Tag gelegt, doch Joska wollte diesmal nicht wieder ohne Antworten aus der Befragung gehen. Er würde Tjade zum Reden bringen, koste es, was es wolle!

„Dass Sie Bettina Bockmeyer nicht kennen, das glaube ich Ihnen sogar. Wir haben inzwischen Ihre Personalien überprüft und wissen, dass Sie Tjade Bockmeyer sind, den wir schon seit Wochen suchen. Seit wann treiben Sie sich hier in unserer Gegend herum und vor allem, warum?“, wollte Joska wissen, doch der Mann antwortete nur, dass sie das nichts anginge.

„Warum sollte Maria Koller Ihre Frau umbringen, Herr Bockmeyer?“, fragte nun Sascha Clemens.

„Woher soll ich das wissen? Fragen Sie sie doch selbst!“, blaffte er nur und lehnte sich fast schon entspannt zurück.

„Sie haben Spielschulden, Herr Bockmeyer! Wollten Sie Ihre Frau um Geld anpumpen?“, versuchte es Joska mit einem anderen Thema.

„Die hätte mir nach all den Jahren doch niemals etwas gegeben!“, rutschte es Tjade heraus, was er seinem Blick nach zu urteilen sofort bereute.

„Und da haben Sie Frau Koller angeheuert, Ihnen zu helfen, Ihre Frau loszuwerden?“, fragte Joska herausfordernd, was Tjade sofort in Rage brachte.

„Das hat die blöde Kuh doch ganz von alleine getan! Ich hab damit nichts zu tun!“, schrie er und schlug mit der flachen Hand auf den Tisch, was die Beamten zusammenzucken ließ. Sie hatten den Verdächtigen nun aber genau da, wo sie ihn haben wollten.

„Sie sagen also aus, dass Frau Koller Edith Bockmeyer umgebracht hat und Sie haben nichts davon gewusst?“, wiederholte Joska zur Sicherheit nochmals.

„Sag ich doch! Ich hab die Alte heute zum ersten Mal gesehen. Keine Ahnung, was die gegen meine Frau hatte!"

„Warum haben Sie Bettina Bockmeyer, Ihren Sohn Hugo und Frau Koller in dieser Hütte gefesselt und geknebelt und sie mit einem Messer bedroht?", fragte nun Sascha und beide Beamten warteten gespannt auf eine Antwort.

„Behauptet das diese freche Göre mit ihrem Köter?"

„Diese junge Dame ist eine ausgebildete Hundeführerin mit ihrem Flächensuchhund! Wenn sie nicht gewesen wäre, wären jetzt vielleicht drei Menschen tot, Herr Bockmeyer und das wissen Sie genau!", knurrte Joska geradezu, denn wenn jemand schlecht über seine Freundin sprach, konnte er sich meist kaum zurückhalten. Deshalb übernahm auch Sascha das weitere Gespräch.

„Also, Herr Bockmeyer - warum haben Sie die Drei in die Hütte geschleppt und sie bedroht?"

„Wieso die Drei? Es waren doch nur zw...", fing er an, unterbrach sich aber erschrocken selbst. „Ich will sofort einen Anwalt!", setzte er gehetzt hinzu, denn ihm war klar geworden, dass er aus dieser Nummer alleine nicht mehr herauskam.

„Wie Sie wünschen. Haben Sie einen bestimmten oder sollen wir Ihnen einen Pflichtverteidiger besorgen?", fragte Herr Clemens vorschriftsmäßig und Herr Bockmeyer sagte nur, er kenne einen in Ostfriesland, aber der würde sicher nicht hier herkommen. Es würde also ein Pflichtverteidiger gesucht werden, doch das konnte dauern. Tjade wurde daraufhin ebenfalls in Untersuchungshaft genommen.

„Nicht sehr ergiebig, diese Befragungen", seufzte Joska wieder in seinem Büro, wo sich auch Magdalena und Sascha eingefunden hatten. „Wie gut, dass Nora nachher noch kommt. Von der erfahren wir wenigstens mehr und ich werde sie bitten, uns die Fotos von Hugos Tagebüchern zu zeigen. Vielleicht kommen wir dadurch weiter", meinte Joska hoffnungsvoll und so warteten sie, bis Nora nach ihrem Feierabend um sechzehn Uhr bei ihnen im Präsidium ihre Aussage machen konnte.

Nachdem Nora erzählt hatte, wie ihre „Festnahme" abgelaufen war und dass Maria Koller anscheinend eine Beziehung mit Tjade eingehen, dieser aber nichts von ihr wissen wollte, kam das Gespräch auf Hugos Tagebücher. Nora zückte ihr Handy und zeigte ihnen die Eintragungen, die sie damals in der Eile hatte abfotografieren können. Doch bevor sie damit anfingen, fasste Nora nochmals alles zusammen:

„So wie ich die Sache sehe, hat Frau Koller verhindern wollen, dass Tjade Bettina und Hugo etwas antut und Tjade hat Maria festgesetzt, weil sie gestanden hat, Edith umgebracht zu haben. Also hat eine Mörderin zwei weitere Morde verhindert - das ist schon kurios, oder?

„So wie du es darstellst, ja. Nur müssen wir das alles noch beweisen, und ob uns das gelingen wird, ist mehr als fraglich", seufzte Joska und forderte Nora dann auf, ihnen nochmal die Fotos zu zeigen. Sie schauten sich zunächst alle Zeichnungen an, bevor sie die relevantesten gemeinsam versuchten zu verstehen.

„Das hier sieht aus, als würde eine Frau einen kleinen Jungen in einem großen Eimer waschen und die eng um den Körper geschlungenen Arme deuten darauf hin, dass das Kind dabei gefroren hat. Der Kleine hat Hugos Züge und die

Frau könnte seine Mutter sein - seht ihr das auch so?", fragte Joska in die Runde, worauf Nora und Sascha bedrückt nickten. Das nächste Bild zeigte ein Mädchen und einen etwas größeren Jungen, der sie im Schwitzkasten festhielt. Alle waren sich einig, dass das Linda und ihr Stiefbruder Harald als Teenager gewesen sein mussten. Auf einem anderen Bild saß Linda hoch oben in einem Baum und der gleiche Junge trug eine Leiter davon. Auf einem weiteren sah man Hugo, wie er zusammengerollt neben einem Weinfass in einem Keller lag. Ein nächstes zeigte abermals Linda und Harald, wie dieser das Mädchen an den Haaren hinter sich herschleifte. So langsam kristallisierte sich heraus, dass Hugo all das aufgezeichnet hatte, was ihm oder Linda Böses widerfahren war.

„Und es gibt noch mehr von diesen Zeichnungen?", wollte Joska bedrückt wissen.

„Ja, ich habe mindestens fünf Notizbücher gefunden. Keine Ahnung, ob es da irgendwo noch mehr davon gibt. Sieht so aus, als wären Harald und auch die Mutter nicht gerade zimperlich mit Linda und Hugo umgegangen. Da musste Linda doch erleichtert gewesen sein, als Harald ums Leben gekommen ist", sinnierte Magdalena vor sich hin.

„Und der Tod von Edith hat auch niemanden wirklich erschüttert. Jetzt wissen wir auch, wieso. Eigentlich hätte man vermuten können, dass Linda das stärkste Motiv hatte, ihre Adoptivmutter zu töten. Warum also hatte es angeblich Maria Koller getan?", grübelte Joska, während er auf Noras Handy gedankenverloren weiterblätterte. Plötzlich hielt er inne.

„Wer ist das denn?", fragte er und zeigte den anderen ein Bild, wo vier ältere Frauen und Linda um ein Feuer saßen und Linda aus einem Buch vorlas - zumindest sah es danach aus.

„Die da sieht aus wie eine jüngere Ausgabe von Frau Koller. Das könnte doch die Barbara Koller sein, oder?", stellte Sascha fest und alle nickten bestätigend. „Dann werden wir die Dame also nochmals einbestellen müssen. Es muss einen Grund geben, warum Hugo diese Szene festgehalten hat. Bisher hat er nur beängstigende Situationen aufgezeichnet. Also muss ihn auch dieser Kreis hier in irgendeiner Weise bedroht haben oder zumindest bedrohlich vorgekommen sein. Jetzt stellt sich jedoch die Frage, ob wir zuerst versuchen, mit Barbara Koller zu sprechen oder vorher den Hugo dazu befragen sollten", überlegte Sascha, doch seine Chefin hatte sogleich eine Idee.

„Das wollte ich schon immer mal machen!", rief sie voller Enthusiasmus. „Wir vernehmen sie parallel mit Knopf im Ohr - das wird interessant!", freute sie sich wie ein kleines Kind und ihre Kollegen, sowie auch Nora, mussten grinsen.

„Hört sich spannend an! Schade, dass ich nicht dabei sein darf", bedauerte Nora, doch ihr Freund und Sascha waren ebenfalls freudig erregt und gingen gar nicht auf ihre Bemerkung ein. Sie wollten gleich alles in die Wege leiten, doch ihre Chefin bremste sie aus.

„Nicht so schnell, meine Herren! Das muss gut durchdacht werden und wir sollten nichts überstürzen. Ich schlage vor, wir vernehmen morgen früh als erstes Bettina und Hugo Bockmeyer gemeinsam und holen uns dann von ihr das Einverständnis, Hugo nochmals alleine befragen zu dürfen. Falls die dem nicht zustimmt, muss es halt mit ihr gehen. Und parallel dazu vernehmen wir Barbara Koller. Frau Angerer, ich bedanke mich ganz offiziell für ihr beherztes Eingreifen zum Verhindern einer Straftat und darf Sie nun bitten, zu gehen, denn wir müssen einen Schlachtplan für morgen ausarbeiten!", sagte sie mit Nachdruck und Nora gab sich geschlagen. Mehr würde sie über diesen Fall nicht mehr erfahren, zumindest hier und heute nicht.

29

Am nächsten Morgen waren die Kripo-Chefin, sowie Sascha Clemens und ungewöhnlicherweise auch Joska Kiss bereits um sieben Uhr im Büro. Sie hatten zwar gestern noch alles bis ins kleinste Detail besprochen, wollten aber zur Sicherheit vor den Vernehmungen nochmals alles durchgehen. Auf halb acht hatten sie Barbara Koller einbestellt und sie in einen Verhörraum gesetzt. Bettina und Hugo Bockmeyer kamen pünktlich um acht Uhr und wurden in ein zweites Zimmer gebracht. Frau Bockmeyer sah man an, dass sie das alles so schnell wie möglich hinter sich bringen wollte. Sie hatte gestern am Telefon noch erwähnt, dass sie ein Schreiben erhalten hatte, in dem ihr mitgeteilt wurde, dass ihr Schwiegervater Tjade, von dem sie bisher noch nie etwas gehört hatte, Alleinerbe des Bockmeyer-Hofes war und sie und Hugo nur den Pflichtteil bekommen würden. Das hatte sie sehr wütend gemacht und das sah man ihr auch heute noch an.

„So wie ich die Sache inzwischen sehe, wollte dieser Mistkerl mich und Hugo auch noch beseitigen, um an das volle Erbe zu kommen. Warum hat er dann meinen Sohn nicht auch umgebracht?", fragte sie gleich zu Beginn, noch bevor sie sich gesetzt hatte. Hugo war mit hängendem Kopf hinter ihr her getippelt und hatte bisher noch kein Wort gesagt. Hoffentlich machte er den Polizisten bei ihrer ausgeklügelten Befragung keinen Strich durch die Rechnung!

„Nun mal ganz langsam, Frau Bockmeyer. Hier stellen wir die Fragen, damit das klar ist. Also ...", begann Frau Müller-

Harnisch und ratterte die erforderlichen Vernehmungsdaten herunter, bevor sie ihre erste Frage stellte:

„War Maria Koller schon einmal auf Ihrem Hof?"

„Keine Ahnung. Ich jedenfalls hab sie noch nie dort gesehen. Du Hugo?" Der zuckte jedoch nur die Schultern und sagte immer noch nichts. Das konnte schwierig werden!

„Sie kannten Tjade Bockmeyer also nicht und hatten noch nie etwas von ihm gehört, obwohl er ihr Schwiegervater ist?", wollte Joska nun wissen.

„Er wurde in der Familie totgeschwiegen. Ich habe nur in Haralds Geburtsurkunde seinen Namen gelesen, mehr wusste ich nicht von ihm. Ich habe ihn zum ersten mal in dieser alten Hütte gesehen, in die er uns verschleppt hat. Oder nein, das stimmt so gar nicht. Er ist ja zuerst auf unseren Hof gekommen, hat sich mir kurz vorgestellt und dann hat er mich niedergeschlagen! Wäre die Koller dann nicht in der Hütte aufgetaucht, der hätte uns umgebracht!", rief sie überzeugt und die Beamten sahen das genauso.

„Wissen Sie etwas von Lindas Freundinnen?", fragte Sascha zusammenhangslos und auch für die anderen beiden Ermittler unvermittelt. Hatten sie das so ausgemacht oder kam das von Sascha doch etwas zu plötzlich? Sie wussten es nicht mehr genau, aber nun war die Frage draußen und alle warteten auf eine Antwort.

„Welche Freundinnen denn? Die hatte doch keine!", rief Bettina, doch plötzlich hob Hugo den Kopf und sagte energisch:

„Hatte sie wohl!", und damit senkte er wieder seinen Kopf, als hätte er gar nichts gesagt. Magdalena grinste in sich hinein. Hatten sie es doch gewusst! Hugo konnte Lügen nicht ausstehen und tat es selbst auch nie. Das hatten sie sich nun (gemeinerweise) zu Nutze gemacht. Nun war der Punkt gekommen, Hugo hoffentlich alleine weiter befragen zu können, doch die Ärztin antwortete zunächst nur zögerlich:

„Ich weiß nicht, ob das so eine gute Idee ist ... ich hatte zwar bisher nicht besonders viel mit Hugo zu tun, aber ich bin jetzt für ihn verantwortlich. Aber wissen Sie was? Fragen wir ihn doch selbst!“, sagte sie energisch und wandte sich an den immer noch in sich gekehrten kleinen Mann.

„Möchtest du, dass ich bei dir bleibe, wenn die Leute hier ein paar Fragen an dich haben?“, fragte sie freundlich und drückte ihm dabei die Hand.

„Mir egal. Aber ich will zu Manuela!“, sagte er weinerlich, was Frau Müller-Harnisch sofort aufgriff.

„Wissen Sie was, Herr Bockmeyer? Wir holen Ihre Manuela her, und bis sie da ist, beantworten sie ganz schnell unsere Fragen und dann können sie zusammen nach Hause gehen!“

„Manuela darf zu mir nach Hause kommen oder ich zu ihr?“, fragte er freudestrahlend, was Magdalena sofort ein schlechtes Gewissen bescherte. Hatte sie da jetzt was Falsches gesagt? Musste wohl so sein, denn Frau Bockmeyer zog ärgerlich die Augen in die Höhe.

„So hat die Kommissarin das nicht gemeint, Hugo. Sie meinte nur, ihr könnt zusammen hier rausgehen und ihr könnt es dann sicher noch zur Mittagspause in die Lebenshilfe schaffen.“ Ihre Worte stimmten den kleinen Mann so traurig, dass ihm lautlose Tränen über die Wangen liefen. Das war alles nicht gut - kein guter Verlauf ihrer so wohl durchdachten Befragung.

„Alles wird gut, Hugo. Wir stellen dir ganz schnell unsere Fragen und dann bist du ruck zuck bei deiner Manuela. Das ist doch toll, oder?", säuselte die Kripo-Chefin und hoffte dabei inständig, den richtigen Ton getroffen zu haben. Hatte sie anscheinend, denn Hugo wischte sich die Tränen aus dem Gesicht und murmelte leise:

„Was wollen Sie denn alles wissen?" Es klang so, als wüsste er viel zu viel und wollte so wenig wie möglich sagen müssen. Das war jedenfalls das Startzeichen für Sascha, den Raum zu verlassen und zu Barbara Koller ins nächste Verhörzimmer zu gehen, wo diese schon langsam ungeduldig geworden war. Ihr war sowieso nicht klar, was die Kripo noch von ihr wollte, sie hatte doch schon alles ausgesagt!

Als die Chefin kurze Zeit später das Signal von Sascha in ihrem Ohr vernahm, stellte sie ihre erste Frage an Hugo:

„Deine liebe Schwester hatte doch sicher viele Freundinnen oder? Kanntest du welche?"

„Sie hatte nur vier und die haben sich immer oben im Wäldchen getroffen", antwortete er bereitwillig und Magdalena wiederholte seine Worte nochmals deutlich für Sascha. Dieser fragte nun Frau Koller, wer alles zu diesem Freundeskreis gehören würde. Völlig überrumpelt fragte Barbara, woher er das denn wisse, doch er sagte nur, sie seien beobachtet worden. So erfuhren sie die Namen der anderen Frauen: Inge Streitmüller, Regina Egert und Sarah Weller.

„Weißt du, warum sie sich im Wald getroffen haben? War das heimlich oder wusste zum Beispiel Harald davon?", wollte Joska wissen und beugte sich interessiert vor. Doch das war keine gute Idee, sofort wich Hugo verängstigt zurück.

„Entschuldige Hugo! Ich wollte dich nicht bedrängen. Ich finde deine Geschichte nur so spannend!“, versuchte sich Joska herauszureden, was anscheinend auch funktionierte, denn Hugo entspannte sich sichtlich.

„Linda hat immer aufgepasst, dass niemand gesehen hat, wie sie in den Wald gegangen ist. Sie hat mir immer einen Schlaftee gemacht, wenn sie wollte, dass ich fest schlafen sollte. Doch manchmal hatte ich keine Lust, ihn zu trinken und dann hab ich halt gemerkt, wenn sie nachts weggegangen is. Eigentlich fürchte ich mich ganz arg im Dunkeln, aber allein bleiben wollte ich dann auch nicht und bin ihr zwei oder drei mal in den Wald gefolgt. Da hat sie sich dann mit ihren Freundinnen getroffen. Einmal hat eine gesagt, das sei ihr Hexenzirkel. Keine Ahnung, was des is“, setzte er noch hinzu und schaute seine Gegenüber ratlos an.

„Ein Hexenzirkel also“, wiederholte Magdalena für Sascha und der fragte bei Barbara nach, was ihre Vereinigung zu bedeuten hatte.

„Woher wissen Sie denn das schon wieder?“, schnappte Frau Koller und wurde sichtlich wütend. „Von dem weiß doch niemand etwas und Linda ist tot!“

„Es gibt ihn also, diesen Hexenzirkel?“, hakte Sascha nach, während im anderen Raum gerade zur Überbrückung Getränke geordert wurden.

„Wir haben uns nur spaßeshalber so genannt, weil wir uns ganz gut mit Kräutern und Tinkturen auskennen, weiter nichts!“, beteuerte Barbara, doch Herr Clemens nahm ihr das nicht ab.

„Sie wissen schon, dass Linda Bockmeyer vergiftet wurde?"

„Vergiftet? Nein, davon wusste ich nichts! Mit was denn?", hakte sie nach, doch Sascha antwortete ihr nicht gleich, da ihm seine Chefin ins Ohr geflüstert hatte, er solle damit noch warten. Er solle Frau Koller fragen, ob sie einen Kaffee wolle, was diese dann auch gerne annahm. Im anderen Raum konnte Frau Müller-Harnisch nun ihrerseits Hugo eine ähnliche Frage stellen.

„Du weißt, dass Linda etwas gegessen hat, was zu ihrem Tod geführt hat?"

„Aber das wollte ich doch nicht!", rief Hugo entsetzt und wieder liefen ihm Tränen übers Gesicht. „Die Barbara hat doch gesagt, dass die Suppe Linda wieder gesund machen würde!" Jetzt heulte er Rotz und Wasser und war nicht mehr zu beruhigen.

„Alles gut, Herr Bockmeyer! Sie haben nichts Falsches gemacht. Sie können nichts für Lindas Tod. Beruhigen Sie sich bitte!", flehte die Kripo-Chefin, doch sie drang nicht zu dem behinderten Mann durch.

„Wir brechen hier ab, Sascha. Konfrontiere du Frau Koller bitte mit der Sauerampfersuppe!", kommandierte sie und hoffte dabei inständig, dass die Kollegen diese Manuela Kleimert schon hergebracht hatten. Hatten sie wohl, denn kaum traten sie mit dem immer noch schluchzenden Hugo aus dem Raum, als auch schon eine junge Dame auf ihn zustürzte und die Beamten mit einem bitterbösen Blick bedachte. Sie riss ihnen ihren Freund beinahe aus den Händen und drückte ihn fest an sich. Augenblicklich beruhigte der sich und drehte sich nochmal zu Joska und seiner Chefin um.

„Linda hat auch gesagt, die Mittel seien eine Medizin für Haralds Tiere, aber jetzt glaub ich das nicht mehr so richtig. Ich glaube, sie wollte seinen Tieren was antun!"

„Warum sollte sie das denn machen?", wollte Joska wissen, der es sich aufgrund Hugos Zeichnungen aber schon denken konnte.

„Weil Harald immer so gemein zu ihr war. Das war er immer schon, ich kenn das gar nicht anders. Ich hab mich immer gefragt, warum sie sich nie gewehrt hat, aber das wollte sie mir nicht sagen. Ich hab es aber trotzdem rausgekriegt. Hab Harald und seinen blöden Freund mal belauscht und da hat er gesagt, dass er mir was antut, wenn sie sich wehrt oder petzt. Der war ganz schön gemein, der Harald", sagte er an Manuela gewandt und diese umarmte ihn wieder, so fest sie konnte.

„Können wir jetzt gehen?", fragte das resolute Fräulein Kleimert schnippisch, doch Joska fiel noch etwas ein.

„Eine einzige Frage hätte ich noch, Hugo. Hast du vielleicht gesehen, dass jemand etwas in den Schnaps deiner Mutter getan hat?"

„Das hat Linda gemacht, aber immer nur ganz wenig. Sie hat gesagt, das ist Medizin für Mama, damit sie aufhört, so viel Alkohol zu trinken", antwortete Hugo sehr überzeugt und das glaubten ihm die Beamten sogar. Sie waren inzwischen der Überzeugung, dass Maria Koller die alte Bockmeyer auf dem Gewissen hatte, nur mussten sie das erst noch beweisen. Oder die Frau musste endlich ein Geständnis ablegen. Hugo und Manuela wurden daraufhin entlassen und ein Kollege gebeten, die beiden zur Lebenshilfe zu fahren.

Sascha Clemens war inzwischen mit dem gewünschten Kaffee zurück und nahm die Vernehmung wieder auf.

„Linda Bockmeyer wurde mit Sauerampfer vergiftet", klärte er Barbara Koller auf, die sich hierauf an ihrem Kaffee verschluckte. Ob vor Entsetzen oder Schuldbewusstsein war nicht zu erkennen.

„Aber ... das ... das ist doch nicht möglich!", rief sie entsetzt. „So hoch war der Anteil des Sauerampfers nun auch wieder nicht in unserer Suppe! Das kann einfach nicht sein!"

„Sie haben ihr also tatsächlich diese Suppe gekocht?"

„Ja, ihr ging es doch schon länger wirklich sehr schlecht und da wollten wir sie mit dieser Suppe aufpäppeln. Die wirkt echt Wunder, glauben Sie mir!", versetzte Frau Koller voller Überzeugung, doch Sascha schüttelte nur den Kopf.

„Das Wunder, wie Sie es nennen, war wohl eher, dass sie daran gestorben ist. Wie erklären Sie sich das?"

„Keine Ahnung! Wir haben ihr einen großen Topf gekocht, der sollte für das ganze Wochenende reichen. Womöglich hat sie alles auf einmal gegessen?", mutmaßte die Frau, doch das überzeugte Herrn Clemens nicht.

„Warum sollte sie das tun?"

„Was weiß denn ich? Sie war in letzter Zeit manchmal sehr komisch und hatte dauernd Halluzinationen. Vielleicht dachte sie, sie muss das alles auf einmal essen? Ich habe wirklich keine Ahnung, aber eventuell weiß ihr ständiges Anhängsel Hugo etwas?"

„Nun gut, wir werden ihn das fragen. Leider ist er schon wieder w...", verplapperte sich Sascha beinahe, konnte sich aber gerade noch bremsen. „Ich meine, leider ist er noch nicht hier. Ich habe noch eine andere Frage: Wissen Sie etwas über den hübschen Giftcocktail, der Edith Bockmeyer umgebracht hat?"

„Nein, Herr Kommissar. Davon weiß ich wirklich nichts, das schwöre ich Ihnen. Wir haben zwar in unserer Bibel ...", fing sie an, doch Herr Clemens musste sie unterbrechen, da er nicht nachvollziehen konnte, was die Bibel jetzt damit zu tun haben sollte.

„Was hat denn die Bibel damit zu tun?"

„Doch nicht DIE Bibel, sondern unsere!", erklärte Frau Koller, doch in Saschas Augen standen nur Fragezeichen. Also sah sich die Dame genötigt, das näher zu erklären. Sie hatte sich zwar vorgenommen, nichts von ihrem heiligen Buch zu verraten, aber leider hatte sie nun davon angefangen und jetzt konnte sie nicht mehr zurück.

„Das Buch von Albertus Magnus, meinte ich. Das ist unsere Bibel, nach der wir leben und die wir stets zu Rate ziehen", erläuterte sie, doch Sascha begriff immer noch nichts.

„Hier ist es. Ich hab es immer bei mir", sagte sie geflissentlich und es hatte den Anschein, als könne sie es nun nicht mehr erwarten, ihm ihren „Schatz" zu zeigen. Mit feierlichem Ausdruck überreichte sie ihm ein dünnes DIN-A5-Buch mit einem ellenlangen, merkwürdigen Titel. Der Beamte blätterte ein wenig darin herum, aber das reichte ihm schon aus, um „Nicht Ihr Ernst!" hervorzustoßen und fassungslos den Kopf zu schütteln.

„Ich muss das Buch leider als Beweismaterial einbehalten, Frau Koller. Tut mir leid, aber Sie müssen einstweilen ohne

Ihren wertvollen Ratgeber auskommen." Die Proteste der Frau ließ er an sich abprallen und ging mit der Anweisung, sie solle hier warten, hinaus zu seinen Kollegen. Magdalena und Joska standen gerade sich unterhaltend an der Kaffeemaschine, als Sascha mit dem Buch wedelnd auf sie zukam. Zu seinem Glück sah er gerade Hugo und eine junge Frau um die Ecke verschwinden und er rief die beiden zurück.

„Ich hätte da auch noch eine Frage, Herr Bockmeyer!"

Widerwillig drehten sie sich um und kamen mit misstrauischen Mienen zurück.

„Wissen Sie, warum Ihre Schwester die ganze Sauerampfersuppe auf einmal gegessen hat?", fragte Sascha und seine Chefin sowie Joska warteten gespannt auf Hugos Antwort.

„Hat sie doch gar nicht! Sie wollte sie erst gar nicht essen, aber dann ging es ihr so schlecht und da hab ich ihr den ganzen Topf gefüttert. Das hat echt ewig gedauert, aber die Barbara hat gesagt, dass das gute Medizin für die kranke Linda ist und da wollte ich doch, dass sie sie isst! Sie sollte doch schnell wieder gesund werden! Das hab ich doch richtig gemacht, gell Manulein?", vergewisserte er sich bei seiner Freundin, die das natürlich sofort bejahte. Joska wollte schon zu einer Antwort ansetzen, doch seine Chefin kam ihm zuvor:

„Natürlich haben Sie das genau richtig gemacht, Herr Bockmeyer. Leider ist sie trotzdem gestorben, aber das war nicht Ihre Schuld. Wahrscheinlich war es immer noch nicht genug Medizin, aber Sie haben nichts falsch gemacht!", beteuerte sie und ihre Kollegen schauten sie fragend an. Doch sie schüttelte nur kaum merklich den Kopf. Die beiden

Beamten verstanden den Wink und so wurden Hugo und Manuela endlich entlassen.

„Ich finde, man sollte den armen Hugo in dem Glauben lassen, nichts falsch gemacht zu haben! Es war weder vom Hexenzirkel noch von ihm geplant, Linda umzubringen. So wie ich das sehe, wollten sie ihr mit dieser Suppe nur helfen und die Überdosis war die Todesursache. Ich denke nicht, dass wir versuchen sollten, den Frauen vom Hexenzirkel oder Hugo fahrlässige Tötung anzuhängen oder wie seht ihr das?"

„Ich würde auch sagen, dass es ein Unfall und nicht geplant war. Doch letzten Endes wird das wohl die Staatsanwaltschaft entscheiden müssen", meinte Joska und seine Chefin seufzte:

„Ich werde denen gleich Bescheid sagen."

Doch bevor sie davonrauschen konnte, wedelte Sascha nochmals mit dem schwarzen Buch und kam endlich zu seinem eigentlichen Anliegen.

„Hier habe ich wahrscheinlich das Giftmischer-Buch, Leute!", rief er triumphierend und erklärte dann seinen erstaunten Kollegen, was er da in Händen hielt. Nach kurzem Durchblättern entschied die Chefin, einen anderen Mitarbeiter darauf anzusetzen. Der solle herausfinden, ob es in diesem Buch tatsächlich ein Rezept gab, welches die gleichen Zusammensetzungen wie die bei Edith Bockmeyer gefundenen hatte. Ein wirklicher Beweis wäre das zwar nicht, doch ein Anhaltspunkt, dass dieser Hexenzirkel etwas mit der Sache zu tun hatte. Dennoch blieb sie an ein paar Stellen hängen, die sie dann ihren beiden staunenden und immer fassungsloser werdenden Kollegen vorlas:

„Die Überschrift hier lautet: Ein ganz besonderes Kunststück alle Feuersgefahr von seinem Hause abzuwenden - Man nehme des Morgens oder des Abends eine schwarze Henne aus dem Nest, schneide derselben den Hals ab, werfe ihn auf die Erde, schneide ihr den Magen aus dem Leibe, tue weiter nichts heraus, sondern lasse alle beieinander darinnen, hernach sehe man, dass man ein Stück von einem Hemde, welches ein keusches Mägdelein, so noch eine reine Jungfer ist, angehabt, und ihre monatliche Reinigung darinnen gehabt, und zwar eines Teller groß, zur Hand bekomme. Diese zwei Stücke wickle man zusammen, nehme alsdann ein Ei, das auf einen grünen Donnerstag gelegt worden. Diese drei Stücke wickle man zusammen in Wachs, tue es in einen achtmäßigen Hafen, decke ihn zu und vergrabe solchen unter die Haustürschwelle, so kann einem solchen Hause, wenn es gleich hinter demselben oder vorne brennt, durch Feuer kein Schaden geschehen." Magdalena schaute drein, als könne sie nicht glauben, was sie da gerade vorgelesen hatte.

„Und an sowas glaubt dieser Hexenzirkel?", fragte Joska ehrlich entsetzt und auch Sascha schüttelte immer wieder fast schon angewidert den Kopf.

„Im Mittelalter haben die Menschen tatsächlich an sowas geglaubt? Ist doch nicht zu fassen, oder?"

Magdalena hatte weitergeblättert, inzwischen fasziniert von diesen ganzen, teilweise wirklich hanebüchenen Rezepturen und Tipps für alle Lebenslagen.

„Oder hier - das wäre was für unsere Observationen: Zu machen, dass man einen nicht sehen kann!", grinste Magdalena und las weiter vor: „Man soll ein Ohr von einer schwarzen Katze sich anschaffen, und es in der Milch von einer schwarzen Kuh sieden, hernach sich einen Däumling daraus machen und ihn an den Daumen stecken, so wird man von niemand gesehen!"

„Sehr praktisch! Müsste man mal ausprobieren, aber ich schneide ganz sicher keiner Katze ein Ohr ab!", entrüstete sich Joska, doch Magdalena meinte, man könne ja eines von einer toten nehmen.

„Das ist jetzt nicht dein Ernst, oder?", hakte Joska nach, der gerade an sich selbst gemerkt hatte, dass dieses merkwürdige Buch anfing, ihn in seinen Bann zu ziehen. Er würde zu gerne wissen, was da sonst noch drin stand und konnte beinahe verstehen, warum die Damen des Hexenzirkels so fasziniert davon waren. Dennoch konnte es doch nicht sein, dass sie alles ohne zu hinterfragen einfach glaubten!

„Natürlich nicht Joska!", rief Magdalena in gespieltem Entsetzen. „Aber witzig wäre es schon, mal etwas von den tollen Tipps hier auszuprobieren! Irgendwas muss doch dran gewesen sein, dass dieser Albertus Magnus so davon überzeugt war, es sogar in einen Ratgeber zu schreiben, meint ihr nicht?"

„Irgendwie schon, aber glauben kann man es einfach nicht!", meinte Sascha nur, doch seine Chefin hatte schon wieder eine amüsante Stelle gefunden:

„Das muss ich euch jetzt noch vorlesen, aber dann is gut und wir geben es dem Kollegen. Also hört zu: Zu erfahren, ob ein kranker Mensch wieder gesund werde. Schneide ein Stücklein Brot und reibe dem Kranken die Zähne damit, danach wirf es einem Hunde vor. Frisst er es, so genest der

Kranke wieder, wo nicht, so ist es gefährlich." Mit fragendem Blick ließ Magdalena das Buch sinken.

„Du überlegst jetzt aber nicht gerade, ob du das bei deinem Rudi ausprobieren sollst?", japste Joska geradezu, doch seine Chefin zuckte nur die Schultern und klappte das Büchlein zu. Man konnte ihr ansehen, dass sie zumindest mit diesem Gedanken gespielt hatte und darüber schüttelten Joska und Sascha die Köpfe.

„Werde ich nicht tun, denn Rudi wird wieder gesund! Und nun ab mit euch. Ihr habt doch sicher noch was zu tun!" Damit rauschte sie davon und übergab einem Kollegen das Buch zur weiteren Bearbeitung des Bockmeyer-Falles.

Joska Kiss und Sascha Clemens begaben sich zur Nachbesprechung der heutigen Befragungen in Joskas Büro. Kaum saßen sie, sprang Sascha mit einem Satz wieder hoch.

„Ach du Scheiße! Ich hab die Barbara Koller ganz vergessen! Die sitzt noch immer im Verhörraum!" Damit hastete er zur Tür hinaus und Joska grinste in sich hinein. Das war ihm auch schon mal passiert, aber das würde er Sascha nicht verraten. So erhielt der arme Sascha von Joska auch einen ziemlichen Rüffler, was diesen noch zerknirschter werden ließ. So etwas durfte einfach nicht passieren und Sascha flehte seinen Kollegen an, ihrer Chefin nichts zu verraten.

„Natürlich nicht Sascha, was denkst du von mir!", beteuerte Joska und meinte es auch so. Für ihn war die Sache erledigt und sie mussten weiterarbeiten.

„Ich fasse nochmal kurz alle drei Fälle zusammen, in Ordnung?", begann er und lehnte sich entspannt auf seinem Stuhl zurück.

„Maria Koller vergiftet Edith Bockmeyer, weil sie will, dass Tjade Bockmeyer den Hof erbt und damit seine Schulden zahlen kann und dass er eine Beziehung mit ihr eingeht. Linda will sich an ihrem Stiefbruder Harald rächen und vergreift sich in unterschiedlichster Weise an seinen Tieren. Sie selbst bekommt eine merkwürdige Krankheit, die ihre Freundinnen mit Sauerampfersuppe heilen wollen, aber Hugo flößt ihr zuviel davon ein, worauf sie stirbt. Harald und Luca geraten wegen der Tiere aneinander, ein Schuss löst sich, der Harald tötet. Tjade überfällt Luca, lässt ihn aber liegen, dafür schnappt er sich Bettina und Hugo Bockmeyer und hat vor, beide zu töten. Dies wiederum vereitelt Maria Koller und Nora verhindert, dass Tjade Maria umbringt. Hab ich das jetzt soweit richtig zusammengefasst?"

„Ja, denke schon. Bleibt uns jetzt eigentlich nur noch zu beweisen, dass Maria Koller die alte Bockmeyer umgebracht hat, oder?", fragte Sascha und wie auf Kommando kam ein Kollege der Spurensicherung hereingeplatzt:

„Ich hab da was für euch!", rief er und knallte einen Computerausdruck auf den Tisch. „Nachdem wir die Fingerabdrücke von Maria Koller abgenommen hatten, konnten wir einen Abdruck an einer Schnapsflasche, den wir vorher noch nicht hatten zuordnen können, nun ihr zuweisen. Er ist zwar nicht ganz vollständig, aber es sollte für eine Anklage genügen", meinte er zuversichtlich und rauschte wieder aus dem Zimmer.

„Das wäre natürlich gut, wenn das reichen würde, denn mehr haben wir nicht. Ich würde vorschlagen, wir konfrontieren Frau Koller damit und sehen, was passiert", meinte Joska und holte sich von seiner Chefin das Okay dazu.

Wenig später saß die etwas angeschlagene Maria Koller vor ihnen, sie schien wohl eine unruhige Nacht in der Untersuchungshaft gehabt zu haben, was sie den Beamten auch gleich verärgert mitteilte.

„Wie kann man in so einer Stadt nur schlafen?“, echauffierte sie sich. „Bei uns in Ottenbach hört man nachts rein gar nichts, aber hier ist ständig was los. Schrecklich!“

„Das tut uns sehr leid, Frau Koller, doch so, wie es aussieht, werden Sie noch eine Weile bei uns bleiben müssen“, fing Joska an und Sascha übernahm es, die des Mordes Verdächtige mit der Tatsache zu konfrontieren, dass man ihre Fingerabdrücke an der Schnapsflasche mit dem giftigen Inhalt gefunden hatte und Noras Aussage bezüglich ihres Geständnisses ja auch noch im Raum stand. Diese erdrückende Beweislage schien zu genügen, die Frau einknicken zu lassen und die Beamten bekamen nun endlich ihr Geständnis.

„So, das ging ja schneller als erwartet!“, freute sich Joska, nachdem Frau Koller wieder abgeführt worden war.

„Was machen wir jetzt mit Tjade Bockmeyer?“, fragte Sascha und Joska zuckte mit den Schultern.

„Tja, was machen wir mit dem? Versuchter Mord in drei Fällen oder vier, wenn man Luca noch mit dazu zählt oder nur Entführung und Körperverletzung?“

„Ich würde sagen, wir haben unsere Arbeit getan und die Urteilsfindung überlassen wir den Anwälten, was meinst du?“

„Das ist die beste Idee, die du je hattest, Sascha! Genau so machen wir es. Komm, gehen wir gleich rüber zu Magdalena. Die sieht das hoffentlich genauso und dann machen wir

Feierabend und schließen den Fall ab!", rief Joska und klopfte seinem Kollegen freundschaftlich auf die Schulter.

Es kam dann auch so, wie Sascha Clemens vermutet hatte. Staatsanwaltschaft, Anwälte und das Gericht kamen gemeinsam zu dem Ergebnis, dass Tjade Bockmeyer kein versuchter Mord anzuhängen war, jedoch für die Entführung und Körperverletzung wurde er verurteilt. Zudem wurde er dazu aufgefordert, Bettina, Luca und Hugo ein Wohnrecht auf Lebenszeit zu gewähren und somit wurde der Hof unverkäuflich. Das war Strafe genug für den hoch verschuldeten Tjade.

30

„Was verwendet ihr denn für ein klebriges Desinfektionsmittel?", fragte Joska und rieb sich angewidert die nassen Hände. Er hatte sich nach Aufklärung der Bockmeyer-Fälle, und nachdem seine Chefin wieder im Dienst war, Urlaub genommen. Ihrem Freund Rudolf Dolderer ging es zum Glück wieder soweit gut, dass er alleine zuhause sein konnte, doch seine Lungenentzündung war immer noch nicht ausgeheilt.

„Die braut unser Getränkemarkt hier in Ottenbach selbst zusammen, da es ja weiterhin Lieferengpässe gibt. Besser als nix, würde ich sagen", erklärte Nora, während sie ihre Arbeitsschürze auszog und damit signalisierte, nun Feierabend zu machen.

„Da hast du natürlich recht und es ist schon toll zu sehen, wie erfinderisch manche Firmen in dieser schwierigen Zeit sind. In einem kleinen Laden hab ich gesehen, dass man viele Waren abfotografiert und die Bilder nebeneinander ins Schaufenster geklebt hat. So haben sie auch ohne Online-Shop die Möglichkeit geschaffen, dass man die Sachen bestellen kann und die werden dann persönlich ausgeliefert. Finde ich ne nette Idee. Ob sie allerdings von den Kunden angenommen wurde, weiß ich nicht", sagte Joska und legte seiner Freundin dabei liebevoll den Arm um die Schulter. „Gehen wir jetzt gleich hoch in die Wohnung zum Ausmessen? Dafür hab ich ja schließlich Urlaub genommen!", fügte er grinsend hinzu, denn das war wirklich ihr Vorhaben gewesen. Nora hatte sich eigentlich auch ein paar Tage dafür freinehmen wollen, doch ihnen war (zum Glück) ein Großauftrag dazwischen gekommen. So konnte sie nun nur nach Feierabend mit Joska zusammen die alten Räumlichkeiten ihrer Großeltern vermessen und Pläne für den Umbau und die Renovierung schmieden. Inzwischen freute sie sich doch darauf, hier im Haus der Werkstatt zu wohnen und demnächst auch als gleichwertige Gesellschafterin in die Firma einzusteigen. Ein großer Schritt, aber sie war bereit, ihn jetzt endlich zu gehen und Joska würde an ihrer Seite sein - also alles so, wie sie es sich immer erträumt hatte! Sie konnte nur hoffen, dass es hier in ihrem wunderschönen Heimatort keine weiteren Verbrechen geben und Joska auch sonst nicht mehr viel zu tun bekommen würde

Ein sehr frommer Wunsch ...

Ich bedanke mich bei

meiner Tochter Nina fürs allererste Lektorat. Sie ist auch beim inzwischen vierzehnten Buch immer noch eine sehr aufmerksame Leserin und hilft mir mit ihren Anmerkungen, meine Texte flüssiger zu verfassen und stimmig zu schreiben

Laura Scarbaci und Csilla Ihring für ebenfalls Korrekturlesen und ihre konstruktive Kritik und bei Saskia Eggert für ein akribisches Endlektorat

meinem Sohn Robin für die Gestaltung des einzigartigen Covers. Die Fotografie des Mondes entstand in der Zeit, als der Mond sehr nahe an der Erde war. Das Waldstück steht am Rande des Ottenbacher Tals, wo der Mond aufgeht. Danke auch an Laura Scarbaci für ihre Inspiration zu diesem Cover.

meinen Irish-Co-Trainerinnen Csilla Ihring und Ann-Kathrin Gebhard dafür, dass sie mir Zeit zum Schreiben verschaffen, indem sie mich bei den Irish-Choreografien und im Tanzunterricht unterstützen

bei Frau Bohmeier vom Bohmeier Verlag für die Genehmigung, Auszüge aus dem Albertus-Magnus-Buch verwenden zu dürfen

meiner Kollegin Angelika Würtz für ihre Hilfe in unserer „Bücherstube Ottenbach"

bei meinem Mann für seine Liebe, sein Verständnis und seine Unterstützung.

Quellenangaben:

Bewährte und approbierte sympathetische und natürliche ÄGYPTISCHE GEHEIMNISSE für Menschen und Vieh, Städter und Landleute - von Albertus Magnus, Bohmeier Verlag
ISBN: 978-3-89094-569-9 - 1. Auflage 2008

Seite 5: Vorwort S. 5 - Absatz 3
Seite 73: S. 100 - erster Absatz
Seite 74: S. 193, vorletzter Absatz
Seite 76: S. 91, letzter Absatz
Seite 259: S. 35 - letzter Absatz
Seite 259-260: S. 38 - Absatz 7
Seite 260-261: S. 51 - Absatz 5

Petra Mehnert, geb. 1965 in Augsburg, lebt seit 1989 mit ihrem Mann und ihren beiden Kindern in Ottenbach. Geschrieben hat sie schon als Jugendliche gern, doch erst mit den eigenen Kindern fing sie an, Bücher zu schreiben. Neben ihren ehrenamtlichen Tätigkeiten im Sportverein (Irish Dance Teacher, 1. Vorstand des TSV 1904 Ottenbach e.V. und Übungsleiterin B+C-Lizenz Fitness/Gesundheit-Erwachsene) ist sie mit ganzem Herzen in dritter Wahlperiode im Ottenbacher Gemeinderat. Ihr Heimatort ist ihr sehr wichtig und der lang gehegte Wunsch, eine Regionalkrimi-Reihe zu schreiben, die in Ottenbach spielt, wurde 2012 endlich Wirklichkeit. Über das Schülerferienprogramm entstand 2016 eine Schreibwerkstatt, mit der die Autorin mit Kindern zwischen acht und dreizehn Jahren das Erstlingswerk „Bettys (Um)welt" veröffentlicht hat. Ihre Bücher kann man auch in der von ihr ehrenamtlich geführten Bibliothek „Bücherstube Ottenbach" ausleihen.

Folgende Kinder-, Jugendbücher und Krimis sind bereits erschienen:

BoD-Verlag:

Die Ottenbacher Zeitreisegeschichten in 6 Bänden
Die Bäuchlins – Eine unglaubliche Geschichte

edition winterwork:

Arne und Zippora - Allein gelassen, Jugend-Abenteuerbuch
Bettys (Um)welt - ein Zukunfts-Jugendroman

Regionalkrimis aus dem „Tal der Liebe“:

Die Messermacher - Band 1
Ohne Beweis - Band 2
Tierischer Tod - Band 3
Aus dem Netz gefischt - Band 4